오 늘 의
이 름 이
·
나 였 으 면
좋 겠 어

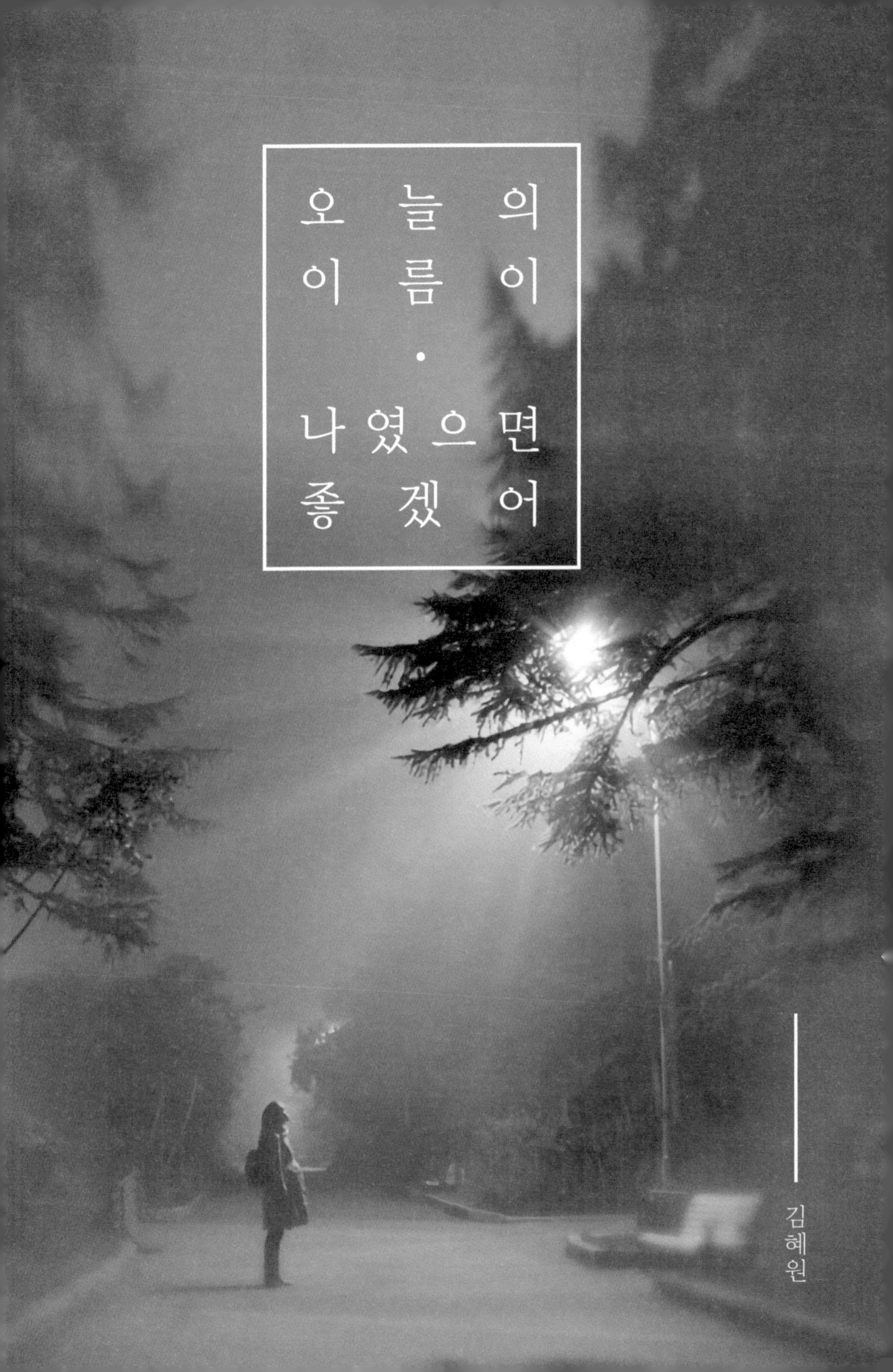
오늘의 이름이 나였으면 좋겠어
김혜원

오늘의 이름이 나였으면 좋겠어

초판 1쇄 찍은날 2018년 3월 28일
초판 1쇄 펴낸날 2018년 4월 10일

글 김혜원

펴낸이   박성신
펴낸곳   도서출판 쉼
등록번호 제406-2015-000091호
주소   경기도 파주시 문발로115, 세종벤처타운 304호
대표전화 031-955-8201
팩스   031-955-8203
전자우편 8200rd@naver.com

text ⓒ 김혜원, 2018
ISBN 979-11-87580-20-1 (03810)

우리의 이름이 맞닿은 이 순간조차,

당신과 내가 잘 흘러가고 있기를

우리는 사랑을 하고 이별을 한다. 누군가를 좋아하다가도 싫어진다. 결혼을 하고, 이혼도 하며 싸우다가도 다시 화해를 한다. 실패를 하다 성공도 할 테고, 가난한 시간에 울적함을 느끼고, 부유한 시간조차 외로움을 느낀다. 영화 한 편에 울고, 내 옆의 누군가 때문에 웃기도 한다. 책을 읽다가 생각에 잠기며, 글을 쓰다가 잠시 멈춰 보기도 한다. 안 되는 어떤 일에 깨져서 씩씩대며 화를 내 보기도 하지만, 결국에 다시 툭툭 털고 일어날 준비를 한다. 분노와 우울 때문에 마음을 닫아도 누군가의 말 한마디에 다시 마음을 열기도 한다. 이별과 상처가 아파서 다시는 사랑하지 않기로 결심하다가도, 결국 다시 사랑에 빠지며 그렇게 살아간다.

답을 찾지 못한 날들이 부지기수였다. 알 수 없는 애를 태우며 새벽에 잠 못 들 때, 조금씩 글을 써 내려갔다. 그 속내를 이제 고백하려 한다. 마음에서 바랐던 '오늘'에 닿지 못한 순간, 그리움을 담고 살았던 스스로를 향한 고백일지 모르겠다. 시간이란 흐르면 과거가 되고, 현재와 미래로 다가오겠지만 그것 또한 내일이 되어 지나가면 흐르는 과거에 불과하다. 자연에는 시간이 따로 존재하지 않는다. 다만 그저 반복될 뿐이다. 이 모든 것들을 경험하고 생각하는 게 가능하다는 건 우리가 지금 '이 순간'을 흐르고 있다는 것이며, 그건 아직 죽음이 곁에 오지 않았다는, 살아있다는 반증일지도 모른다. 이 책은 그 살아있는 흐름의 짧은 고백들이다.

불완전하니까 불안한 건 정상이라고 늘 스스로를 다독이며 살았다. 그러다 어느새 여기까지 오게 되었다. 당신처럼 많이 아팠고 감추고도 싶었고, 자랑하고도 싶었던 시간이 있다. 바보 같을지언정 누군가의 따뜻한 칭찬과 인정, 때로는 사랑 넘치는 고백도 받고 싶었던 날들, 그 시간을 이제야 겨우 꺼낼 수 있게 되었다. 평균 나이가 100세 시대라면 고작 그 평균의 1/3을 이제 막 흘러가고 있다. 한두 살이라도 더 젊게 보이고 싶을 땐 약국 봉투에 적힌 만 나이로 말하고 다니는 속물이다. 지금부터 흘리게 될 고백들은 어쩌면 무심하게도 하찮은 이야기들에 불과할지 모르겠다. 다만 그럼에도 무언의 간절함으로 당신께 기대한다. 약간의 호기심 반, 흥미 반 혹은 알 수 없는 진지함으로 다가가기를. 그리고 바란다. 가볍고도 무거운 누군가의 진심을 느꼈다면, 느릿한 호흡으로 되도록 천천히 읽어주기를.

따지고 보면 보잘것없어 보이는 '오늘'들이 모여 지금의 '나'를 그리고 지금의 당신을 만들어 왔을지도 모른다. 하찮았을지 모를지언정 단 하나뿐인 그 하루들을 정성껏 돌보며 결국 여기까지 흘러와 준 나, 그리고 당신을. 이 시간 이후부터 좀 더 있는 힘껏 안아줘 보기를. 책이라는 이 공간에서 당신과 만난 이 시간을 참 오랫동안 기다려 온 만큼, 호흡은 짧되 다만 생각은 깊게, 당신의 마음 한편에 오래 남는 이야기가 되어서 두고두고 꺼내 보며 천천히 읽히기를 바란다. 부디 그랬으면 좋겠다.

인내란 좋은 일이 생길 때까지 참고 기다리는 것이라는 걸 늘 기억하며 살아보고 있다. 만나지 못하는 평행선처럼 당신과 나는 지금 각자의 길을 걸으며 영영 닿지 못할지도 모른다. 그럼에도 이렇게 쓰고 있는 지금의 나와 어떤 시간 속 그 어느 곳에서 읽고 있을 당신은 이렇게 연결되었으니, 지금 흐르는 이 시간에 소중하고 감사한 마음을 듬뿍 담아 이 말을 건네고 싶어진다. 여전히 삶을 흘러가는 중인 당신의 그 순간이 부디 덜 힘들고, 더 기쁘기를. 이 긴 기다림이 당신과의 스치는 짧은 만남이 아니기를. 되도록 오래오래 당신의 마음에 남는 이야기가 되어 '나'이기도 할 여러분의 오늘과 그 시간의 흐름을 한 번쯤은 생각하고 돌아보며 그렇게 앞으로 천천히 나아가 주시길 바라고, 여기서 잠시 하루치만큼의 정성스러웠던 시간을 고백해 본다. 흘러가다 만난, 당신과 나의 진짜 이야기들을….

PART 2.
오직 나만을 위한_ 솔직한 순간

PART 3.
어디까지나 개인적으로 읽고 쓰는_ 치유의 오늘

PART 1.

사랑의

시간

1

어떻게 좋아하지 않을 수 있겠어

'안녕'이라는 말도 제대로 하지 못한 채 헤어진 친구가 있었다. 외투를 입고 옷깃을 부여잡기 시작하는 계절에 우리는 처음 만났다. 우리 둘은 정말 한창의 나이, 스무 살이었다. 대학 OT에서 처음 만나서 분기에 한 번 정도 보는, 어쩌다가 마주하면 자연스럽게 매점에서 1,400원짜리 하이트 맥주 한 캔을 가지고 도서관 앞 벤치에서 함께 앉아 마신 게 고작인 친구였다. 제인 오스틴을 좋아한 철저히 순수 문학파였던 나와는 달리 그는 C 언어와 프로그래밍에 SF 영화를 좋아한(아니 좋아한 것 같았던) 겉으로 보기에도 완벽한 공대생이라는 내 편견에서 벗어나지 않았다. 그는 조용히 군대에 갔고 내 기억과 마음속에서 그 친구는 어느새 흐릿해져 갔다.

우리 둘은 평행선처럼 서로 각자의 길을 걷고 있었다. 그가 군대에 있었을 시기에 나는 처음으로 누군가를 사랑하며 이별의 과정을 경험하고 있었다. 그에게 군대가 처음이어서 힘들고 고단했던 것처럼 내게도 사랑은 처음이어서 서툴렀고 애썼고 아팠다. 서로의 시간을 각자의 형태로 쉽지 않게 흐르고 있었다. 그리고 스물셋의 우리 두 사람은 다시 만났다. 여전히 도서관 앞에서였다. 먼저 내게 말을 걸어준 건 여전히 그 친구 쪽이었다. 항상 그랬던 것 같다. 먼저 이름을 불러준 친구, 내가 선뜻 부르기 이전에 나를 알아봐 준 쪽, 그래서 고마울 수밖에 없는 사람.

"오랜만이야. 잘 지냈어?"

몇 년 만에 만난 그가 내게 말을 걸어 주었을 때 이상하게 반가웠다. 아마도 그건, 내가 좋아하는 도서관 앞 벤치에서 유독 마주했기 때문일지 모르겠다. 나만의 아지트 같은 장소에서 누군가를 마주한다는 것은 사람을 기쁘게 만든다. 그것도 반갑거나 그리운 대상의 누군가라면 더더욱. 도서관 앞에서 캔 맥주와 새우깡 먹는 걸 좋아한다는 걸 이미 알고 있던 그는 내가 읽은 오늘의 책을 물어봐 주는 참 반가운 친구였다. 그와의 만남이 예전과 달리 잦아질수록 건네주는 선물들의 횟수도, 만남의 시간도 조금씩 점점 길어지기 시작했다.

우연이라고 생각한 마주함엔 사실 누군가의 필연으로 만들고 싶은 다분한 노력이 숨겨져 있었다는 걸 나는 뒤늦게 알았다. 그에게 난 친구가 아니었고 나에게 그는 친구였다. 이기적인 나는 싫지는 않았지만 좋지도 않았던 그 친구를 잃고 싶지 않았다. 내 본래 성격은 그런 뜨뜻미지근한 관계를 참지 못했지만 그를 위해 참아내며 그렇게 우리 사이의 끈을 유지하고 있었다.

그만큼 서툴렀다. 사람을 대하며 사랑을 정면으로 마주하는 것이. 나를 좋아하고, 내가 좋아하는 누군가를 대하는 것은 10년 전에나 지금이나 여전히 어려운 숙제다. 사랑은 내게 그런 것일지도 모르겠다. 짧지만 강하고 길지만 연약하다. 그래서 언제나 사랑은 어렵고 아프다.

첫사랑이 짝사랑이었던 나는 그때 막 사랑을 하고 있었다. 혼자 남몰래. 그래서 누구보다 짝사랑의 서글픔을 잘 알고 있던 터라 이젠 그 아픔을 그 친구가 대신 짊어지는 걸 보는 게 안쓰러웠다. 그는 또 다른 내가 되어 사랑을 시작하려 하고 있었으니까. 주와 객이 달라졌을 뿐 내 아팠던 사랑에서 나는 '주'였지만, 그의 아팠던 사랑에서 나는 '객'으로 존재했다. 내가 느낀 아품을 그 친구도 같이 느끼고 있었을 테다.

그는 내 생일에 작은 이벤트를 열며 고백을 해 줬다. 실은 작지 않았다. 형편이 좋지 않았음에도 그는 자신이 할 수 있는 최대한의 선물을 내게 해 주었다. 명동의 '촛불 1978'이라는 레스토랑에서 당시 10만 원 남짓의 코스 요리를 시켜 준 그 공대생은 나를 울릴 작정인 듯싶었다. 가족이 아닌 누군가로부터 그 정도의 사랑을 받는 건 처음이었으니까. 그가 나를 울린 선물은 더군다나 장문의 손 편지였다.

나는 상대를 생각하며 꾹꾹 눌러서 천천히 썼다는 게 여실히 느껴지는 손 편지를 좋아했다. 소박한 음식을 즐기고 화장기 없는 얼굴에 그저 책을 읽고, 단팥빵에 흰 우유면 충분한, 단 한 번도 비싼 음식을 먹으려고도 한 적이 없는 지극히 바보 같은 여대생이었다. 그런 나를 그는 이미 알아채고 있었던 걸까. 누군가가 나의 성격과 나의 일상과 나의 취향을 알아준다는 건 참으로 커다란 고마움이다. 그 커다란 고마움이라는 느낌표와 동시에 눈물이라는 마침표를 찍게 만든 건 다름 아닌 그의 한마디였다.

"어떻게 좋아하지 않을 수 있겠어. 넌 이런 대접 받을 자격 있어."

　도서관에서 몰래 마시는 캔 맥주 한 캔에 다분히 기뻐하는 모습이 참 좋다며, 처음으로 내게 '자격'을 이야기해 줬다. 지금도 자존감이 바닥일 때 가끔 그 친구의 한마디가 생각난다. 감정은 때론 용수철 같이 내 마음 같지 않다. 누르면 누를수록 너 큰 반발력을 갖는다. 좋아할 수 있다고, 사랑도 생길 거라고, 나 이 친구와 그럴 수 있을 거라고 스스로 주문을 걸어보았다. 레스토랑에서 나와 처음으로 손을 잡아 보고 싶다던 그의 손은 땀으로 차 있었지만 분명 따뜻했다. 그러나 서로의 손가락이 맞닿은 순간 이미 게임의 결과는 정해진 듯해서 사실 슬펐다. 진짜 슬펐다. 어쩔 수 없었다. 내게 사랑이란 떨림과 끌림인데 이 친구와는 그런 게 없었으니까. 그러니 결말은 어렵지 않게 예상할 수 있었다. 그 시기의 나는 이미 처음 한 번의 사랑에 상처받았고, 그 상처가 아직도 아파서 잠시 마음을 닫아두었다. 지금이었다면 어땠을까?

　그는 주는 사랑에 지쳤었다. 어쩌면 주기만 해도 좋다는 소위 성숙한 사랑을 하기엔 우리 두 사람은 서로 사랑이라는 것에 단단한 근육을 갖고 있지 못했을지도 모른다. 자연스럽게 그를 놓아줬다. 그렇게 나도 그를 놓쳤고, 그도 나를 놓쳤다. 어느새 10년이 훨씬 지난 지금에야 사랑과 헤어짐에 대해 겨우 알 것도 같다. 첫사랑과 헤어졌을 때 삶이 쪼그라드는 것 같은 느낌이었지만 이 친구와의 짧디 짧은 이별은 달랐다. 흔한 연인들의 그럴싸한 사랑의 서사조차 하나 없었던 우리 두 사람은 사실 시작도 없으니 끝도 없었다. 시간이 흘러 생일이 들어있는 겨울이 다가오면 가끔 그의 생각이 난다. 그땐 몰랐지만 지금에서야 알게 된 건 내게 기쁨을 주는 사람과의 헤어짐이었다는 것을, 어렴풋이 알 것도 같다.

시간은 흘러 우린 각자의 사랑을 했겠다. 그는 아빠가 되었다고 들었다. 딸 하나를 둔 근사한 아빠. 여전히 다 주고 있을, 마음 따뜻한 아빠일 테다. 좀 더 다정하게 해 줄 걸 그랬다. 그가 먹는 게 아메리카노라면, 나도 못 먹는 그 아메리카노를 함께 마시며 기쁨을 좀 더 많이 나눌 걸 그랬다. 받은 만큼 그 기쁨이라도 채워줄 걸 그랬다. 늦었지만 나는 이제 그런 기쁨을 아는 여자가 되었다. 사랑을 주고받을 줄 알게 되었다. 아니, 주는 기쁨이 어떤 건지 이제 잘 알게 되었다.

자신감과 자존감이 바닥에 붙어서 무너져 있을 때 그의 따뜻한 한마디는 종종 나를 찾아온다. 어떻게 좋아하지 않을 수 있었겠냐는 그 목소리는 내게 다시 말을 걸어주는 것만 같다. 괜찮다고 다시 일어날 수 있다고. 말은 그래서 큰 힘이 있고 확언엔 더 큰 기적이 있을 테다. 그와 나는 이미 다른 길에서 각자의 시간을 살아가고 있다. 그때 미처 받기만 하고 주지 못해서, 나는 때때로 주고 싶어도 주지 못하는 게 얼마나 아픈지 알게 되었다. 늦었지만 알 수 있어서 참 다행이다. 알고 난 이후 나는 있는 힘껏 사랑하기로 결심하게 됐으니까.

사랑을 주는 것에 더 이상 주저하지 않고 싶다. 최소한 사랑 앞에서만큼은 사람들이 그랬으면 좋겠다. 줄 수 있을 때 그저 마음껏 주는 쪽을 택하는 바보 같은 어리석음을 택할 수 있는 용기가 되도록 살아있기를 바란다. 살결과 숨결이 살아있는 동안엔 그러고 싶다. 어떻게 좋아하지 않을 수 있겠냐고, 자격 있는 여자라고 말해 준 그 친구 덕분에 나는 그럴 자격이 있는 여자가 되었다고 믿고 있으니까. 아직 여전히 사랑을 주고 또 받을 자격도 있는 사람이라는 걸 스스로 이제야 겨우 알아차리고 있으니 말이다.

#2.
일만 킬로미터만큼의 이별

11,704km. 집을 떠나기로 결심한 거리는 딱 그만큼이었다. 비상식적이고 비양심적인 B형 여자여서 가능했던 걸까. 서른에서 한 살 더 먹어갈 그 무렵, 내가 노출된 모든 환경에서 그저 도망치고만 싶었던 날들. 3년 전의 나는 가출을 결심했다. 뭐에 홀린 듯 무작정 떠나자는 마음에 무려 이틀 만에 모든 준비를 마쳤다. 상상력과 추진력의 클래스만큼은 다분히 비상식적이었다는 걸 인정한다. 이틀 만에 미국으로 떠날 모든 준비를 마쳤던 나는 그때 단단히 미쳐 있었다.

서로에게 특별한 '나'와 '너'로 만나 '우리'가 된 사람들 사이엔 그들만 알 수 있을 사연과 감정이 존재한다. 만약 두 사람 외에 다른 사람들이 그들의 사랑과 이별을 묻는다면 그게 과연 설명이 될 수 있을까 싶다. '나'와 '너' 이외의 사람들은 감히 이해할 수도 없고, 그러니 섣불리 이해하려 해서도 안 된다.

"도대체 뭐가 그렇게 힘들어?"

결혼을 했든 안 했든 사랑을 하든 하지 않든 '우리'로 묶인 사람들만이 아는 사연과 감정들이 있다. 타인이 그걸 묻는 것도, 이해하려 하는 것도 때론 억지스럽다. 우리가 만약 사랑과 이별의 시간을 통과하고 있을 누군가의 이야기를 접한다면 말이다. 그들의 마음을, 사랑을, 이별을, 감정을 함부로 판단하거나 저울질하지도 않았으면 좋겠다. 누군가는 소중하며 누군가는 또 그럴 수밖에 없는 마음들일 테니까. 타인을 평가할 자격은 내게 없을 테다. 그러니 누군가의 삶을 왈가왈부하기 이전에 다만 조용히 바라보며 서로가 서로에게 좀 더 너그러운 시선이 오고 가면 좋겠다. 물론 막상 그러기가 쉽지도 않다는 걸 안다. 어느새 누군가를 훔쳐보고 있고 곧장 짓궂기도 해지는 게 우리들일지 모르니까. 특히나 호감이 가는 사람에겐 더더욱 반대로 가거나 때론 감춰지기도 할 테니까. 그럴 때가 있다. 나만 그런가 싶다.

누군가의 사랑을 응원해 줄 지원군이 있는 연인은 참 좋겠다 싶다. 아쉽게도 내겐 그와 처음 사랑을 나눌 때부터 이렇다 할 단단한(든든한) 응원군도 지원군도 없었다. 그런 관계로 시작했다는 걸 스스로 인정했기에 사실 처음부터 바라지도 않았다. 바라지 않으니 아쉽지도 않았다. 누구도 감히 예상하지 못했던 띠 동갑 나이 차를 가진 여자와 남자의 만남은 끝을 알 수 없었다.

부모님의 반대는 당연했다. 나는 그들 마음에 못질을 하고도 모자란 년이었다. 결혼을 알렸을 때 예상하던 일들이 자연스럽 게 일어났다. 예상했기에 인정했고 감당도 해냈다. 그렇지만 기 분이 좋진 않았다. 온갖 회식 자리에서 알게 모르게 입방아에 오르락내리락하기 좋은 안줏거리였다. 우리 둘은 사람들이 이 야기하기 딱 좋은 통속적 소재의 주인공이 되었다. '나'와 '너'의 특별한 우연과 사연, 감정이 겹쳐 겨우 '우리'가 되었으나 그건 우리 둘 사이에나 통하는 거였다. 남들에겐 남이었으니 자초한 거나 다름없었다.

억울했다. 세어보면 그 흔한 데이트조차 결혼 전에 몇 번 해 보지 못한 바보였으니까. 횟수로 따지면 반년도 채 안 되는 시 간들이었다. 뭐에 쫓기듯 아니 홀린 듯 사랑과 결혼을 그렇게 서둘러 해냈다. 처음은 항상 서투르기 마련인 것처럼.

신혼여행 이후의 행복한 시간은 잠시였다. 아쉽게도 해를 걸 러 유산을 했다. '아이를 낳는 몸은 왜 여자여야만 할까? 남자도 아이를 낳을 수 있는 몸이라면 서로 번갈아 갈 수 있어서 좋을 텐데, 그렇다면 수술 전후로 찾아오는 후 폭풍의 외상적이고 심리적인 따가움은 좀 덜할 텐데.' 그런 생각을 하며 지냈다. 수술대 위에 올라가 다리를 벌리고 누워 있어야 할 때마다 몸과 마음 전체가 점점 삐걱거리며 고장 나 버리는 느낌은 쉽게 지울 수 없었다. 일단 수술을 하면 칼자국이라는 흔적이 선명히 남는다. 수술을 받을 때마다 자존감도 자신감도 바닥으로 고꾸라졌다. 그렇게 살았다. 드러내지 않았지만 일을 하는 시간도 마침 고되고 힘들었다. 주변 사람들은 모두 상처와 기피의 대상으로 다가왔다. 아이를 잃고, 결혼 생활에 지치고, 몸도 아프고 정신은 어느새 만신창이가 되어 여기저기 너덜너덜하게 고장 나 있었다. 그럴수록 삐뚤어졌다. 겉으론 씩씩하고 밝은 척했지만, 사실 남몰래 돌변하기 일쑤였다. 회사 화장실 한 칸을 차지한 채 변기를 붙잡고 쪼그리고 앉아서 숨죽여 우는 여자로 변해갔다. 눈물이 원체 많은 캐릭터라 집에서도 어느새 주방 한쪽에 웅크리고 앉아서 궁상 연출이 한창이었다. 길을 걷다가, 버스를 타다가 좋지 않은 과거의 기억들이 나를 찾아올 때면 어김없이 또 눈물만 뚝뚝 흘렸다. 당시 내가 할 수 있는 건 고작 눈물 흘리고 세수하고 새빨개진 눈을 가지는 것 밖엔 없는 것 같았던 아슬아슬한 나날들이었다. 겉으론 단단한 나무 같아 보일지언정 사실 세찬 바람이 딱 한 번 부는 순간 와르르 무너질 것만 같은 느낌으로 살았다.

그도 나도 결국 지쳐만 갔다. 다정했던 그는 결국, 여전히 주방 구석에 쪼그리고 앉아서 바들바들 떨며 울고 있는 나를 힘들어했다. 울고 있는 나를 홀로 내버려둔 채 밖에 나가 있거나 다른 방에서 휴대폰만 만지작거리던 그도 당시엔 견디기 힘들었다는 걸 안다. 그럼에도 그땐 내 남자가 참 미웠다. 나쁜 사람 같기만 했다. 그래서 헤어지기로 혼자 결심했다. 공항버스 정류장에서 우리는 짧은 인사를 나눴다.

"잘 다녀와."

"잘 있어."

다녀오라는 그의 말에 나는 그저 '잘 있으라'는 대답만 했다. '갔다 올게'라는 다시 '온다'는 동사를 의도적으로 사용하지 않았다. 그는 눈치 채지 못했다. 그것이 헤어지기 위한 연습이었다는 걸. 내 처음이자(아직까지는) 마지막 가출이었다는 걸 그는 알지 못했다. 그렇게 많은 옷가지를 가지고 나갔음에도, 그는 내가 돌아올 거라 믿는 그런 딱딱한 나무 같은 사람이었다.

자신이 믿는 게 옳다고 생각하는 조용하고 침묵하며 인내하는 사람, 선하고 순한 하얀 피부의 얼굴 속에 완벽하고 논리적이며 때론 냉정 어린 어른의 시선으로 세상을 보는 다분히 상식적인 어른의 눈동자로 사는 사람이었다.

그에 반해 엉뚱한 상상을 때론 쉽고도 거침없이 해 버리며 그걸 또 굳이 말로 서칠게 토해내는 복잡하고 미묘하기만 한, 살 떨리는 감수성이 넘쳐흐르는 사람이 나였다. 당시 그의 표현을 빌리자면 절대 이해할 수 없는 비상식적인 여자였고, 그 비상식적인 여자는 그 단어에 걸맞고자 일만 킬로미터의 하늘을 거쳐 미국 뉴욕, JFK 공항에 도착했다.

미국에 도착해서야 실감을 했다. 이만큼의 거리로 '지금, 내가 그와 헤어져 있다'는 것을. 사실 정말 움직여버리고 만 나를 자각하기 시작한 순간 한국인이라곤 찾아볼 수 없는 그 분주한 공항의 화장실에서 멍하니 거울을 바라보기 시작한 그때부터 '이제 이곳에서 뭘 해야 할지' 어둡고 막연하기만 했다. 무서움에 휩싸였다.

"어떡하지? 정말 (떠나)와 버렸다…."

그러나 반대로 견딜 수 있는 각오도 되어 있었다. 모든 선택은 '나'라는 사람이 해야 한다는 삶의 무게만큼은 또렷하게 기억하고 있었다. 그러니 막막했지만, 그만큼 기뻤다. 마음은 그렇게 두 면을 가진 채 흘러간다. 살아있는 마음이라면 더욱 생기 있게 흘러가기 마련이니까.

9일간 미국에 있으면서 글을 쓰기로 했다. 대학 시절에 사진으로만 보아왔던 10년 전의 마음속 상상은, 정확히 딱 10년이 지난 후에 현실이 되어 내 눈앞에 펼쳐졌다. 마음에서 바랐던 펜실베이니아 대학을 어쨌든 들어갔으니 말이다. 교정 안 스타벅스에 앉아서 그린티 라떼를 시켜 두고선 몇 시간이고 수취인 불명이 될 법한 편지를 썼다. 나의 서사와 그 속의 그의 이야기들 그리고 우리를 둘러싼 모든 것들에 대해서 의식의 흐름대로 써 내려갔다. 앞뒤 맥락도, 논리도, 상식도 찾아볼 수 없는 문장들이었지만 편지를 쓰다 보니 어느새 깨달았다. 더 사랑했기 때문에 더 아팠을 뿐이라고. 내 고통의 기간도 곧 그를 향한 사랑의 깊이였다고. 사랑이라는 게 그때 다시 재정의되는 순간이었을지 모르겠다.

내가 그보다 좀 더 나약하고 의존적이었다는 걸 그가 몰랐을 뿐이라는 걸 조금씩 알 듯했다. 알면 그렇게 우는 채로 내버려

두지 않았을 거라고, 나를 조금만 사랑해서 그가 나보다 덜 아팠던 게 아니라고, 사실 그도 많이 아팠다는 것을 말이다. 자신을 믿고 사랑할 줄 아는 사람이어서 내가 좋아했다는 걸 왜 잊고 살았던 걸까. 그도 비틀댔지만 내색하지 않았다는 걸 미처 기억해내지 못했다. 내가 그만큼 닫혀 있었다는 걸 그제야 알 수 있었다.

정말 추웠던 겨울, 내리는 하얀 눈으로 가득했던 그때 미국에서의 그리운 그 시간들. 일만 킬로미터를 날아와 그와의 진한 헤어짐을 결심했던 나는, 반대로 사랑할 수 있는 용기를 얻어냈다. 펜실베이니아 문과대학 앞의 스타벅스에서 마시던 그린티 라떼, 눈 덮인 어느 마을의 아주 조용한 스타벅스, 벤자민 프랭클린의 동상이 찬바람에 맞선 채 우두커니 서 있는 어느 공원의 벤치, 시청 앞 러브 스퀘어 광장과 미술관 그리고 박물관, 바닷바람을 맞댄 사람들의 표정은 한국이나 미국이나 비슷하다는 걸 알게 해 준 그리운 아틀란틱 시티, 지나가다 들른 레스토랑 'ARIA'에서 먹은 단호박 수프와 연어 샐러드. 타국의 사소한 모든 풍경들 속에서 누군가를 그리워하며 나 혼자만의 마음이 그곳에 있었다는 걸 깨닫게 됐을 때, 나는 주저앉아 울어버렸었다.

내내 춥기만 했던 미국에서의 시간을 여전히 마음 한구석에서 어렴풋이 기억하며 지내고 있다. 내가 무척이나 후져 보이고 초라해질 때면 더더욱 그때의 나를 기억해내곤 한다. 비상식적인 용기와 절실한 마음으로 움직일 줄 아는 순수하게 절박했던 그 시간들을. 무엇보다 있는 힘껏 사랑하기로 결심했던 그 순간의 사랑스러운 나를 되도록 오래오래 간직하고 싶다. 그래서일지 모른다. 먹먹한 마음으로 혼자가 되어 버렸을 때는 그때의 시간을 종종 꺼내보며 가끔 용기를 내 혼자 중얼거리곤 한다.

"그때도 지금처럼 사랑했었어. 그러니 여전히 사랑하고 있어."

비행기 안에서 내내 들었던 그 노래를 여전히 사랑하는 것처럼 그 시절의 기억 덕분에 하늘 위 비행기와 공항을 생각하면 마음이 떨린다. 아련하고 설레서. 여전히 그립고 아프다.

사랑이 시작되는 순간 이런 기분이 든다. 고요하다가 돌멩이 하나가 던져져서 파동이 확 일어나는 것 같은 느낌. 처음 그의 목소리를 들었을 땐 강하고 굵지 않은 여린 톤이 듣기 좋았다. 부드러움과 낮은, 그러나 어딘가 그만의 독특한 쿠세가 섞여 있는 편안한 음성이었다.

"제가 해보겠습니다."

겉으로 보기에 뚜렷한 개성을 찾아볼 수 없었던 그가 처음 입을 뗀 순간, 나의 귀는 단숨에 사로 잡혔다. 마음을 자극하는 킬링 포인트를 가진 사람에게 우리는 순식간에 끌리곤 한다. 각자의 독특한 취향에 의해서 그리고 서로가 한눈에 들어오는 상대를 발견하게 되는 순간 우리의 시선과 마음은 상대로 향해 호기심 어린 애정을 발산하기 시작한다. 마주함이 잦을수록 그 호감은 궁금함으로 바뀌게 되며 마음엔 설렘이라는 감정의 씨앗

이 싹트게 된다. 그래, 거기서부터 시작할지 모른다. 사랑이 시작되는 순간 말이다.

그에게 나 또한 거침없으며 도발적인 여자였다. 그가 가지지 못한 면을 가지고 있던 탓에 우리는 그렇게 서로를 끌어 당겼겠다.

"어려운 걸 참 쉽게 잘 처리해서 신기해요."

다듬어지지 않은 날것의 마음이 강했다. 볼수록 유쾌하며 매일이 새로운 여자라고 했었다. 그가 보는 당시의 나는 그랬다. 사람이 누군가에게 호감을 느끼면 어느새 상대방의 일상이 궁금해진다. 그러다 보면 조금이라도 일상에 섞이기를 바라는 마음이 생겨 버린다. 그러다 서로의 목소리가 고백과 마주하는 순간 비로소 사랑이 확인된다.

고백. 그것과 동시에 삶은 다채롭게 변하는 걸지 모르겠다. 고백을 주고받고 그렇게 결혼을 했다. 아니 '해냈다'는 표현이 더 맞을지 모르겠다. 훅훅 빨리 해냈던 결혼의 현실이 어떨지 당시 내게는 안중에도 없었다. 그저 그의 목소리를 좀 더 가까이 매일 듣고 싶은 마음이 더 강했던 탓이었다. 조금 더 시간을 두고 연애 기간이 길었다면 지금쯤 상황은 바뀔 수도 있었을까? 고백 이후의 만들어진 시간들을 후회하진 않지만 약간의 아쉬움은 남는다.

결혼 이후 아이를 갖고 지금까지 아직도 나는 여전히 고백하며 살아보는 중이다. 시도 때도 없이 제멋대로인 탓에 그는 도무지 종잡을 수 없어서 가끔 아슬아슬하다 했다. 그럼에도 멈춰지진 않았다. 그렇게 살아보고 있다. 설거지를 하다 거실에 틀어둔 볼빨간 사춘기의 '좋다고 말해'를 듣고 있다가 나도 모르게 아이들과 놀고 있는 그에게 말을 건넸다.

"자기가 먼저 나 좋다고 했어. 그니깐 오늘도 좋다고 말해."

내가 생각해 봐도 종잡을 수 없어서 도무지 웃기기 짝이 없다. 이 무슨 설거지하다 어이없는 헛소리 남발인지. 그러나 그러고 싶었던 것 같다. '오늘'에 대처하는 나만의 자세는 어느새 이렇게 변해가는 듯싶다. 살아있을 때 실컷 고백하며 살고 싶은 마음이 남아있다 보니 이젠 숨기지도 재지도 않게 되는 것 같다.

사랑을 시작하고 그 사랑이 지나가는 아픈 순간까지도 사람들이 고백하며 사는 걸 미루지 않았으면 좋겠다. 마음에서 우러나는 어떤 진실된 감정이 당신 머릿속을 쿵 하고 스치는 순간을 부디 기억하며 살면 덜 팍팍하고 덜 슬플 것 같다. 이왕 기쁘고 행복하게 살아보고 싶다면 마음을 감추기보단 표현하며 살아야 하지 않을까. 그러니 그랬으면 좋겠다. 쉽지 않더라도 정말 그러고 싶은 순간엔 스스로 검열하며 자기 안의 한계를 두지 않기를 바란다.

서로가 고백하며 살았으면 좋겠다. 더 늦기 전에. 지나고 나서 후회가 남을지언정 덜 아쉽게 말이다. 고백은 그래서 우리 스스로 주체적으로 내가 나에게 그리고 내가 타인에게 줄 수 있는 참 좋은 선물이 될 수 있다. 약간의 용기만 내면 된다. 처음이 어렵지 두 번째는 그렇게 어렵지 않을 테니까.

전쟁터 같이 어지럽혀진 밥풀, 반찬 가득 떨어진 집안 구석구석을 닦아내다가 그에게 말을 건넸다.

"자기, 참 좋은 아빠야."

"뜬금없이 무슨 소리야?"

"나 지금 자기한테 고백하고 있는 거야. 당신 좋은 사람이라고."

"응."

오래 알고 지내다 보면 서로에게 조금씩 무미건조한 존재로 변해가는 시간을 가질지도 모른다. 그러나 결혼을 하고 나니 이제야 조금 알 것도 같다. 바다가 좋은 나를 위해서 산이 좋은 그였어도 과감히 바다가 좋다고 고백했던 그의 첫 마음도 사랑이었고, 지금은 산이 좋다며 당당히 마음을 고백해내는 거기에도 솔직해져 버린 사랑이 남아있다는 걸. 상대에게 내가 준 것보다 더 커다란 무엇이 오리라는 걸 바라지 않을 줄 아는 마음을 연습해 나가는 중이다. 그러다 보니 평화로운 시긴도 꽤 오래 지속된다. 스스로 사초한 고백 이후에 원하던 반응이 쉽게 오지 않으면 여전히 토라지지만 그 또한 상관없다. 고백을 하는 그 순간만큼은 순도 100퍼센트의 마음일 테니까. 사랑의 대상이, 원하는 바람이, 우리의 꿈이 지금은 꽤 쌀쌀하게 구는 빌어먹을 현실과 마주한다 할지언정 그렇다고 고백을 포기하는 건 역시 아깝다. '좋다고 말해'라고 말할 줄 아는 단단한 마음이 있다면 '좋아'라는 대답을 들을 수 있을지도 모를 일이다. 그렇게 선순환 되며 기적도 일어나는 법일 테니까. 고백에 빠르고 이른 건 없겠다. 오늘 지금 이 순간, 당신이 좋아하는 그것을 향해 움직이고 싶다면 더더욱 고백을 미루지 않기를 바란다. 우리들이 살아있는 시간 동안은 내가 나에게도, 그리고 사랑하는 누군가가 있다면 더더욱 그렇게 살아야 하지 않을까. 죽음이라는 선물은 불현듯 다가올지 모르며 '오늘'이라는 시간은 우리를 기다려

주지 않은 채 흘러가고 있으니 말이다.

고백하며 살았으면 좋겠다. 나도 너도 모두다. 되도록 숨기지 말고. 때론 적절하게 홀가분하게 털어놔 보는 거다. 누가 알까. 그 고백의 끝에서 서로의 진심은 끝끝내 전해질 수도 있음을. 고백으로 이루어낼 멋진 하루가 서로를 좋은 쪽으로 자극해 보기를. 보이진 않지만 작고 크게 연결되어 있는 우리들은 결국 마음에서 바라는 상상 속 장면을 오늘이라는 단단한 현실의 세계로 끌어당길 수 있음을 믿는다. 그러니 바란다. 그 순간과 되도록 가까워지고 있는 지금을.

빗방울을 보다 보면 다른 건 온통 컬러인데 나만 유독 흑백사진이 된 것 같은 느낌이 들 때가 있다. 잊을 만하면 기억나는 과거 때문인 걸까 싶다. 그만큼 잔흔이 되었나 보다. 그래서 내리는 비 탓을 해봤다. 비가 내려서 그렇다고, 비가 그치면 어딘지 모를 불안이라는 마음도 없어질 거라는 위안과 함께.

건강검진을 위해 반일 휴가를 낸 날이 그랬다. 비가 내리는 오전이었고 8시에 병원에 도착하여 9시가 채 되지도 않은 시간에 검진이 끝났다. 회사로 돌아가기 전까지 몇 시간이 남았다. 비 오는 오전 시간을 걸어보기로 작정해봤다. 그러다 자체 타임 리프 해 버리고 말았다. 5년 전 그날로 돌아가 있었다.

"지친다, 정말. 비상식적인 널 견딜 수가 없어."

결혼 이후 여러 반갑지 않은 사건들을 마주했다. 급기야 내게서 나가 떨어질 것 같은 심정의 그가 지친 기색의 최고조에 이르렀을 때 기어코 건넨 날 선 한마디를 애석하게도 여전히 가끔 떠올릴 때가 있다. '이상'하고 '비상식'적이라는 말을 들었던 그 차가운 밤의 기억이다. 그날도 비가 내렸었다. 나는 주방에 웅크려서 몸을 바들바들 떠는 모지리로 지냈었다. 5년 전 나는 그랬다. 이미 과거의 나를 현재의 내가 잠깐 들춰봤을 때 뒤늦은 후회는 바로 이런 것이다. 그렇게까지 아파하지 않아도, 자학하고 자책하지 않아도 괜찮았을 텐데 하고 말이다.

해를 걸러 유산을 했다. 심신이 만신창이였고 삶은 너덜너덜했다. 잊고 살기 위해 나름의 노력을 했고 우습게도 내가 찾은 최선은 워커홀릭이 되는 것이었다. 밤낮 휴일 가릴 것 없이 닥치는 대로 '일'을 했다. 회사 일이든 집안일이든 주어진 일 말고도 일부러 만들어 내서 그렇게 분주하게 움직이고자 했다. 그러는 내내 쉼은 없었다. 쉬는 걸 스스로 허락하고 싶지 않았나 보다. 계속 뭔가 하지 않으면 불안했으니까. 그래서 움직였다. 그게 뭐가 됐든.

산 하나를 넘으면 또 산이 보인다. 그게 삶인가 싶다. 애초에 쉬운 건 하나도 없다는 옛말은 틀린 게 없어 보였다. 무작정 산을 넘기 위해서 부단히 움직임만 반복하다 보니 어느새 제대로 쉴 줄 모르는 인간이 되어 버렸다. 쉬는 법을 잊었다. 정말 잘 모르게 됐다. 쉰다는 게 가능한 건지, 그 쉼이라는 건 도대체 어떻게 해야 하는 건지. 마음이 쓸데없이 움직여지지 않도록, 애써 억누른 감정이 다시 나를 찾아오지 못하도록, 당시 나를 버틸 수 있게 하는 유일한 동력은 바쁘게 살아내는 것이었다.

쉼 없이 움직인다는 건 내가 나를 위한다는 비겁한 변명이자 유일한 방법이었다. 곁의 그이는 그런 나를 이해하지 못했다. 사람은 자기 아닌 타인을 완벽히 이해하지 못하는 생물체일지도 모르겠다. 서로에 대한 오해를 제 마음속에서 멋대로 만들어 내기도 하니까. 그 시절의 나도 그랬다. 그가 나를 더 이상 사랑하지 않는다고 믿었다. 오해였겠지만 그땐 그 오해가 진실이라고 믿었다. 믿으니 진짜 진실이 되어버렸다. 원래 마음에서 믿는 게 바로 진리인 것처럼 내 마음속에서 그는 껍데기뿐인 나와 함께 그럼에도 살아내는 불쌍한 남자가 되어갔다. 그와 함께 있는 내가 기쁘기를 바랐던 마음이 큰 탓이었다. 바라기만 했고 주려 하지 않았다는 걸 뒤늦게 알았다. 내가 저지른 치명적인 실수는 그렇게 사랑을 기다리기만 했다는 것이었다.

틀어진 사람들의 마음을 바로 잡는 건 언제나 쉽지 않은 법이다. 우리도 그랬다. 그는 상식적이고 논리적인 사람이었다. 그걸 알면서도 나는 그가 달가워하지 않는 비이성적, 비상식적인 행동을 자주 하곤 했다. 밥을 먹다 울기도 하고, 새벽에 잠이 안 와서 주방에서 웅크리고 앉아도 있었다. 휴대폰을 집어 던지다 액정이 깨졌던 날, 그는 더 이상 참지 않았다.

"도대체 왜 우는 건데?"

"묻지 마. 나도 몰라."

"울지 좀 마!"

"말하지 마. 우는 사람한테 그만 울라는 그 말."

"그만하자. 안 통한다, 정말 우리."

"나갈래, 집."

"그래, 나가. 나도 꼴 보기 싫어."

날이 선 말을 주고받는 동안엔 감각이 무뎌져 갔다. 화해하고 난 뒤에는 상대에게 했던 말이 남긴 상처 때문에 욱신거렸다. 말끝에 묻은 독에 대해서는 생각할 겨를이 없었다. 그가 뱉은 말에서 나온 독이 내 상처 위에 퍼져나가는 것만 아파했다. 그런 내게 출근할 곳이 있고 몰두할 일이 있다는 게 유일한 안식처였다. 그러나 그 안식처도 최선은 아니었다. 회사에서도 드러나지 않게 가면을 쓴 채 살아야만 했으니까. 웃으며 회의에 들어가서 끝나고 화장실에 가서 이상하게 펑펑 울었다. 사람이 무서웠지만 드러내지 않으려 웅크리지 않고 있다가 혼자가 되면 어김없이 웅크려지곤 했었다. 일은 안전했지만 삶은 불안전했다. 안전하지 않으니 완전한 삶도 아니었다. 바라는 삶에서 멀어져 갔다.

극복해 내려고 안간힘을 쓰기 위한 두 번째 선택은 '글쓰기'였다. 하루가 24시간이면 20시간을 일에 매달렸지만 좀처럼 쉽게 마음이 다잡아지질 않아서 뭐든 쓰기 시작했다. 기적이라는 표현을 쓰기에 멋쩍지만, 그래도 당시에 내게는 작은 기적의 시작이 됐던 것 같다. 글쓰기로 마음 챙김을 실천하려 했던 시발점은 다름 아닌 이런 어두운 원인 때문이었다는 걸 그는 잘 모른다. 그냥 그저 쓰는 게 좋아서, 좋아하는 걸 하려는 것으로 보일 뿐일지 모르겠다.

글을 쓰다 보니 운이 좋게 책이 나왔다. 첫 번째 책은 비이성적이고 비상식적인 나의 단편적 모습을 지울 수 있게 도와주었다. 꽤 상식적인 주제의 보통보다 좀 더 나아 보이는 사람의 경제 에세이였으니 말이다. 당시에 형편없고 엉망진창인 나는 원고를 쓰고 출판사와 책 작업을 하며 일을 병행해 나가는 시간 내내 구원 받았다. 객관적인 나를 보듬어 주기 시작하고 조금은 애써서라도 일상의 온전한 모습을 되찾으려 노력이라는 걸 시작했으니까. 그러니 내겐 기적이 아닐 수 없었다. 기적은 불시에 찾아오기도 한다고 믿게 되었다. 마법은 마법이 있다고 믿는 사람들에게나 존재하는 것처럼.

내가 나의 형편없음을 받아들이니 큰일도 대수롭지 않게 보이기 시작했다. 아프면 수술을 할 수도 있고, 사랑하다 싸울 수도 있다. 내 탓만은 아니지만 탓하기 이전에 책임이 있을 뿐 온전히 마음을 감당해 내고 또 흘려내 보기로 결심하니 어느새 조금씩 숨통이 트이기도 했다. 그러니 숨겨져 있던 사랑도 다시 보였다.

부재에서 찾아오는 그리움이 익숙한 편이다. 아픈 만큼 그리움이 얼마나 커다란 원동력이 될 수 있는지 알게 됐다. 그리움을 품고 사는 사람은 그 기억 하나로 아픔을 버틸 수도 있게 만드는 기특한 힘을 가진다. 그래 봤으니 알 수 있는 것들이 하나둘 이렇게 생기게 되었다. 어느새 '그와 나는 따로 또 같이, 이렇게 흘러가 보고 있는 걸까?'라는 생각을 해봤다. 보고 싶지 않앉던 과거의 그는 더 이상 없고, 이제는 잠깐의 부재중인 순간에 문득문득 보고 싶어지기도 하니 역시 사랑은 이래서 변하는 거라고 말하나 보다.

떨어져서 걷든 나란히 걷든 사랑이 남아있다면 결국 연결되어 있겠다. 어쩌면 부재야말로 사랑하는 사람들과의 관계를 유지하는 힘이 될 수도 있고 말이다. 떨어져 있는 그만큼의 거리로 그리워할 수 있는 시간이 다름 아닌 사랑이라고, 이제는 말할 수 있게 되었다. 잠깐 걷다 과거의 수족냉증이 마음에까지 번져 차갑기만 했던 내가, 지금 넘치는 사랑의 마음으로 그를, 내 곁의 사람들을 대하기까지 참 많이 변했다. 그 생각에 문득 기특해지기까지 한다.

"나, 수족냉증 있어요. 기억해요?"

"기억해요."

"그럼 계속 기억해줘요. 두고두고 아낌없이."

주고받았던 예전의 대화들을 아직도 가끔 떠올리곤 한다. 서글퍼진 날이면 더더욱. 그의 마음에선 잊혀졌을지도 모르는 그 옛날의 대화를, 나의 수족냉증을 기억하며 오늘을 살고 있을까? 그건 내 욕심인 걸까. 오늘이라는 시간이 똑같이 주어졌을지언정 서로 다른 기억들을 가지고 살아갈지도 모를 일이다. 다만 그럼에도 기억해주면 좋겠다. 기억을 한다는 건 그 기억의 대상을 아끼고 보살피는 일을 게을리하지 않는다는 반증일 테니깐.

일부러 힘든 생각을 만들거나 빠져들지 않으려고 나를 돌보는 중인 오늘의 나는, 좋아하는 마음이 들면 단순하고 솔직하게 주고받을 준비를 이제 마친다. 비가 그치고 있다. 빗방울이 조금씩 약해져 간다. 다행이다. 아빠가 된 그이의 늦은 밤 퇴근길과 어느새 엄마가 되어 어린이집을 향한 하원길에 달려 나갈 나의 시간은 이렇게 따로 또 같이 흘러가고 있다. 그리고 어제보다 좀 더 있는 힘껏 사랑할 수 있는 마음의 오늘이다. 그러니 이렇게 나에게 말해보고 싶다.

"여전히 사랑하고 있어. 이렇게 나는 잘 지내고 있어."

'도무지 불공평해서 견딜 수가 없어요.'

아침 출근길에 들은 노래 가사가 유독 마음에 와 닿았다. 아마 그와의 짧은 대화 속 긴 감정이 남았던 탓이겠다.

결혼한 지 만 6년이 흘렀다. 어느새 꽉 찬 6년 차 아내가 되어가는 중이다. 그쯤이면 잊을 만(?)도 하겠지만 여전히 결혼기념일을 은연중에 기대하게 된다. 신혼 시절에는 약 한 달 전부터 두근거리는 마음으로 어디에서 무엇을 하며 어떻게 시간을 잘 보낼 수 있을까를 생각하며 설렜던 나였다. 아기자기하게 주고받음을 적잖이 즐기고자 하는 이런 여자와 사는 삶은 분명 남편도 피곤할 걸 안다. 그러다 보니 어느새 바라지 않게 되다가도 '도무지 불공평해서 견딜 수가 없는' 감정이 밀려온다. 일 년에 한두 번 정도는 꼭.

멋진 장면을 함께 연출하고 싶은 사람이 곁에 있다는 것은 기적일지 모른다. 좋았던 과거를 현재로 되돌리려고 애쓰는 나는 결국 난처함을 자처한다. 여전히 바보다. 사랑을 지킨다는 핑계로 제멋대로 마음과 시간을 다 줘버리곤, 결국 제멋대로 희망사항을 생각하다 그 바람들이 다가오지 않았을 때 털썩 주저앉고 마니까. 내가 생각해도 상바보에, 진상도 이런 개진상이 따로 없겠다.

6년 중 1년은 바보인 줄 몰랐고, 2년 차는 바보인가 싶었고, 3년 차는 바보로 그냥 살았다. 4년 차는 바보가 억울했고, 5년 차는 바보 따위 생각할 겨를 없이 아이를 낳아 길렀고, 6년 차인 현재는 바보인가 아닌가를 되묻고 있다. 요즘은 사실 애쓰고 싶지도 않을 때가 많다. 시간을 애쓰지 않고 그저 흘러가보고만 싶어진다. 정말 마음 흐르듯 물 흐르듯 그렇게 말이다. 그러다가 '꽤 괜찮은 삶을 살고 있구나'라고 스스로를 위안 삼을 줄 아는 혜안이 들 때도 종종 있다.

내면에서 말하는 목소리가 나도 모르게 바깥으로 거침없이 툭하고 튀어나올 때면 스스로도 곤란을 자처한다. 앞뒤 맥락이라곤 도저히 찾아볼 수 없는 common sense에서 벗어난 대화가 여전히 지속된다. 그러나 그는 이런 나에게 이제 꽤 익숙한 듯싶다. 어쩌면 그야말로 부단히 애쓰고 있는 중일지도 모를 일이다.

늘 이른 아침의 등원은 남편의 몫이었지만 오늘은 오랜만에 아이 등원을 함께 시키고 신랑의 차를 얻어 타고 회사에 가고 있는 상황이었다.

"자기, 내가 뭐 좋아하는지 알아?"

"갑자기 또? 이번엔 뭐야."

남자들의 흔한 패턴을 알고도, 또한 그가 애쓰고 있다는 것을 알면서도 물었다. 역시 난 바보다.

"아냐(기념일인 건 알고 있나. 손 편지는 또 엎드려 절 받기겠지)."

"아, 참. 나 오늘도 저녁에 약속 있네."

"그 약속 나였음 좋겠다. 이 무심한 양반아."

"오늘 선약은 너야"라는 오글거리는 대사 따위는 일찌감치 포기했다. 다만 억울이라는 감정을 숨겼지만 금세 야곰야곰 마음을 갉아먹기 시작한다. 일하는 엄마가 된 이후에는 더더욱 내가 아닌 다른 이들을 향해(그게 설사 가족일지언정) 양보해야 하는 상황이 잦아지고 당연해질수록 말이다. 나의 욕망은 사라지지 않아서 언제나 선택의 기로에 설 때면 늘 자기검열에 빠지고 만다. 그러다 결국 기승전 한 발짝 물러서는 게 내게는 이미 익숙하고 당연해졌다. 그러니 욕망과 현실이 부딪히는 순간 나의 슬픔은 결국 나를 끌어안기 시작한다.

"어쩔 수 없잖아. 내가 원한 게 아니야. 내가 언제는 시간 양보 안 했어?"

"했지, 양보. 근데 불편하고 이상해. 속상하고 억울해져."

"뭐가 또 그렇게 속상해? 좀 적당히 해."

"어제 저녁에 자기 주려고 카디건이랑 셔츠 사면서 기뻤어. 당신 지금 그런 사람이랑 살아, 알아? 어제 회식하고 속 편해지라고 워크숍에서 돌아온 당신에게 아침에 라면도 주고 싶었어. 그래서 했어. 계란 넣고 파 넣고 어묵 넣고 떡 넣고 다 넣어서. 자기가 좋아하는 거 아니깐."

"이런 실랑이 할 거면 차라리 끓이지 말지 그랬어!"

"손 편지, 글 쓰는 시간 다 내가 좋아하는 것들이야. 기념일 따위 바라선 안 되지만 자기한테 사랑 받는 느낌이 안 들어. 이렇게 노골적으로 까놓고 말하지 않으면."

"그런 거 좀 그만 강요하면 안 돼? 꼭 말로 해야 해?"

그가 내게 말한 '강요'라는 단어를 듣는 순간, 마치 장 오픈 30

초 전 이미 주식이 낙폭하는 듯한 알 수 없는 무력한 패배감을 느끼고 말았다. 물론 굳이 말로 안 해도 된다. 노골적인 애정 표현 따위 오히려 부담이고 싫다. 다만 따뜻한 말 한마디의 걱정을 하고 일상을 바라보고 있는 서로의 안부가 있다면, 그 한마디들을 바랐을 뿐인데 그것조차 별로 없었던 최근인 와중에(비빴다는 건 알고 있다) 사실 이미 내 서글픔은 차오를 대로 차올라 있었다. 의미 없이 그냥 내뱉은 단어일지 모르지만 그는 대상과 타이밍을 잘못 골랐다. 그것도 한참이나. 가뜩이나 소설을 다시 써본다고 읽고 쓰며 감수성이 오를 대로 차오르고 있는 요즘의 내게 말이다. '강요'라는 단어 하나에서 난 수많은 문장들과 과거의 기억이 다시 떠올라 미쳐버릴 것 같았다. 일단 침묵으로 상황을 종료시켰다. 더 이상 감정 소모하기보다 차라리 말하지 않음을 선택한다는 건 꽤 현명했다.

감정이 화르륵 올라오기 전에 마음의 뚜껑을 덮는 연습을 하게 됐다. 나의 일상 명상 훈련의 힘이 발휘되는 순간이다. 삶의 중요한 의미를 익숙한 고정관념이 아니라 때론 다른 관점과 세계에서 찾곤 한다. 애석하지만 이게 최선일 때도 있고 꽤 먹히기도 한다. 내 마음이 가끔 그에게 닿힐수록, 그리고 작은 사건들이 잦아질수록 안타까움은 비례하여 쌓일지언정, 안타깝다는 감정도 사랑의 다른 면이라면 나는 아직 그를 사랑하고 있다고 애쓴다.

시간이 지나가면 잊혀진다. 그러나 잔흔이 남는 탓에, 사실 어느 해부터 내게 결혼기념일은 그냥 흘러가는 무의미한 하루 정도에 불과하게 변해버렸다. 무의미하다는 게 슬퍼서 억지로 결혼기념일을 챙기려 애쓴 내가 존재했고 말이다. 사실 몇 번의 해들은 이런 감정싸움을 한 날이 하필 언제나 늘 결혼기념일이기도 했고 더군다나 작년엔 피하고 싶은 날이기도 했었다. 결혼을 기념하는 날을 부정하는 내가 언젠가부터 존재하게 되었으니까. 그래서 차라리 기념의 의미는 일상의 곳곳 다른 데서 찾기로 했다. 그런 의미로 올해는 기념하지 않기로 했다. 기념하지 않아도 매일이 기념일이라면 참 좋겠지만, 현실은 아니라는 걸 안다. 그래서 차라리 애쓰다 휘청거리고 서로의 핀트를 건드려 폭발하듯 터져버릴 감정이라면 애초에 그 지점을 서로 건드리지 말자고, 그래서 객관적으로 마치 업무 대하듯 약간의 거리감을 두어 보자고, 나를 너무 드러내진 말자고, 아이러니하나 그날은 좀 더 드러내지 말아보자고 말이다.

모든 것엔 대가가 치러진다. 눈빛을 맞추는 데 이미 익숙한 내 사람이라는 생각이 앞선다면 굳이 뭔가를 기념하지 않아도 그걸로 됐다 싶은 생각에 대화의 꼬리를 물지 않게 되었다. 사실 이런 대처도 어쩌면 사랑의 형태일까? 모르겠다. 다만 그게 바로 내가 요즘 선택한 기념일의 대처법이다. 짧은 몇 분의 대화로 종료되는 걸 보면 예전처럼 심한 감정소비는 하지 않는다.

한 베개를 쓰고 나란히 눕지만 그것이 여전히 설레고 좋지만은 않을 때도 있을 것이다. 6년 차 부부인 우리에게도 어쩌면 사랑 후에 남은 것들일지 모르겠지만, 결혼을 떠나서 사랑하는 두 사람 사이엔 꽤 많은 인내와 노력이 필요한 것 같다. 그 사랑을 되도록 오래 유지하고 싶다면 말이다. 이젠 한 지붕 아래 사는 가족이라고 해서 예외는 못 된다. 더군다나 가족이라고 말하지 않아도 아는 초코파이가 되어야 하는 관계는 싫다. 초코파이는 달콤하지만, 말하지 않은 침묵과 닫힌 대화는 쓰고 맛도 없다.

지인 중 나와 하루 차이의 결혼기념일을 두었다는 그와 그녀의 하루는 어떨까 문득 상상해 봤다. 그러다 나는 펜을 잡고 종이를 펼쳤다. 왠지 모를 패배감에서 벗어나고자 세상 그 무엇과도 비교도 안 될 멋진 손 편지를 내가 스스로 써 보는 의지와 더불어 그에게 바라기 전에 먼저 쓴다.

"6년간 징징대는 비상식적인 나 데리고 사느라 고생 많았지. 우리 이젠 덜 불행하고 더 기쁘자. 나 그러고 싶어. 사랑해. 여 전히. 그래서 미안해…"

편지는 손으로 쓰는 그 맛, 사각사각거리는 그 소리와 문장 속에 스며드는 마음의 맛일 테니까. 그 맛은 먼저 써 본 사람만이 알 수 있고 그 맛있는 걸 난 혼자 다 먹어 치울 기세다. 벌써부터 배가 불러 온다. 배는 아픈 것보단 부른 게 낫겠지. 여러모로.

호기심이 사랑으로, 애정이 애증으로 변할 때 둘 사이에는 항상 이야기가 존재한다. 사랑을 주는 쪽이든 받는 쪽이든, 두 사람은 어느새 한 편의 서사를 만들어낸다. 가벼운 예능이든, 심각한 사건 사고든 진지한 다큐멘터리나 일어나지 않을 것 같은 환상적인 로맨스 소설이든, 우리들의 오늘은 그 예능과 다큐멘터리, 로맨스 소설과 영화를 한데 섞어 놓은 것만 같다. 그리고 속내를 들여다보면 100이면 100가지 모두 제 각각일 테다. 누가 대신 살아주지 않는 것처럼 사랑도 대신 해 주지 않는다. 생을 마감하는 순간까지도 완성되지 못할 수 있는 게 바로 변하고 유지되며 깨지고 다시 만들어지는 '사랑'인 듯하다. 그건 들려주지 않으면 알지도 듣지도 못한다. 우리는 말하지 않아도 아는 초코파이가 아니니까. 그래서 더욱 둘 사이의 사랑은 시기 적절히 보여줘야 된다. 어떤 형태로든. 그래야 진심이 변모하지 않고 왜곡된 사랑은 덜 하게 될 테니까. 아직은 이런 자세다. 덜 성숙한 걸지도 모르겠다. 여전히 사랑을 주고받음에 서투른 걸 보면.

초코파이가 아니길 바라는 여자와 사느라 꽤나 고군분투한 그이와 드디어 꽉 찬 6년을 보냈다. 그리고 이제는 쌍둥이를 포함한 세 남자에게 길들여지고 또 길들이며 동고동락하고 있다. 그중 제일 오래 동고동락한 내 남자의 사랑법을 잠시 멋대로 생각해 본다.

내 남자의 사랑법 하나, 어른의 귀

그는 귓불이 넓은 편이다. 만졌을 때 넉넉한 면적이 이상하게 안도감과 편안함을 주는 탓에 난 그의 귀를 만지는 걸 꽤 좋아했다. 사실 내 귀든 남의 귀든 만지작거리는 못된 버릇이 좀 있어서 늘 나와 사랑으로 연결된 이들의 귀는 내게 만지작거림을 당했었다. 가족이라고 열외는 없다. 부모님께는 죄송하다. 딸의 변태스러울 법한 요상한 버릇 탓에 어렸을 적엔 엄마의 귀를 붙잡고 자기도 했다. 그런 나와는 달리 그는 정말 상식적인 어른이었다. 아니 어른으로 보였다. 반면 나는 한 치 앞을 내다볼 수 없는 거칠고 돌발적인 행동을 과감히 실행에 옮기는 어린이와 어른의 중간인 '어른애'였다. 생각해 보면 우린 그때 당시 각자 열린 입과 귀를 가진 남자와 여자였다. 문학과 어학에 능통했으나 수포자(수학 포기자)인 소설 쓰는 문과 출신 여자, 과학과 컴퓨터를 좋아했으나 문학엔 관심이 1도 없는 태생적 공돌이 엔지니어 남자, 이 둘은 '남'으로 첫 만남을 가졌다. 그러다 서로가 모르는 영역에 순식간에 푹 빠져들기 시작했다. 우린 서로가 알지 못하는 미지의 영역에 대해서 탐구하기로 작정한 남자, 여자로 변하기 시작했고 결국 '님'이 되어 열려 있는 귀와 입이 닿아 사랑에 빠졌다.

내 남자의 사랑법 둘, 한결같음

사랑했고 결혼을 했다. 당시엔 그래야만 할 것 같아서 내린 나의 결정임을 지금 돌이켜 생각하면 새삼 너무 서둘렀나 싶기도 하다. 그럼에도 후회는 제법 덜하고 있는 요즘이어서 다행이다. 결혼 후 내 남자가 나를 사랑하는 방법의 또 하나는 다름 아닌 '한결같음'이라는 걸 지금은 안다. 그와는 반대로 '끊김'에 대한 비극적인 마음이 강했던 과거의 나는 사랑에 약해 빠졌었다. 지쳐서 그만두려 했다.

"이혼… 할까? 하고 싶어."

"정말 원해?"

"(모르겠어)…."

"이러려고 결혼하지 않았어. 아직 그럴 수 없어. 우리…."

이혼이라는 단어는 내게 세상 어디에도 없을 강력한 무기이자 최선의 방어수단이기도 했다. 그만큼 난 못나게도 그 방어수단을 곧잘 사용해먹곤 했다. 데이트를 할 때 결혼이라는 단어를 이용한 것처럼 결혼 후엔 이혼이라는 단어를 사용했으니까. 그 단어는 이상하게도 그 어떤 협박보다 강해서 상대를 더 아프게 내리치는 걸 나는 알고 있었던 걸까. 심신은 지쳐 있었다. 정확히 말하자면 내가 지치게 만들었다고 해도 과언이 아닌, 아무튼 그랬다. 아픔을 지닌 연인과 부부, 그런 사람 관계는 사랑하는 데 사실 흔한 게 맞다. 우리 두 사람도 그 흔함의 영역에서 어긋나지 않았으니, 서로가 상처를 안고 사는 평범한 부류였다.

신혼여행을 제외한 결혼 4년 동안 1년에 한두 번씩 큰 사건 사고들을 받아들여야 했다. 연이은 유산, 다른 환경에서 살아온 탓에 찾아오는 온도가 다른 가치의 관점, 바쁘기만 했던 서로의 일터, 열심히 일만 한 우리 둘, 어느새 자연스러운 대화의 부재, 사라진 심신의 여유, 무미건조하게 식어간 사랑의 마음 등… 우리 둘을 둘러싸고 있는 노출된 환경이 그랬다.

우리는 서로에게 철저히 흑백 처리되었을지 모르겠다. 그땐 그런 느낌이었다. 부러진 날개를 가진 채 혼자 엉켜 있는 나뭇가지를 헤쳐 나가려 애쓰는 새 한 마리가 바로 나 같았으니까. 성급히 치러낸 결혼의 내가는 쓰고 무거웠다. 온 심신은 이미 감정싸움으로 지쳐 있는 상태였다. 생각해 보면 그가 나를 대할 때, 그리고 내가 그를 대할 때, 우리 둘의 한결같음의 깊이는 꽤 달랐던 것 같다.

달힌 마음의 내 사랑엔 일관성이란 도무지 찾아볼 수 없었다. 숨이 턱 막혀서 사랑 따윈 생각할 수 없을 만큼 아팠다. 어떻게 해서든 그 상황에서 정면승부로 해결해 내기보다는 도피하고 도망치려 했다. 그게 좀 더 쉬워 보였으니까. 반면 그는 아픔을 온전히 받아들이고 정면으로 마주하려 했다. 그리고 그는 떠나려 하지 않았다. 그의 소신된 사랑을 대하는 일관성이었다. 그럼에도 그때 나는 어렴풋이 느끼고 있었다. 떠나지 않았지만 가까이 있지도 않았다는 것을. 그와 나 사이엔 온도 차가 있다. 힘들 때 정작 그는 내 곁에 없었다고 생각했다. 그러나 내가 틀렸었다.

그는 곁에 있었다고 했다. 다만 물리적으로, 심적으로 내가 느끼기에 덜 가까웠을 뿐. 지금은 이해한다. 왜 그때 병원에서 날 홀로 두고 갔는지를….

물리적인 떨어짐이 오해를 불렀고 더 이상 사랑은 없다고 생각했다. 그러나 그건 그가 결정한 나를 사랑하는 또 다른 방법이었다. 멀리서 지켜주되 혼자 있고 싶어 하는 내게 억지로 다가가서 상처를 건드리지 않는 것. 혼자 있고 싶다 하니 혼자 있게 만들어주려 애썼던 그라는 것을 지금은 안다. 그의 말을 빌리자면 복잡한 수학 문제에 공식 하나 없이 풀려니 좀처럼 헤매고 풀 수 없는 문제적 여자가 바로 나였다. 그의 묵묵함과 겉으로 드러내지 않는 아픔의 속내 그리고 어른스러운 기다림을 그땐 몰랐었다.

아이를 낳고 이젠 새로운 두 남자와 함께 생을 흘러가보고 있는 나는, 내 남자의 사랑법에 어느 정도 익숙해지려 한다. 물질이 아닌 심적인 것, 그것에 이미 길들여져 버리고 있는 중인지 모르겠다. 싱그러운 장미가 소중한 책갈피 속에 빛 바래져 갈지언정, 결국 없어지진 않는다. 버리지만 않으면 말이다.

의식하지 않으면 쉽게 드러나지 않는 일상의 자연스러운 사랑들. 그건 주고받는 이들의 진심이 통할 때 비로소 보이기 마련이다. 나는 이제 그의 일상 속 작은 행동들을 '사랑'이라고 믿게 되었다. 아니 사실 있는 힘껏 노력 중이다. 예전에는 몰랐다. 그러나 이제는 제법 알 것도 같다. 같이 부대끼며 살다 보니 알아지게도 되나 싶다. 삶의 작은 소중함을 볼 수 있는 혜안이 드디어 내면에서 깨어나고 있는 걸까 싶기도 하다. 과거의 상처로 인한 대가는 때론 아픔만 있는 건 아니라는 걸 시간이 지나보니 알 것도 같다.

그가 나를 위해 아이들을 데리고 바깥으로 나가 주었다. 나를 위해 만들어 준 온전한 1시간여의 자유시간은 그가 내게 주는 최고이며 최선의 자연스러운 그 사람만의 사랑의 표시이다. 외출 후 아이들과 함께 돌아오는 길에 일부러 약간 돌아가는 길을 택했다던 그는 이렇게 그만의 방식으로 사랑을 보여준다. 생각해 보면 일상의 드러나지 않은 이런 것들을 이미 수없이 주고받으며 살았을 텐데 가끔 그걸 잊고 산다. 받았다는 사실은 기억에서 멀어진다. 그렇게 사람은 누구나 사랑하고 또 기억하다가 잊고 살도록, 그렇게 삶을 흐르도록 만들어졌는지도 모를 일이다. 누군가에게 잊혀지고 또 누군가를 잊는다는 건 여전히 애석하다. 그러나 그 흐름들 속엔 다들 각자의 사랑법이 존재할 테니 형태가 어떻든 주고받음의 관계 속에서 부디 잘 흘러갔으면 좋겠다. 되도록 그 누구도 덜 다치고 말이다.

문득 내가 자석이 된 것 같은 기분이 들 때가 있다. 내가 N극이면 상대는 S극이기를 바라는 마음이 커지면 더더욱. 그래서 결국 마주했을 때 어느새 서로가 서로를 여전히 자연스럽게 끌어당기는 힘이 여전히 남아있기를 바란다. 그렇게 살아보고 싶은 오늘, 지금 당장 응원하고 싶은 나의 사람들이 바라는 오늘의 장면들을 단단한 현실의 이 세계로 끌어오기를 바라며 상상해 본다. 착각과 상상이 이미 취미가 되어 버린 나는 여전히 자유롭게 착각 속에서 사는 중이다. 그러나 사람들은 얼마나 믿을까? 내면에서 이룬 믿음이라는 자석이 강하면 결국 현실로 이루어지는 그 마법을.

사람이 사람에게 빠져드는 데는 단 몇 분, 타이밍에 딱 맞는 대사 한마디만으로도 가능한 것 같다. 깊이만 있다면 시간은 중요치 않다. 무언가에 끌려오고 끌려가는 것도 한순간일지 모른다. 다만 그 순간이 언제였는지 정확히 가늠하지 못할 뿐이다.

호기심이 사랑으로 변하는 건 다름 아닌 관심 그리고 그 관심 충만한 마음이 증폭되어 어떤 사건을 맞이하게 되었을 때다. 우리 둘 사이에도 나름의 이야기와 사건이 존재했고, 그 사건을 겪어 결혼이라는 시나리오 속 육아라는 제3막에도 접어들었다. 그리고 여전히 항해 중이다. 부디 순항이기를. 되도록 오래오래 그러하기를.

누군가와 오랜 시간 함께 있어도 상대에 대해 여전히 모르는 것들은 많을 수 있다. 물리적으로 살을 맞대고 살아가는 '가족으로 맺어진 사람'이라 해도 내가 아니고서야 그 속은 알 수 없는 법이다. 나에게는 아버지가 그런 존재였다. 자칭 딸바보라 일컬어지는 요즘의 흔한 '육아빠'의 모습은 내 기억엔 없다. 애석하지만 내 기억에 각인된 아버지는 그랬다.

최소 34년일 테다. 내가 태어나기 이전부터 '밥벌이'라는 걸 시작하셨을 테니, 아버지의 일터는 아마 근 몇 십 년은 더 거슬러 올라가야 한다. 지금은 거의 사장 위기에 처했으나 당시엔 이름만 들어도 유명한 모 브랜드 가구 회사에 다니셨다. 그 덕분에 엄마는 괜찮은 가구 제품들을 눈여겨보시다가 스크래치 상품 떨이 세일이나 시중 판매가보다 저렴한 가격으로 나와 동생의 학생용 책상이나 의자를 마련하곤 하셨다.

아버지는 그곳에서 운전을 했다. 사실 가구 만드는 회사와는 관련이 많이 없어 보였으나 어쨌든 그건 중요하지 않았다. 차 안이 그의 삶 대부분을 차지하는 또 다른 집이나 마찬가지였다. 그러다가 IMF가 터졌고, 우리 가족도 빗나가진 않았다. 아버지도 다른 아버지들처럼 퇴사를 권고 받고 얼마 정도의 퇴직금을 정산 받아 나와야 했다. '회사'라는 소속감을 잃었시만 그는 새로운 곳에서 홀로 다시 운전 일을 시작했다. 생존해야 했으니까. 먹고 살기 위해 움직여야 했던 아버지의 최선의 선택이었다. '부두' 그 이후 장장 10년 동안 그곳은 아버지의 애정과 애증, 눈물과 웃음, 피로와 고단함 등 모든 희로애락이 서린 또 다른 업의 현장이었다. 인천항에는 수출입되는 갖가지 자재들을 실은 선박이 들어온다. 아버지는 들어온 그 선박들 내 물품을 가리지 않고 지게차를 통해 항구 밖 육지로 이동해 내리는 작업을 하셨다.

담배가 아버지의 모든 걸 인정해 주는 유일한 친구이며 가족이었을지도 모른다. 이제는 이해한다. 담배 때문에 식구들이 단결해 그와 몇 번을 싸워냈던 기억이 가끔 미안해지기도 한다. 그에게 새로운 삶의 터전은 생각 외로 거칠었을 테니 담배마저 못 피우면 그 외로운 현장에서 정말 못 버텼을지도 모를 일이다. 아버지는 버티고 또 버티는 것 같았다. 내 눈엔 그렇게 보였다. 지게차라는 것이 퇴직금을 다 털고도 모자라 돈을 있는 대로 다 긁어서 구매한 몇 천만 원 수준인 고가의 것이라 했다. 하물며 가진 돈을 다 털어내어 장만하고 나니 벌어서 메워야 한다는 가장의 무거움은 오죽했을까 싶다. 그것뿐 아니라 그 외 차량 유지 관리 비용도 일반 승용차에 비해 상상을 초월하는 탓에, 기름값을 포함하여 이것저것 부대 경비를 제외하고 나면 순수 월급은 일반 직장인 수준보다 약간을 넘는다 했다. 그러나 그것도 전제 조건은 주야 가리지 않고 소위 중간 소개인의 '오더'라는 것을 늘 받아야 겨우 채워지는 것이라는 걸 난 뒤늦게 알았다.

대한민국 4인 가족이 먹고살 만한 수준의 괜찮은 월급을 집에 꼬박꼬박 가져다 준다는 건 절대 쉽지 않다. 어렵고 고단한 일이다. 나의 아버지도 밤낮 가리지 않고 그놈의 오더를 받아내어 일거리를 끊이지 않게 하기 위해 치열하게 일했다. 직장인은 사표를 쓰지 않는 이상 예견된 '출근'이 정해져 있다. 그러나 아버지는 '오더'를 받지 못하면 출근하지 못했다. 그날 하루 일을 할 수 없는 '일용직'의 삶을 살고 계셨던 거였다. 차 안의 공간이 그에 겐 또 다른 '집'이나 마찬가지였을 것이다. 한 평도 안 될 법한 그 비좁은 공간에서 그는 어떤 마음으로 하루를 지냈을까?

서박이 못 들어와서 오더를 못 준다는 소식을 받기라도 하는 날이면 아버지는 시무룩한 표정으로 소파와 한 몸이 되어서 좀 처럼 움직이지 않으셨다. 반대로 자다가도 불시에 들어오는 새 벽 오더를 만족시키기 위해 아예 집에 안 들어오시고 사무실에 서 죽치고 앉아서 밤낮없이 기다리는 시간을 반복해 내는 것도 일쑤였다. 자연스레 아버지의 시간은 남들과 달리 거꾸로 가고 있었다. 주야간을 그렇게 풀 근무를 뛰려면 부두에서 지내는 날 이 부지기수였으니 며칠 후에나 집에 들어오시는 날에 본 아버 지의 얼굴은 바싹 타 들어가서 쭈글쭈글한 까만 콩 껍질 같았다. 잠을 자기 바쁜 일상이었던 아버지와의 대화는 많이 없었다.

이러하니 그에게 딸의 일상을 공유한다는 건 어찌 보면 사치 였다. 시간적으로 그리고 심적으로 불가능한 것이었다. 그때의 아버지는 그래야 살아졌었으니까. 아마 그때쯤이었을 듯싶다. 아버지에게 우울증이 찾아온 것과 내 삐뚤어진 불효한 반항심 이 커져갔던 것도. 대학교 3학년에 일본으로 교환학생을 떠난

터에 집에 부재중이었던 한 해 동안 아버지에겐 꽤 많은 일들이 있었다는 걸 귀국 이후 뒤늦게 알게 되었다. 한국으로 귀국하고 1년 만에 들어온 집에 난데없이 디지털 TV가 거실을 블링블링 빛내고 있었다.

"엄마 이게 뭐야? 이거 광고에 나오는 그 LCD인가 뭔가 하는 그거 아냐?"

"응. 아빠가 너 일본 갔을 때, TV 보는 걸 유난히 더 좋아해서…. 하나 큰맘 먹고 샀지. 현금으로 사서 그나마 싸게 산 거다. 급하게 샀어, 정말."

"알아보고 사시면 되지. 비싼 건데… 왜 그렇게 급하게 사셨어?"

"그럴 이유가 있어. 넌 몰라도 돼."

당시 LCD TV가 한창 나오기 시작할 초창기 무렵이었다. 지금은 100만 원 남짓할 법한 아주 흔한 제품을 그때 엄마는 무려 400만 원 수준의 어마 무시한 가격을 그것도 현금박치기로 구매해 버리는 쿨함을 발휘한 것이다. 가계부를 쓰며 알뜰살뜰하게 살림을 챙기셨던 그녀가 그럴 정도면 뭔가 있지 싶었는데 당시 아빠는 우울증과 공황장애로 힘들어 하셨다는 걸 뒤늦게 알았다. 병원에 입원해야 하는 지경이라 했다.

아빠는 착한 사람이었다. 사실 그게 문제였다. 20년 무사고에 타인에게 배려심이 넘치면 넘쳤지, 덜하지는 않은 그런 사람이 었다. 사실 그게 때론 서운해서 사춘기가 될 무렵엔 몇 번의 말다툼도 흔히 있었다.

"아빠는 왜 다른 사람들이 늘 우선이야? 우리 식구는 안 보여?"

이 말을 달고 살았다. 버릇없고 못된 바보였다. 그때는 몰랐고 보이지도 않았다. 그의 진짜 모습을. 평생 자식새끼 딸린 4인 가족 먹여 살리느라 얼마나 참고 또 참는 삶을 살았었는지 낸들 알 턱이 없었으니까. 자신의 감정이 어떤 상태인지 알려고 하지 않았을 거다. 그렇게 타인의 오더에 맞춰져서 살아야 했던 아버지가 고된 삶의 대가로 고작 우울증이라는 병을 얻었을 때 그 좌절감과 무기력감, 이루 말할 수 없는 고통은 아마 세상의 어떤 문장으로도 표현할 수 없는 것일 테다. 나는 그에게 쏟아내는 못된 말로 참 많이도 그를 괴롭혔다.

내성적인 성격에 힘든 일이 있어도 말 한마디 못하고, 회식에 술이라도 드신 날이면 술기운을 빌려서 비로소 가끔 튀어나오는 그 속내를 이제는 알지만 당시엔 몰랐다. 그래서 몇 번의 말다툼 그리고 급기야 내가 입사라는 것을 하고 나 또한 회사원이 되기 시작한 사회 초년생이었던 때 머리가 제법 굵어지고 돈도 번답시고 나는 정말 모지란 딸년이 되어갔다. 있는 힘 없는 힘 쥐어 짜내서라도 '사랑'을 주고 팠던 그였다는 걸 왜 나는 몰랐을까.

"내가 어떻게 살아왔는데… 새끼들이라곤 하나같이 다 지 엄마 편이지."

그에게 모질고 세찬 말을 퍼부어 댔던 날, 그의 분노는 결국 터져 나왔다. 처음이자 마지막으로 뺨이 얼얼해져 멍으로 가득했던 그 밤을 아버지는 기억하고 있었다고 했다. 타인보다는 같이 마주하며 사는 가족이 우선이 아니겠느냐고 아버지에게 못내 서운함을 분노로 드러내고 만 나의 어리석음, 누구보다도 그 우선인 가족을 위해 살았던 남자에게 나는 감히 그의 분노를 건드리고 만 것이다. 결혼을 한 지금 그때의 아버지를 문득 떠올리면 마음이 참 아프다. 그의 시대는 힘없고 빽 없는 평범한 사람들의 무한한 희생과 돈이 삶의 목적이 되어야 겨우 살아지는 철저한 자본주의 시대에 맞춰졌을 테다. 직장인이 되어 밥벌이를 하고, 이젠 부모의 입장에도 서게 된 나는 그때 그의 마음을 생각하면 늘 체한 듯한 쏩쓸함이 밀려온다.

유산을 할 때마다 병원 침실에 누워있는 내게 먼저 달려온 건 다름 아닌 아버지였다. 그는 껌뻑하면 쏟아질 것 같은 눈물을 가득 머금은 두 눈으로 나를 힐끗 바라보다가 못내 자리를 뜨고 말았다.

"아빠가 미안하다…."

"뭐가 미안해… 내가 미안해요. 이 모양…이라."

"너만 행복하고 괜찮으면 된다. 내 새끼가 살면 됐어."

그의 입에서 처음으로 '행복'이라는 단어가 흘러나왔을 때 나는 하염없이 울었다. 그도 행복을 바랐던, 행복이라는 걸 생각할 줄 아는 사람이었음을 좀 더 일찍 알아챘다면 좋았을 것을…. 병원에 누워있는 자식새끼 바라보는 부모의 마음은 오죽 착잡했을까 싶다. 아버지는 그 또래의 그 시대를 그저 묵묵히 견디고 있었던 한 집안의 가장이었다. 가부장적이었지만 먹고살기 바쁜 집안의 장손이었고, 그래서 돌보아야 하는 가족들이 많았다. 그럴 수밖에 없었던 그의 마음을 좀 더 빨리 이해했다면 과거가 좀 더 행복했을 텐데 여전히 아쉽다.

가족. 그건 아버지에게 있어서 살아가는 원동력이자 이유였지만 반면에 사실 도망치고 싶었던, 그럴 수만 있다면 때론 떨쳐내 버리고 싶은 무거운 존재였을지도 모른다. 시간이 꽤 많이 흘렀고, 이젠 쌍둥이 손주들 보는 재미에 작지만 천천히 변하며 재미를 찾아가는 아버지에게 나는 큰 효도를 한 것 같아서 내심 뿌듯하고 행복하다. 예전에는 없던 편안한 느낌의 행복이다.

언젠가 죽음이라는 것이 다가왔음을 미리 예견이라도 하는 날이면 제일 먼저 떠오르는 건 아마 '사랑하는 사람'의 모습일 것이다. 그래서 우리는 그들에게 마음의 진심들을 고백하며 살아야 하지 않을까. 비록 아픈 존재이고 떨쳐내고 싶은 순간이 올지언정 나름의 최선을 다해서 뒤늦은 후회를 하기 전에 말이다. 보고 싶으나 볼 수 없을 때만큼 처절한 슬픔은 없을 테니까. 그러니 같은 공간에 있는 것만으로도 편안한 위로가 되는 존재들, 가족이란 그랬으면 좋겠다. 아니 최소한 그래야 한다. 그래야 덜 불행하고 더 행복할 것이다.

오늘도 어김없이 부두에 나가신다고 했다. 나는 안부 문자를 보냈다. 그의 안녕과 뒤늦은 행복을 위한 수줍은 고백을 하고 싶어서. 차마 보내지 못한 말들은 항상 마음에서 반복하며 애써 메시지 하나에 마음을 조용히 담아낸다.

"아빠, 밥 먹고 운전 항상 조심해요(고마워. 미안해. 건강해.

사랑해).”

　세상의 모든 아버지, 그들도 그냥 약한 한 사람임을 기억하고
자 한다. 그래서 오늘 나는 바란다. 그들의 마음이 아프지 않기
를. 덜 다치고 더 기쁘기를.

#8.

권태기

"뭐해?"

이 말의 숨은 뜻은 사랑을 하고 있는 여자 언어 번역기에 의하자면, "너의 '지금' 상태가 궁금해, 내 생각해?" 정도로 정의해두자. 누군가의 일상, 지금 어떤 순간을 맞이하는지가 궁금해지다가 급기야 미쳐버릴 것 같은 지경에 처해 본 사람은 알 수 있다. 누군가를 향한 순도 100퍼센트의 고통까지도 철저히 받아들이기로 결심했다면 그게 바로 '사랑'의 시작이라는 걸 말이다. 입을 맞추었던 그 뜨거움이 꽤 오래 지속되면 얼마나 좋을까. 사랑은 뜨거워도 결국 식는다. 그게 사랑이다. 그러다 보니 때론 입을 맞췄던 입술에 온열팩이라도 붙이고 살아야 하나 싶다. 좀 천천히 식으라고.

다섯 손가락에 꼽는 몇 안되었던 연애시기를 거치면서, 내가 사랑에 빠져 버려 절정에 이르렀을 때는 보통 '나의 치부를 드러내 버리고 싶은 욕망'에 휩싸였을 때였다. 모든 걸 맡겨도 좋을 만큼의 사람이라고 인정한 사람은 언제나 아프게 끝났다. 이별을 경험할수록 자연스럽게 나를 감추고 검열하며 지내기도 했다.

사랑 앞에선 이도 서도 따지고 싶지 않은 게 본심이지만 어느새 현실을 따지게 되는 재미없는 사랑을 선택하게 되는 깃, 그게 어쩌면 시답잖은 어른들의 사랑인 걸까. 그렇다면 어른이 되기를 거부해 보기도 하지만, 나 또한 마음을 감출 줄 알고 떠나보낼 줄 안다는 쓸데없이 그럴싸한 변명과 함께 어른의 사랑을 해 내기도 한다.

시작은 사랑, 그러나 그 후에 두 사람 사이엔 권태라는 손님이 찾아올 테다. '처음처럼'은 소주 이름에나 어울린다. 24시간, 365일, 매일매일 처음 같지 않은 게 바로 사람 마음일지 모르겠다. 사람마다 상황마다 다르겠지만, 보통 몇 년의(혹은 몇 십 년의) 시간을 부대끼며 지내다 보면 어느 순간 이런 마음이 드는 것도 그렇게 놀랄 일만은 아닐지 모르겠다.

"나, 당신이 지루해졌어."

배신스럽고 치사해 보이지만 한편으론 또 이해도 되는 말이다. 상대가 지루해졌다는 그 마음, 그렇게 권태기는 순식간에 우리도 모르게 곁에 찾아와 두 사람을 조용히 갉아먹을 준비 태세를 갖추고야 만다. 오랜 연애를 지속한 커플에게 자연스레 찾아오는 것, 연인 같은 설렘보단 가족 같은 편안함에 안주하는 시간들을 비집고 드러나는 것, 결혼 후 달달한 신혼을 거쳤을지 언정 오랜 기간 결혼생활을 유지하며 아이를 낳고 사는 부부들에게서 의외로 흔히 볼 수 있는 암묵적인 이벤트, 바로 권태기가 아닐까 싶다. 세상 귀찮은 듯 아니 무관심하거나 아예 상대를 저 우주 멀리 '내 차버리고' 싶은 열폭? 수면 위로 드러나는 형태는 다양하겠지만 본질은 하나일 거다. 반복되는 익숙한 지루함의 공존과 생존 사이.

결혼은 사랑의 마침표일까 아니면 중간 쉼표일까? 난데없는 엉뚱한 자가 질문에 도통 답을 찾지 못하는 건 나로선 당연하다. 사실 부부의 권태기를 생각해 보는 요즘의 나는 사랑의 결말이 '결혼'이라고 생각하지 않는 편이다. 나로서는 정말 사랑하는 사람과는 절대 결혼할 수 없다고 생각하는 편인지라, 그 사람이 나를 뛰어넘는 것 같은 게 무섭다. 그만큼 상대를 나보다 더 사랑하는 정도의 지경에 이르면 정작 나라는 사람의 삶이 먹혀버릴 것 같지 않은가. 그러니 절대로 가슴이 터져버릴 것 같은 사람과는 결혼하지 않는 게 나의 기준이었고, 다행히 그 원칙을 지켜냈으나 애석하게도 부작용이 남아버렸다. 아쉬움이라는 공허한 부작용.

결혼한 지금의 삶과 사랑의 인과관계를 뚜렷하게 정의 내리기 힘들다. 아니 사실은 '사랑'을 말하는 게 사치 같다는 생각이 드는 요즘 시기다. '육아'가 공존해 있으면 그렇게 되는 것 같다. 원치 않아도 결혼하기 전과 후 그리고 자녀가 있음과 없음은 겉보기엔 종이 한 장 차이일 수 있으나 체감적으로 느껴본 사람들은 알 테다. 그건 천지개벽까진 아니더라도 그 정도의 어마무시한 팩트라는 것을! 둘의 삶이 아닌 셋, 넷의 삶이 시작되는 순간 또 다른 세계가 펼쳐진다. 물론 사람마다 노출된 상황마다 사랑이 지속되는 형태는 다르다. 사랑은 지속될 수 있다. 아니 지속되어야만 한다. 사랑하니까, 함께 있자고 스스로 결정했다면 '책임'이라는 것이 따르니까. 그래서 권태라는 것이 찾아오면 무섭다.

사랑한다. 그러니 너의 삶도 함께 내 삶에 섞어 살아 보겠다는, 그 마음의 책임에 따라 둘이 약속하는 형태가 결혼이라 치

자. 어쩌면 사랑의 '쉼표' 격인 존재로 정의될지도 모르겠다. 최소한 내게는 그랬다. 불안하지 않고 위태롭지 않고, 누군가와 함께함으로써 편안하고 싶어서 선택한 결혼이었지, 더 뜨겁게 불타올라서 그 사랑에 잡아 먹힐 만큼의 뜨거움은 사실 없었다. 이렇게 말하면 그이가 서운해 할지 모르겠다. 꽤나 많은 나이 차이와 반대에도 불구하고 결혼을 선택한 그 순간만큼은 어마무시한 열정이 있었다 치자. 왜 그랬을까? 지금 돌이켜 생각하면 미스터리인 것으로! 언제나 사랑의 문제는 나와 상대의 관계 속에서 이루어진다. 어떤 것이 되었든 내 모든 마음이 온전히 향하고자 하는 대상이 서서히 바뀌는 순간 '권태기'는 자연스럽게 씨앗을 싹 틔운다.

태어나 25년 이상이나 살아온 동네를 결혼을 하며 벗어나 새로운 곳으로 이사를 했다. 결혼이라는 또 다른 세상 그리고 새로운 동네에서의 새 출발, 모든 게 설렜다. 그리고 아이를 갖기 전후부터 소위 '지역 엄마 커뮤니티'를 통해 우리 동네의 모든 온갖 알짜 정보와 삶의 소소한 일상을 '여자, 엄마'의 시선으로 공유하곤 했다. 별의별 이야기가 다 올라오는 나의 힐링 공간 중에 하나인 그 커뮤니티에 어제 글 하나가 올라왔다. 바로 '권태기'에 대한 '그녀의 속마음'이었다.

"연애 5년, 결혼 6년, 작년부터 뭔가 권태기 같다고 느끼고 있어요. 막 남편이 싫은 건 아닌데 좋지도 않아요. 엄청 착하고 배려 잘해주는 아빠 같은 매력이 뿜뿜해서 결혼했죠. 진짜 전생에 아빠와 딸이었나 싶을 정도로… 그런데 몇 년 지나면서 정말 요즘은 그 마음이 다 없어졌어요. 남편은 권태감이 크지 않은 것 같은데 문제는 저예요. 그가 크게 잘못하는 게 없는데도 평소와 같은데도 밥 먹을 때, 잠잘 때 등 잔소리만 하고 싶어져요. 싫은 점만 눈에 보여요. 그래서 자주 싸우게 되네요."

'동네 엄마 커뮤니티'는 작은 동네 일상 정보부터 시작해서 육아, 일, 사랑, 돈, 아이, 세상 물정 등등 온갖 것들에 대한 마음들을 서로 까발릴 수 있는 곳이다. 그리고 대부분 조회수가 1시간 만에 1천 이상으로 순식간에 오르는 글들은 소위 '이런 삶의 글'들이다. 권태기에 대한 그녀의 고민 글이 조회수를 순식간에 넘은 건, 어쩌면 '댓글'들 덕분일지도 모르겠다. 나 또한 그 원문보다는 두 눈을 동그랗게 뜨고 그 작은 글씨를 한 땀 한 땀 읽게 만든 '훌륭한 댓글들'을 읽느라 클릭하고 또 클릭해 보았으니까 말이다.

'저도 5년 지났는데 사실 2년 차부터 설렘이란 버렸어요. 그게 뭔가요? 먹는 건가요? ㅋㅋ'

'JTBC에서 하는 '오늘 아내가 바람을 피웁니다' 드라마 추천합니다. 정말 캐공감이었어요. 한번 보세요.'

'20년 차예요. 그것도 금세 지나가요. 그냥 오늘 맛있는 거 사 먹고 쇼핑도 하고 그래 보세요. 아무 감정 없게 되면 게임 끝입니다ㅋ'

'아 저는 축복 받았을까요? 아직도 남편이 좋네요. 근데 문제는 남편이 나를 좋아하지 않는다는 거. 바람피우면 어쩌죠? 내 눈에도 멋진 남자라.'

꽤 많이 달린 댓글들이 오늘 아침 내 육성을 터지게 만들었다. 그러면서 한편으로는 '사랑'에 대해 다시금 진지하게 잠시 생각에 빠져들게 했다. 그러다 어느새 댓글을 달려고 키보드에 열 손가락을 얹었다.

'사실 권태기를 느끼는 것 자체도 여전히 '사랑'하고 있다는 증거 아닐까요? 사랑을 상대에게 확인 받고 싶다는 것도 또 다른 사랑일 수 있으니깐요. 한편으론 위의 20년 차 님의 말에 격공합니다ㅋㅋ 그럼에도 좀 슬프긴 해요. 일상에 찌들대로 찌들

어 공감 하나 없이 살아가는 게 부부의 현실이라면 말이죠.'

난 여전히 그에게 '사랑'을 갈구한다. 그래서 그에게 한두 번씩, 뜬금없는 또찌(또라이 찌질이) 발상을 여지없이 발휘한다. 덕분에 오늘은 아침에 톡을 보냈다.

'여보, 나 사랑해?'

'갑자기 또 왜 물어?'

'아니 그냥⋯ 근데 여보, 나 연애하고 싶어.'

그의 대답은 꽤 의외였고 내 무릎을 탁 쳐냈다.

'나도 연애하고 싶어.'

'좋은 사람 있으면 서로 소개시켜 주기.'

'또또 그런다, 여보슈.'

그래, 사실 그의 말을 빌려 '또또' 그래 버렸다. 그래도 어쩌나. 이런 식으로라도 그의 마음을 잠시 확인하고 싶은 게 어리석고 치기 어린 빌어먹을 내 마음인 것을. 그래도 자연스러운 우리 둘 사이의 유머코드가 요즘 맞는 것을 보면 아직 권태가 심한 편은 아닌 듯도 싶다. 아니면 권태기를 느낄 새조차 없는 부모가 된 우리들의 삶을 사느라 정신없어서 그럴지도 모를 일이다.

사랑 이후의 결혼, 그 삶이 20년간 지속된다고 치자. 20년 차

부부가 10년 이상을 서로 바라볼 때마다 설레고 눈에 하트 뿅뿅 대면서 얼마 전에 종영된 '쌈마이웨이'의 "애라는 슬퍼. 똥만이가 그러는 거 너무나 싫어"라는 오글거리는 애교를 아무렇지 않게 내 남자에게 자연스레 날릴 수 있을까? 나는 '글쎄올시다'에 한 표다. 사람과 상황마다 다르니, 노코멘트 하겠지만 10명이면 한 커플, 아니 나오는 게 불가사의가 아닐까 싶다. 내게 요즘의 사랑이란 '각자 따로 또 같이'의 시간들이어서 그럴지 모르겠다. 결혼 7년 차에 육아 2년 차, 한창 아이들과의 평일 워킹 부모로 치열한 일상을 지내고 있다. 주말엔 온전한 전투 육아와 집안일로 역할 분담 속에서 각자의 일상을 지내다가 합쳐지다가의 반복이다. 그러니 '사랑'을 논하는 것이 때론 사치이자 그럴만한 여유가 없어져 버린 일상이니까. 권태를 느끼지 못하는 요즘이 오히려 나은 걸까 하는 작은 위로를 건네보기도 한다.

　'효리네 민박'에서 볼 수 있는 사랑과 낭만, 삶의 여유로움은 1도 쉽게 찾아볼 수 없는 게 나의 '팩트 현실'이다. 사랑 이후 가족이 되었다. 사랑은 비단 남녀 사이에만 존재하는 건 아니겠다. 가족. 그보다 더 진하고 징글징글해서 쉽게 끊어내기 힘든 사랑의 형태가 있을까 싶다. 최소한 빌어먹을 유교 사상이 지대하게 깔린 대한민국에서 가족이라는 연대로 묶여버린 사람들의 관계는 꽤 질기고 쉽게 끊어지지도 않는다. 그 연대가 부디 사랑으로 가득 차다면 큰 문제없겠지만 반대로 우리가 두려워해야 하는 건 그렇지 않을 때다.

더 이상 사랑하지 않는 사람으로 느끼기 시작할 때, 바로 무관심의 시작이 제일 위험한 것 같다. 그 순간부터 일상의 많은 부분을 공유해야 한다면 억지로 쥐어 짜내듯 그렇게 노력하다가 어느새 나라는 존재를 부정하고 말 테니깐. 그러니 그분께 댓글을 한 번 더 달아보고 싶다. 권태기를 이야기하며 불안해하는 것조차도 사실 그 사람과의 관계를 유지하고자 하는 의지에서 꽃피우는 사랑의 일종이라고.

말은 이렇지만 솔직히 씁쓸하기는 하다. 사랑에 유통기한이 있다면 그게 이미 기한이 다 차 버려서 폐기 처분할 수도, 환불할 수도 없을 땐 어떻게 해야 하는지 모르겠다. 새로운 사랑을 찾기엔 위험하고 치명적인 도전(?)일 수도 있으니 다만 그 사랑의 에너지를 나라는 자신의 내면을 좀 더 가꾸는 데 쏟아 보자고 결론을 이렇게 허무하게, 미지근하게, 다른 대안 없이 맺어 본다.

권태, 그것도 사랑이라고. 그 마음조차도 인정하고 받아들이며, 내 앞의 사람과 오늘 마주한 시간들을 새롭게 보는 '나 스스로부터'의 노력을 해 보자고. 가령 빠른 시일 내의 대안(?)이라면 '세상 로맨스'를 모두 섭렵해 보는 것이다. 드라마, 영화, 만화, 소설책, 우리가 택할 수 있는 범위는 꽤 넓다. 나는 읽고 쓰는 걸 택했다. 그래서 요즘은 좀 살만해지고 숨통이 트인다. 어떤 형태든 응원한다. 그 권태 속에서도 새롭게 솟아오르는 당신의 '사랑'을.

9

애매해야 오래가요

한때 즐겨 듣던 노래가 있었다. 무한반복을 자청할 정도라면 꽂힌 건 분명했다. 즐겁지 않던 명절 연휴를 잘 버티게 만들어 준 노래의 제목은 즐거웠다. '썸 탈 거야.' 유치하지만 알고 보면 삶이 모두 썸의 연속이 아닐까 싶다. 그런 핑계로 잠깐 썸에 대한 썰을 풀어본다.

썸이 뭐였더라? 언젠가부터 생긴 신조어 '썸'이 궁금해서 사전을 뒤져 보았다. 설마 나올까 했는데 정말 나왔다. 그것도 '시사상식사전' 코너에 버젓이 한자리 차지하고 있는 단어의 정의는 다음과 같았다.

'섬싱을 타다(There is something between us)'에서 나온 말, 남녀 간 탐색만 하는 단계를 이르는 신조어. 즉, 남도 아니고, 연인도 아닌 애매한 단계를 이르는 말로 사용됨.'

순간 고개를 끄덕였다. '애매한 단계'라는 단어가 마음에 든다.

혼자만의 썸을 제대로 탔던 사람이 있었다. 그는 대학 시절 봉사 동아리에서 만난 나보다 1살 많은 산업공학과를 다니는 키가 큰 사람이었다. 절대 잘생겨서 홀린 건 아닐 거라 생각하지만 내 삶에 그렇게 생겨먹은 남자는 처음이었다. '오빠'라는 단어에 언제나 거부감을 갖고 있던 나는 당시의 그에게도 'OO군'이란 일본어 식의 웃긴 호칭을 사용했다. 그것이 그에겐 신선해 보였는지 친구보다 약간 더 친한 농담을 주고받는 애매한 단계의 '썸'이 점점 무르익어갈 무렵, 동아리 내 여자 동기의 남자 친구가 되었다는 사실을 뒤늦게 알아 버리곤 괘씸한 마음을 감출 수 없으면서도 여전히 마음이 포기되지 않았다. 그때 시작했다. 일방통행 짝사랑이었던 첫사랑을.

나는 들렸다 놓아졌다 하는 '썸'의 하수였다. 내 첫사랑은 완벽한 실패였다. 사실 사랑이라는 정의에서 승리와 실패라는 단어를 쓰는 게 우습긴 하지만 만약 '맺어짐'이라는 답이 수학공식처럼 정해져 있는 정의라면, 나의 첫사랑과의 '썸'은 완벽한 실패였다. 사실 그 수학 공식은 애초에 풀 수가 없었다. '여자 친구 이미 있음'이라는 기준이 되는 절댓값을 알아버리고 말았으니까. 그렇지만 알면 뭐? 제멋대로였던 나는 상대를 배려하기 이전에 내 마음 배려만 앞섰나 보다. 참아내는 것이 성숙이라면 나는 그때나 지금이나 성숙과 거리가 먼 타입이었다. 그가 유학을 간다고 했을 때 궁극의 한마디를 질러 버렸다.

"첫사랑은 완벽한 실패였어. 근데 첫 키스는 성공하고 싶어."

지금 생각해도 도대체 이런 용기는 어디서 나왔는지 모를 일이다. 아마 21살이어서 가능했던 건지, 아니면 나라는 캐릭터 설정값이 이 모양이어서 그런지 상대로선 당황스럽고 무례했을 법 하지만 솔직히 싫진 않았을 거다. 얕든 깊든 사랑으로 연결된 사람의 마음엔 적나라한 속물근성이 감춰져 있을 테니까. 더군다나 자신을 좋아하는 사람 앞에선 더더욱. 군림하려 하거나, 배려하는 척 썸을 타거나 선택은 언제나 '나'의 몫이다.

"여자 친구가 있어서 너랑 사귈 수가 없어. 근데 분명한 건 넌 참 매력 있어."

그는 여자 앞에서 군림하려 하지 않은 남자 같았지만 역시나 그 안의 이중적인 속물적 근성은 결국 들키고 말았다(라고 여전히 시간이 지났지만 그렇게 믿고 있다. 그래야 마음이 좀 편해진다).

지긋해지기도 하는 그 빌어먹을 '썸'의 종료는 나로부터 나온다는 걸 10년이 지난 후의 첫사랑을 생각하다 보니 다시 되새김질 해 보게 된다. '썸'의 결과가 비록 '맺어지는 연인'이라는 기준에서는 완패했지만 사실 그건 실패한 게 아닐 테다. 이미 마음이 오고 갔다. 그거면 됐다. 애매하지만 그래야 오래간다. 물론 그와는 오래가지 않았다. 오래가고 싶지 않아졌다. 생각해보니 고백을 하고 나서 속이 후련했지만 또 저 말로 나를 들었다 놨다 하는 것에 내가 나에게 신물이 났는지 그 이후 연락을 하지 않았다. 가끔 들리는 소식만 간간이 건너 들었을 뿐이다.

일상에서도 수많은 '썸'을 겪고 우리는 삶을 흘러가고 있다고 생각한다. 예컨대 이런 일상의 썸들 말이다.

1. 안을까 말까: 엄마 바라기인 둘째 둥이가 설거지를 시작하려는 내게 매달린다. 그 녀석과 나의 '썸'이 시작된다. 긴장 타는 눈치게임은 시작된다. 탐색하기는 단 5초. '엄마 이것만 하고 안아 줄게'라고 말하는 순간 썸은 종료된다. 녀석은 나를 물끄러미 바라본다. 대단한 마법이다. 아이가 정면으로 뚫어지게 나를 쳐다보는 그 두 눈은 절대 막을 수가 없다. 언제나 지고 만다.

2. 쓸까 말까: 아기들을 재워 두고 하루 1개의 글을 쓰기로 마

음먹은 나는 육아 3종 세트인 이른바 '먹놀잠(먹이기, 놀기, 잠재우기)'을 마친 이후 식탁 위로 노트북을 꺼내 놓는다. 그 순간 노트북과 나의 '썸'이 시작된다. 결과는 나의 완승. 오밤중이 되어서야 겨우 하루 일과를 마치며 파김치가 된 나는 손목의 터널 증후군이 생겼다는 핑계로 이불 속으로 도망쳐 버린다. 노트북이 이기기를 바랐지만, 아쉽다.

3. 먹을까 말까: 야밤에 새우깡과 '썸'을 탄다. 단짠의 매력으로 곁엔 몽쉘통통 몇 개도 별책부록처럼 살포시 갖다 둔다. 결과는 단연코 단짠의 성공. 명불허전 말이 필요 없다. 새우깡과 몽쉘통통과의 썸에서는 항상 지고 마는 나다. 이길 수가 없다. 누가 이기는 법을 좀 알려주면 좋겠다.

사랑의 관계에서 끝장을 보든 썸을 질질 타든, 선택은 역시나 내가 하는 것일 테다. 감당해 내며 짊어질 수 있는 무게라면 애매하게 가보는 것도 나쁘지 않겠다. 다만 그럼에도 사랑에 빠진 누군가가 '지금 썸 타고 있는 사람이 있는데 어쩌죠'라고 감사히 마음을 나눠 준다면, 난 이렇게 말해보고 싶다. '저지르세요'라고, 당신이 궁금하다면 썸의 '끝'까지도 한번 경험해 보시라고.

그렇게 말하면서도 사실 속물근성인 나는 요즘 들어 평생 썸만 타도 좋겠다 싶은 것들이 가끔 생긴다. 애매한 관계를 유지해서라도 오래 간직하고 싶은 것들도 있다. 애매해야 오래간다는 것을 알게 된 걸지도 모르겠다. 가령 커피를 못 마신다거나 목캔디는 천천히 녹여 먹지 않고 깨물어 먹어야 직성이 풀리는 악취미를 알고 배려해주는 사람들을 만나게 되면 이미 알고 지내던 친구도 아니고 가족은 더더군다나 아님에도 그 세심함에 감동한다. 애매하게 알게 되었지만 선명한 감사함을 느끼게 되는 어떤 것들.

'썸이 뭘까? 왜 생길까? 왜 종료해야 될까? 아님 왜 끝을 봐야 될까?' 여전히 잘 모르겠다. 난 이 질문을 왜 애꿎은 노래를 듣다가 삼천포로 빠져드는 생각을 하게 된 건지. 다만 뭐가 됐든 덜 불행하고 더 기쁘기를. 그럼 됐다. 듣기 좋은 노래도 결국 끝났다. 이제 다음 트랙으로 넘어가보려 하다가 다시 한 번 더 듣는다. 아직은 이 노래가 좋으니까. 이렇게 노래와 다시 썸을 탄다.

매력남녀

작은 배려와 친절의 아이콘

긴 명절 연휴를 마치고 회사로 복귀한 첫날, 사옥 안 카페테리아는 예상대로 분주했다. 그 분주함에 한몫 거들고자 동료와 함께 찾아갔다.

"헤어스타일이 바뀌셨어요. 잘 어울리시는데요."

그 말을 듣는 순간 동료는 생긋 미소 지으며 아니라고 손사래를 쳤다. 오글거리지만 왠지 모를 훈훈함이 연출되었던 오후 2시의 티타임은 사람의 얼굴을 기억하고 먼저 가볍게 정다운 인사를 건넨 카페테리아에서 일하는 그녀 덕분에 시작과 끝이 좋을 수밖에 없었다. 안경 너머로 화사하게 웃는 귀여운 목소리의 소유자인 그녀는 오늘부터 나의 '매력남녀'의 범위에 들어오게 되었다. 누군가를 기억하고 그 상대가 웃을 수 있는 한마디를 건넨다는 것이 좋다. 사실 누군가를 웃게 하는 데 큰 힘이 들거나 돈이 많이 드는 일도 아니다. 아주 작은 배려와 센스 있는 몇 가지의 행동으로 충분히 기쁨을 공유할 수 있다. 누구나 할 수 있는 말이지만 누구도 하려고 잘 생각하지 못한다. 그러나 그녀는 해냈고 그런 그녀는 충분히 매력 넘친다. 그 이후 난 그녀와 인사를 주고받는 사이가 되었다.

"고맙습니다. 잘 먹을게요."

"네. 좋은 하루 보내세요."

간단한 인사에 화답이 오고 간다. 매력은 이렇게 작게 시작되다 어느새 흘러 넘치는 걸 테다.

삶의 유머코드와 본인의 철학이 있는 사람

한 달 내내 해외 출장을 다녀오고도 연휴에 일 처리를 위해 휴일 수당이 안 나옴에도 불구하고 묵묵히 본인의 업무 마무리해 내는 동료가 있다. 공적으론 철저히 이성적인 프로페셔널이면서도 자신의 잘남을 드러내지 않으며 사적으론 타인을 향한 정이 있는 사람이다. 공적 자아와 사적 자아의 밸런스를 잘 지켜내는 (것처럼 아직까지 보이는) 그야말로 경계를 잘 지키는 어른의 편에 속하는 그가 사실 부러울 때가 많다.

"휴일 근무를 나온 친구에게 스타벅스 쿠폰을 날릴 수 있는 친구가 진정한 친구죠."

"비법이 뭔가요."

"간단합니다. 10잔 사면 1잔 돌아옵니다. 그래서 10잔 사는 인생을 살고 있을 뿐이지요. 젠장."

오고 가는 대화를 가만 들여다보면 그 사람의 철학을 엿볼 수 있다. 자신의 신념과 생각을 꽤 공손하면서도 유쾌하게 타인과 공유해 낼 줄 아는 그는 공부해서 남 주고 가진 걸 또 주려 하는 사람을 향한 그릇이 넓은 것 같다. 가볍고도 무거운 인문학적 사고의 대화도 충분한 그는 참 잘 듣는 귀를 가졌기에 나의 '다다다' 하는 의식적 흐름의 또라이 진상 대화 톡을 끝까지 들어주는 자비를 발휘해낸다. 다 듣고서 마지막에 건네는 한두 마디는 언제나 촌철살인, 명불허전이 아닐 수 없다. 늘 무릎을 탁 치며 나의 육성을 터지게 만든다. 삶에서 유머 코드와 동시에 본인만의 철학으로 흐르는 사람은 결국 인기를 얻는다. 남들에게도.

약 12년이라는 멋진 연차를 마무리 지은 그녀의 퇴직 인사는 정말 근사했다.

"그동안 감사했습니다."

딱 한 문장이었다. 인수인계자를 소개하면서 메일의 마지막 한 문장으로 인사를 건넨 그녀는 역시 '나의 언니 박 대리'다웠다. 신입 사원 때 그녀는 대리였다. 감히 대리 주제(?)임에도 불구하고 쉽게 그녀를 대하는 팀장도 부장도 상무도 아무도 없었다. 원래 그런 게 정상이지만 대한민국 상장 기업의 8할 속에는 여전히 젠더 폭력이 난무하며 업무에서도 형평성은커녕 납득조차 되지 않는 일들이 차고 넘쳐흐르는 게 현실일 테다.

그녀에 대해 '안다'고 하는 이들은 그녀의 매력을 잘 알고 있을 것이다. 사실 난 여전히 잘 아는 편인지 아닌지 모르겠지만, 내가 알았던 그녀는 차가운 이미지와 직선적인 화법의 소유자였다. 난 그런 점이 오히려 좋았지만 외려 불편해하는 동료들과 사내 적(?)들도 있었다고 들었다. 언뜻 보기에 톡 쏘는 '사이다' 같은 그녀의 말투는 따지고 보면 청량하고 시원시원하다. 그래서 좋아했고 그래서 아쉬웠다. 이젠 그 목소리를 못 듣는다는 사실에.

아닌 건 아닌 것 같다고 그리고 모르면 정말 모르니 알려 달라고 말할 수 있는 대담한 용기로 무장한 동료였다. 후배에게도 배울 게 있고 선배에게도 모자람이 있다는 걸 인정할 줄 아는 사람이었다. 그래서 꼰대 다운 조언보단 차라리 누군가 고민 상담을 청해 왔을 때 그저 묵묵히 들어주고 그녀다운 직선적이고 짧은 피드백을 건네는 사람이었다. 퇴사 후 카톡으로 간혹 안부를 주고받을 때도 그녀는 역시 매력이 넘쳤다.

"근근이 먹고 살고 있어. 충분히 벌지 못해도 후회는 안 돼."

매력적인 그녀와 이렇게 연결되어 있는 현실에 그저 고마울 뿐이다.

읽고 쓰는 사람들

독서와 글쓰기 모임에서 만난 사람들은 읽지 않는 시대에서 꾸준히 읽는 삶을 유지하고 있는 그 자체만으로도 내게는 매력이 철철 흘러 넘친다. 다양한 직업과 삶의 환경에서 국적 불문, 나이 불문, 그저 공통적인 '책'과 '글쓰기'로 만난 이 '사람책'들은 각자 나름의 꿈을 지니며 오늘을 살아낸다. 책 이야기를 하다가 어느새 각자의 삶 이야기를 공유하는 관계로도 진전된다. 서로의 성장하는 삶과 각자의 꿈을 지지하다 보니 어느새 우리들은 서로가 도와주려 하고 있다. 가진 걸 나눌 줄 아는 이들이 잘되는 걸 곁에서 지켜보고 응원하다 보니 나 또한 어느새 그 매력에 빠져들고 나도 누군가를 빠지게 할 수 있을 것만 같다. 그냥 읽고 씀으로 인해서 만난 이 매력 넘치는 분들의 존재가 요즘 참 고맙다.

존재 자체가 매력덩어리

오래 알고 지낸 그녀는 나보다 늦게 결혼하고 먼저 아이를 가졌다. 칠보 공예와 클레이 아트를 할 줄 알며 사부작거리는 손재주가 예쁜 그녀는 현재 전업이라는 일터에서 본인의 최선을 다해낸다. 투정보단 인정을, 사람과의 너그러운 진심과 호의를 주고받는 그릇이 큰 그녀는 너그러운 마음의 소유자다. 최소한 나의 미친 발언과 개또라이 진상(?) 짓을 보고도 웃으며 받아들이고 자신의 마음을 표현해 내는 사람이다. 나의 회사 출입카드 속에는 10년 전 그녀가 내게 카페에서 적어준 작은 응원의 손편지가 고스란히 간직되어 있다. 슬픔과 기쁨의 중심에서 항상 나를 응원하고 지지하고 지탱해 주는 그녀는 '나'라는 세계에선 충분히 매력 넘칠 수밖에 없다. 앞으로도 그녀의 매력이 우리 둘의 관계와 세계 안에서 여전히 오래 유지되길 바란다.

일은 기본이고 외국어도 고급지게 구사하는 그는 여전히 청바지가 잘 어울린다고 스스로 생각하는 것 같아서 다행이면서도 이상하게 배가 아파진다. 사실 그가 대단히 잘나서 매력을 느낀 게 아니었다. 때와 상황에 따라 상대를 배려하며 늘 존대가 일상인 그의 존칭 화법, 침묵할 줄 아는 여유 장착으로 "잘 지낼 줄 알았어"라고 툭 내보이는 마음이 멋있었다. 그를 좋아했지만 연결되지는 않았다. 지금 돌이켜 생각해 보면 오히려 그래서 다행이다. 같이 살았으면 속 터졌을 것 같은 면도 있었을 테니. 매력 있다 해서 그것만으로 모든 게 용서되는 건 아니겠지만 그럼에도 매력이라는 건 그 사람이 가진 단점마저 덮어버릴 수 있을 만한 근사한 무기인 것만은 분명하다. 가끔 안부를 묻는 그는 여전히 블랙홀 매력의 소유자일 테니 사랑 받고 있을 것이다.

만나고 있지 않더라도 우리는 이미 연결되어 있다고 믿으면 어쩐지 살아있는 것 자체만으로도 위로가 되어 주는 사람들이 있다. 그와 그녀는 내게 존재 자체로 충분히 매력적이다. 누군가의 마음속에서 여실히 살아서 빛나는 사람들은 분명 그만한 이유와 의미가 있다. 매력으로 넘치는 두 사람을 포함하여 우리 셋은 서로가 각자 어떤 형태로든 연결되어 있다는 것에 그저 고마운 요즘이다. 언젠가 셋이 만날 날이 있을까. 가끔 상상해 보곤 한다. 결국 연결된 세 사람의 저스트 원데이를.

내게 매력이란 돈으로 살 수 없는 것들 그리고 팔 수도 없는 것들이다. 그건 억만금을 준다 한들 쉽게 그리고 순식간에 얻어지는 게 절대 아니다. 그래서 누군가에게 매력적이라는 느낌을 주는 것도 그리고 받는 것도 쉽지 않다. 그래서 더 매력이 매력적인 건 아닐까.

무엇보다도 우리들은 스스로에게 이미 '매력남녀'라며 내가 나에게 좀 더 너그러워졌으면 좋겠다. 읽고 쓰는 요즘의 나는 내가 꽤 기특하고 또 좋아 보인다. 아니 좋다. 이건 분명 감사하고 기쁜 현실이다. 그러니 당신의 눈과 마음에, 오늘 내가 잠시라도 들어 있었다면 비록 어디로 튈지 몰라서 조마조마한 가슴 쫄림이 있는 존재인 꼴통으로 비춰질지언정, 나라는 사람이 부디 '매력' 있었기를, 그래서 끌려 왔기를 바란다. 그리고 이 글을 읽고 계시는 '당신' 또한 충분히 매력적이라는 점을 알아주시기를 감히 바란다.

당신과 나, 우리는 이미 충분히 매력남녀.

11

너에게 닿는 거리

11년이 흘렀어도 여전히 누군가에게 닿을 수 없는 거리를 생각하게 되는 순간이 있다. 나에게는 매번 들을 때마다 한결같이 나를 울리는 노래가 몇 개 있다. 살아가다 보면 그런 인생 노래 한두 개씩은 품게 되기 마련이다.

20개월이 지난 아이들을 데리고 낑낑대며 마트에서 집으로 돌아가던 길, 차 안에서 노래 한 곡이 흘러나왔다. 오후 5시, 라디오에서 담담히 흘러나온 그 노래는 여전히 가만히 들을 수 없게 만드는 노래였다. 10년이 더 지났음에도 어쩜 그리 한결같이 나를 울리게 만드는지 가끔 신기할 따름이다. 가을에서 겨울로 지나가려는 쌀쌀한 계절의 석양지는 가을 하늘이 유독 쓸쓸하게 느껴진 건, 아마 그 노래 때문에 생각난 나의 옛 친구, 그녀 때문일지도 모르겠다.

'희재.'

수경이가 세상에 남기고 간 마지막, 그녀의 SNS 속 배경음악
이었다. 11년 전 이맘때 난 친구를 잃었다.

"수경이가 죽었어."

거짓말 같았다. 거짓말 같은 소식은 항상 이렇게 급작스럽다.
저녁에 과외 아르바이트를 하고 있다가 전해들은 그 소식에 머
릿속이 하얘진다는 걸 그제야 알았다. 정말 아무 생각도 할 수
없었다. 다만 그저 만나러 가야 한다는, 직접 봐야 한다는 마음
만 앞섰을 뿐이었다. 선배의 차를 얻어 타고 친구들 몇 명과 급
하게 인천에서 광주로 떠났다. 그 오밤중에 고속도로를 달리면
서 차 안의 우리들은 말 몇 마디를 주고받지 못했다. 아니 말을
하지 않았다. 할 수 없었다. 다들 나처럼 믿을 수 없었으니까,
믿지 않았으니까. 직접 보기 전까지 아무도 믿지 않았다. 나도
믿지 않았고 사실 믿고 싶지 않았다.

"그럴 리 없어…."

차를 타고 가면서 갑자기 온갖 생각이 가득했다. 사실 수경이
는 내겐 그렇게 친한 친구가 아니었다. 다만 내가 절대 잊을 수

없는 특별한 친구였다. 친하지 않지만 기억할 수밖에 없는 특별했던 여자 친구 말이다. 나는 사실 그녀를 '친구'로 대하지 못했다. 그녀는 내 첫사랑의 여자 친구였고 우린 서로 알고 지내야 하는 사이였으니까. 그래서 수경이를 사실 마음으로 질투하고 미워도 해보는 속물이 나였다. 대놓고 내색하진 않았지만 그녀를 보고 있으면 나는 내가 작아짐을 매번 느꼈다. 유쾌하고 성격도 좋아서 주변에 친구가 많았던 수경이는 세상을 다 가진 것 같았다. 더군다나 그녀는 내가 가장 아프게 좋아했던 첫사랑의 그녀였기에 더더욱 그랬다. 그녀를 보면 마음이 늘 저려서 피하고 싶었다. 그와 함께 있는 그녀와 마주치는 게 참 힘든 그때의 나였으니까.

"수경아, 오늘 예쁘다…"

"고마워."

다른 친구들과는 달리 내게는 유독 단답형으로 짧은 대답을 건넸을 뿐인 수경이는 아마 알고 있었던 것도 같다. 나도 그 사람을 좋아했다는 걸. 그렇게 그 둘을 지켜보다가 나는 유학을 떠났다. 친구들을 통해 간간이 그녀와 그의 소식을 접해 들었고 나중엔 헤어졌다는 소식도 들었다. 그랬음에도 나는 여전히 그녀를 질투했다. 한때의 그가 좋아했던, 내가 경험하지 못한 것들을 모두 경험했을 그녀를 상상했기 때문에. 미련스럽고 어리석은, 그러나 사랑 앞에선 이도 저도 재지 않은 나라서 가능한 상상 말이다. 내가 알지 못하는 그에 대한 모든 걸 수경인 알고 있었다는 바보 같은 믿음 때문이었다. 그게 아닐지도 모르는데 말이다.

수경이의 비보를 들은 건 유학을 다녀온 후의 일이었다. 도착한 장례식장은 정말 초라했다. 가족들을 찾아볼 수 없는 것도 놀랐지만 더 충격이었던 건 내가 미처 몰랐던 수경이의 어두운 이야기들이었다. 내게는 세상 모든 걸 다 가진 듯한 그녀였는데, 그렇게 아프게 살고 있었다는 걸 뒤늦게 알았다. 무지가 죄악이라고 느껴지는 순간이었다. 알지도 못하면서 나는 고작 질투나 하고 있었다니 사랑에 눈이 먼 속물 중에 속물이 된 것 같아서 죄책감이 밀려왔다.

영정 사진 속 그녀는 내가 알고 있는 그대로 웃고 있었다. 까무잡잡한 피부를 가진 시원한 성격의 수경이는 여전히 내가 질투했던 그 모습 그대로였다. 그런데 이젠 더 이상 볼 수 없는 곳으로 가 버렸단다. 장례식장 특유의 향초 냄새와 다 식어빠진

맛없는 육개장을 앞에 놔두고 나는 감각이 없어져 버리는 것 같았다. 우울증을 겪었다고 했다. 부모님은 일찌감치 이혼을 했고, 집안 형편도 넉넉지 않았다고 했다. 평범한 학창시절을 보내지 않았다던 철없는 남동생, 학비를 걱정해야 하는 집안의 생활고, 밝지 않았던 가정사. 그게 수경이가 그간 겪어야 했던 현실의 모습이었다.

그와 헤어지고 난 이후 수경이는 많이 힘들어 했다고 들었다. 그를 많이 의지했을 것이다. 내 첫사랑의 그는 자상하고 밝고 모든 게 완벽한 것 같은 사람이었으니까. 일단 겉보기엔 충분히 의지할 만한 멋지고 근사하고 따뜻한 사람이었다. 그러나 장례식장에서 그는 볼 수 없었다. 쓰레기였던 걸까 아니면 그도 역시 나약하고 속물인 인간이라는 걸 내가 미처 몰랐던 걸까. 그는 끝내 오지 않았고 그 이후로 내 첫사랑에 대한 모든 환상은 산산조각 깨져 버렸다. 남은 건 친구에 대한 그리운 눈물뿐이었다.

마지막까지 버티고 서 있을 힘이 그녀에겐 남아 있지 않았던 걸까. 우울증으로 병원에 잠시 입원해 있었고, 그녀의 엄마가 잠시 병실을 벗어났을 때 수경이는 옥상에서 떨어졌다고 했다. 어떤 마음이었을지 생각하고 싶지 않지만, 사실 그 마음을 이해하게 됐다. 그 이후 나도 비슷한 경험을 했었으니까. 그녀가 살아있었을 때 조금이라도 연결되고 싶었던 마음에 사실 난 매일 그녀의 SNS에 들어가 보곤 했다. '그가 좋아하는 그녀를 닮으면, 날 좀 더 바라봐 줄까'라는 바보 같은 마음의 내가 있었다. 사람이 너무 어이가 없으면 말이 없어지고 슬퍼도 그 슬픔을 겪은 그 상황에선 눈물조차 나오지 않는다는 걸 그녀가 떠나간 뒤 알게 되었다.

새벽녘, 장례식장에서 집으로 귀가한 나는 바로 방 안에서 PC를 켜고 그녀의 SNS에 들어갔다. 배경음악이 흘러나왔다. 그 노래가 바로 '희재'다. 사람은 떠났고 음악만 남았다. 홈페이지에 반복 재생되고 있던 음악을 듣자마자 그제야 실감이 났다. 내가 질투했던 그 예쁘고 부러웠던 첫사랑의 여자 친구가 이젠 더 이상 질투할 수도, 부러워할 수도 없이 돼 버린 순간, 하염없이 흐르는 눈물을 걷잡을 수 없었던 그 순간의 나를 나는 여전히 기억한다.

"정말로 울면 내가 그댈 보내준 것 같아서."

눈물이 났고, 한동안 멈추지 않았으며, 그녀를 그렇게 보냈다. 질투심도, 시기심도, 미워함도 없이 그녀를 보내줘야 했다. 남겨진 사람들은 그렇게 한순간 아파도 다시 살아가야 하니까. 잔인한 사실이지만 그게 남겨진 자들의 현실이다. 어쩌면 그렇게 치열하게 보냈던 대학 시절의 내가 있었던 이유는 그녀 덕분일지도 모르겠다. 낮엔 공부하고 책 읽고, 밤엔 야학교 봉사활동을 하고, 그 와중에 아르바이트를 세 탕씩 뛰며 돈을 악착같이 모으고 유학을 가고 장학금을 받아냈다. 물론 사랑을 하고 이별을 하며 또 꿋꿋하게 여전히 사랑을 하려 애썼던 나의 이유들 말이다. 모두 다 그녀가 내게 남겨 주고 간 '죽음'이 주는 무언의 메시지 때문이었다. 시간이 지나면, 슬픔의 기억도 차츰 추억으로 변한다. 기억하던 사람의 고갯짓과 웃음소리와 걸음걸이와 손길은 더 이상 볼 수가 없게 되어 엄청난 상실감이 밀려올지라도 말이다. 시간이 흐르면 정말 그렇게 사라지기도 하는 걸까. 그러다가도 어떤 연결고리 때문에 추억으로 종종 찾아오게 되고 말이다. 누군가에 음식, 옷, 책, 편지, 누군가에겐 차 안에서 같이 들었던 노래….

11년이 지났지만 여전히 '희재'라는 음악을 우연히 듣는 날이면, 떠난 그녀가 생각난다. 그리고 여전히 마음이 두근거리고 아파서 눈물이 난다. 생각이 나도 연락을 할 수가 없다. 멀어져도 너무 멀어졌다. 닿을 수 없는 곳으로 가 버렸다. 그러나 나는 안다. 한편으론 이기적이지만 고마울 수밖에 없는 그녀라는 걸.

그녀의 죽음 덕분에 나는 좀 더 진심으로 열심히 그리고 내 자신에게 되도록 솔직하게 살아가고 싶어졌다. 무슨 오지랖인지 모르겠지만 한때 뭣도 모른 채 그녀를 질투했던 내가 그녀를 위해 해 줄 수 있는 건, 그녀의 몫까지 더 살아내야 하는 것뿐이니까. 그때부터였을지 모르겠다. 있는 힘껏 사랑하며 최선을 다해 살아내고 싶다. 이젠 보고 싶어도 볼 수 없는 그녀에게 내가 해 줄 수 있는 건, 그렇게 오늘을 살아내는 일이 되었다. 미안함과 고마움을 그렇게라도 대신할 수 있을 것만 같아서 말이다.

사랑하는 사람이 곁에 살아 있다면 있는 힘껏 해 줄 수 있을 때 그냥 뭐든 해 주면서 살았으면 좋겠다. 서로가 사랑 앞에서 눈치 보지 말고, 재지도 말고, 마음이 다한다면 되도록 사랑하며 살았으면 좋겠다. 우리는 타인에게 그렇게 너그러워지면 좋겠다. 그들이, 그녀들이, 당신이 그리고 내가 정말 그랬으면 좋겠다.

지금은 흑백사진이 돼버렸지만 손을 잡아줄 걸 그랬다. 그랬다면 덜 질투하고 더 좋아했을 텐데. 그녀의 '희재'를 아주 오랜만에 듣게 되는 날이면 더욱더 곁에 사랑하는 이들을 더 사랑하고 싶어진다. 그래서 울먹이고 싶은 날은 더 활짝 웃는 요즘이다. 일부러라도 그러고 싶으니까.

　고마워, 그리고 미안해···. 널 질투했고 미워했어. 부러웠었거든. 그만큼이었어. 내 속물 같은 사랑의 깊이가. 그땐 그 정도로 사랑하고 아팠어. 그러나 10년도 더 된 지금은 알 것도 같아. 부럽다는 말을 했을 때 너 또한 내게 해준 "너도 부러워"라고 했던 그 말의 의미를···. 나 네 몫까지 열심히 살아내고 싶었어. 그래서 지금까지 여전히 흘러가보고 있어. 난 잘 살고 있는 걸까. 오늘처럼 '희재'가 들리고 널 떠올리면, 그때의 내가 그리고 네가 생각나. 그 순수함이 여전히 애석하게도 남아있는 걸까. 점선 하나 그어놓고 들락날락 하는 바보 같은 나일지언정. 그래도 잘 지내볼 거야. 네 몫까지. 꿋꿋하게. 지켜봐 줄래. 너에게 닿을 수 없는 그곳에서..

#12.
나의 아이 둘

"카톡."

사진 7장이 전송되었다. 이른 8시. 어린이집 등교 시간에 남편이 찍어서 보내준 아이들의 등원 전 노는 사진들이었다. 팀 미팅을 하다가 그가 보낸 사진들을 뚫어지게 쳐다봤다. 마음은 어느새 쿵쾅거리고 있었다.

엄마는 강하다는 말을 좋아하지 않는다. 물론 그 안에 숨은 저의를 모르진 않는다. 모성애가 그만큼의 가치이며, 엄마라는 단어 안에는 표현할 수 없는 신비한 힘마저 있다는 것에 전적으로 동의한다. 그럼에도 엄마들이 매번 강하지는 않다. 오히려 약해질 때가 더 많다. 그러니 여전히 엄마라는 설정 값이 생기게 되면 더 강해질 거라는 남들의 말이 탐탁지 않게 느껴진다.

약해지는 건 언제나 순식간이었다. 반복되는 육아 근무 속 아이들의 취침이라는 그 희망으로 버티는 때가 있었다. 제일 싫어

하는 프로그램이 사실 '슈퍼맨이 돌아왔다'가 되어 버렸다. TV 에 나오는 훈훈하고 교훈적이며 미학이 가득한 에피소드는 현 실의 육아에선 찾아보기 드물다. '버틴다'라는 표현이 때론 더 근사치다. 최소한 나는 그랬다. 아기들은 쉬지 않고 움직이고 칭얼대며 안아달라고 매달린다. 토하거나 밥을 온 사방에 흘리 고 먹는다. 한 명의 그 현실을 나는 쌍둥이 엄마의 숙명을 타고 난 덕분에 고스란히 두 명의 몫으로 받아내야 했다. 아이들이 겨우 잠든 저녁엔 신랑과 나는 그야말로 '떡실신'이 되어서 엔 간한 의지가 아니고서야 남은 집안일을 마치자마자 베개와 일 심동체가 되고 만다.

육아서도 사실 언젠가부터 멀리하게 됐다. 꽤 명성 있는 저자 의 정답이 있을 것 같은 육아 지식과 그럴싸한 조언들, 베테랑 육아맘이 진짜 있을 것 같은 '아기 잘 키우는 비법' 같은 이름으 로 뽐뿌 오게 만드시는 육아 서책들 혹은 선진국의 내로라하는 지식으로 가득 찬 그럴싸한 육아 종합 지식 서적 같은 책들이 이상하게 불편해졌기 때문일지 모르겠다. 차라리 육아서보다 엄마들의 커뮤니티에 가서 그녀들의 적나라한 육아 라이프 혹 은 육아 일과 이후의 맥주 타임 인증샷 혹은 육아 움짤 등의 일상 속 진짜 이야기들이 좀 더 체감적으로 친근하다. 가끔 들여다보는 엄마들의 에세이도 오히려 현실 이야기일 테니 혹하긴 하다. 다른 가정의 육아 교육관이나 타인들의 가치관은 이미 신경 안 쓰기 시작한 지 오래됐나 보다. 아니면 쌍둥이 육아서는 쉽게 찾아볼 수 없어 더 공감이 안 될 때도 있어서 그런 걸까?

그야말로 월화수목금금금의 삶을 지내고 있다. 남편과 내게 주어지는 '쉬는 주말'은 아이 탄생 이후 지금까지 사실 사라진 듯하다. 아이들에겐 미안할 법 하지만 따지고 보면 회사라는 일터가 오히려 쉼터고 집이라는 쉼터가 때로는 일터로 변해버리고 만다. 내겐 쌍둥이 육아가 그 정도 클래스였다. 속된 말로 오지고 지리는 시간들의 연속이다. 평일은 회사와 육아, 주말은 대부분 육아, 그렇게 모든 생활패턴과 시간의 소비는 철저히 쌍둥이들에게 맞춰진다. 그것이 나쁘다는 건 아니다. 다만 슬프고 힘든 때가 좀 더 많을 뿐이다. 특히 자아실현을 위한 자기만족을 추구하는 이기적인 캐릭터인 꿈 많고, 하고 싶은 것 많고, 욕심은 더더욱 많은 못된 나로서는 고된 면이 더 많다. 일단 내 시간이 내 시간이 아닌 현실이 잦은 것이 제일 견디기 힘든 순간이다. 사람이라는 게 원래 주체가 아닌 철저히 객체가 되어 좀 비극적인 단어지만 '노예 혹은 노비'의 삶을 스스로 자처하게 되는 순간 삶이 고통스러워지곤 한다. 너무 힘들 땐 내가 아이들의 노예 같다는 극적인 마음은 좀처럼 사라지지 않는다.

"쌍둥이라 두 배는 행복할 거야. 한 번에 해결하니 얼마나 좋아."

이런 말을 꽤 많이 들었었다. 쌍둥이 혹은 다둥이 육아를 겪어보지 않은 이들이 쉽게 내뱉는 말이면 더더욱 분노에 차올랐다. 그럴 때마다 웃으며 넘겼지만 속은 쓰라리고 내색하지 않은 포효는 그대로 머릿속에서 비명을 질렀다.

"아들 쌍둥이 한번 배 째내고 낳아 봐요. 수술실부터 입원해서 퇴원하는 날까지 몸이 어떨지. 인큐베이터라도 들어가면 그타 들어가는 심정은 또 어떠할지. 배고프다 울어대는 신생아 둘을 동시에 젖 물리고 분유병을 수시로 타고 소독하고 다시 타고 소독해 보세요. 오줌, 똥 기저귀도 매 시간 연속으로 갈아 해치우다 하루가 끝나며, 새벽에 1시간에 1번씩 한 명 재우면 또 한 명 일어나고 다시 재우면 또 일어난답니다. 그렇게 번갈아 깨니까 결국 24시간 동안 내내 뜬눈으로 지새우는 시간을 반년 이상 꼬박 지내보세요. 그러고도 저런 말할 수 있음 당당히 해주시면 됩니다. 그래도 두 배의 행복이 진짜 행복으로 느껴지는 게 맞는 말이라면 부디 해 보세요. 마음에 손을 얹고 진지하게. 그게 진짜 행복인지, 누구를 위한 행복인지. 남들의 행복 덕분에 엄마가 산후우울증에 걸리고 거지같은 꼴로 울기 일쑤고 그러다가 감정은 고꾸라지고 자존감은 바닥이어서 아무 데도 나가지 않는 생활을 겪었다 치면 네, 행복하겠습니다. 그럼에도 강해야 하는 엄마니까. 그쵸?"

누군가에게 때론 위로 1도 되지 않는 말뿐인 겉치레는 건네지 말았으면 한다. 차라리 말없이 빵을 사주는 편이 더 낫겠다 싶다. 당 보충하고 에너지 충전이라도 되게 말이다. 말뿐인 위로가 아닌 물리적인 현실에서의 도움이 훨씬 더 위로가 될 때가 있으니까. 견뎌야 하는 사람은 그 말을 건네고 사라지는 이들이 아니라 온 심신으로 겪어내는 '나 자신'일 테니까.

좋아하는 대부분을 포기하며 살았다. 돌까지는 그랬었다. 내가 나이기 이전에 그냥 아이 키우는 기계로 살아야 한다는 강박도 있었다. 그래서 우울증을 겪어냈다. 아주 농도 진하고 밀도 깊게. 그 모든 분노와 짜증을, 당시 주말부부였던 남편에게 쏟아 부었다. 그도 잠 못 자고 주말이면 아이를 돌보면서 동시에 우울한 아내의 신경질까지도 온전히 감당해 내야 했으니 얼마나 힘들었을까. 하지만 그는 평일이면 출근해서 퇴근이라도 하지, 난 퇴근이라는 개념이 없는 그야말로 무보수 육아노동의 반복 아닌 반복을 해내야 했으니 남편이 무슨 말로 위로를 한들 씨알도 먹히지 않았다. 그땐 그랬다. 남편도 사실 인정했다. 농담 반 진담 반으로 '월요일'이 천국이었다고 했으니까. 주말에 아이들을 보고 분당으로 올라가서 월요일 출근길에, 아침밥을 먹으며 회사일 하는 것이 심신 모두 사실 편했다고 한다. 물론 마음이 불편해서 탈이라고 고백해 주어 그나마 다행이었지만.

다둥이 육아의 힘듦을 이야기하고자 하는 게 아니다. 중요한 건 사실 그 시간들도 꾸역꾸역 어찌어찌 우당탕탕 하다 보니 지나갔다는 것이다. 돌이켜 보니 작년 이맘때 죽네 사네 이혼하네 마네를 입에 달고 살았던 내가 여전히 죄스럽다. 아이들은 죄가 없고 부모를 선택해서 태어나는 것도 아닐 것이며 더더욱 본인 의지로 태어나지도 않았을 텐데. 그러니 부모에게 마땅히 사랑 받아야 하는 소중한 생명인 것은 분명하다. 그러나 그 사실을 난 잠시 잊고 살았었다. 나를 힘들게만 하는 쌍둥이들이 버겁고 힘겨워서 사랑스럽다고 생각한 적이 사실 많이 없었으니까. 이 감정이 육아 프로그램에는 절대 비치지 않은, 진짜 육아의 남모를 현실이었으니까.

평일 근무를 마치고 집에 도착한 후 보통 저녁 6시 20분부터 저녁 8시까지, 육아 3종 세트인 소위 '먹놀잠'을 거치며 아이 '둘'에게 최대한 지친 내색하지 않고 눈을 맞추며 오버액션을 갖은 대로 취한다. 평일 낮 시간에 함께해 주지 못하는 미안함으로 무장한 워킹맘의 비애는 이런 걸까. 그래 주고 싶어진다. 같이 있을 때라도 놀아주고 싶은 마음. 아이들의 에너지에 따라가려면 앞으로 체력을 더 키우지 않으면 안 될 듯싶다. 힘에 부쳐 잠깐 앉아 있으면 어느새 '안아줘'를 외치니 일어날 수밖에 없다. 외면하고 싶지는 않으니까. 그러면서 집안일을(예컨대 도시락 통을 씻고 아이들을 씻기고 난 이후의 화장실 잔재들을 처리하고 등등) 틈틈이 해내고 거실에 틀어 놓은 동요를 따라 불러도 줘 본다. 설거지를 하다가 우는 소리가 나서 뒤를 돌아보면 어느새 쌍둥이들은 둘이서 티격태격하다가 한 명이 쪼르르 울면서 내 바짓가랑이를 붙잡고 엉엉 울어댄다. 고무장갑을 낀 손은 어느새 아이를 그렇게 뒤로 업고 설거지를 하고 나머지 한 명이 잘 놀고 있나를 주시한다. 뒤에도 눈이 달린 쌍둥이 엄마의 숙련된 멀티태스킹은 이젠 내겐 참 익숙한 '특기'가

되어 버렸다. 갑자기 생각하고도 이게 내가 다 해내고 있는 일들이란 말인가 입이 떡 벌어진다. 이건 내가 아닌 것 같다. 봇일 테다, 육아봇. 그럼에도 아이들이 잠들고 나면 정말 알 수 없는 뿌듯함과 동시에 허탈함이 밀려온다. 그리고 혼자 중얼거린다. '언제까지 이럴까…'라는 미안한 말을 내뱉는 나는 여전히 못된 엄마다. 아침에 남편이 보내준 사진을 보고 그래서 마음이 무너졌다. 아이들에게 미안해서 그랬나 보다.

"이렇게 튼튼하게 잘 자라주고 있는데…"

그때만 할 수 있는 것들이 있다. 그래서 '그때의 그것들'에 그저 최선을 다해야 한다고 생각한다. 모유를 물릴 수 있을 때의 나는, 잠이든 밥이든 다 제쳐두고 아이들을 위해 24시간 언제든 쭈쭈를 물릴 준비를 하고 있었다. 그건 그때만 할 수 있는 마음과 행동의 시간들이었다. 아주 짧은 시간이었지만 '그때의 그것들'을 잡생각 없이 그저 'just do it'의 마음으로 최대 몰입과 실천을 행했다. 돌이켜 보면 최고의 채산성과 가치 있는 일 중 하나였다. 그걸 뒤늦게 알아버렸다. 좀 더 일찍 알았다면 그때 그렇게 아이들 앞에서 비참하게 우는 모습을 덜 보였을 텐데. 그래서 지금 좀 더 잘해주고 싶고 그래서 내가 가진 장점을 최대한 이용해서 엄마라는 역할을 잘 해내려 더 노력해 보기도 한다. 눈물이 많은 만큼 웃음도 많은 나는 아이들 앞에선 요즘 더 많이 웃는 편이다. 말이 많은 단점은 아이들에겐 장점으로 변하니 십분 발휘해 아이들에게 쉴 새 없이 나의 시시콜콜한 일상을 알아듣든 말든 이야기한다. 조금씩 알아듣는 모양인지 그런 내 이야기를 듣고 씨익 웃고 달려와 안겨 주는 쌍둥이들을 볼 때 넌지시 눈물이 터져 나오기도 한다.

이렇게 시간이 흘러가고 있다. 아이 둘이 동시에 내게 주는 감동과 사랑도 함께 쌓이고 있는 것일 테다. 그러니 그저 오늘 할 수 있는 유일하고 최선의 것들을 해내려 한다. 있는 힘껏 사랑하기, 있는 힘껏 안아주기 그리고 매일 매 순간 눈이 마주하는 그 시간에 고백하기 말이다. 매일 다이어리에 쓰고 또 이곳저곳 붙여져 있는 부적 같은 주문을 아이들 등원 전 집에서 인사할 때도 꼭 말해주곤 한다. 그건 어쩌면 아이들에게뿐 아니라 엄마가 된 나에게 불어넣어주는 용기일지도 모르겠다.

'결국엔 나에게로 잘될 우리지. 사랑해, 고마워, 미안해.'

사랑한다는 고백은 수십 번 해도 모자란다. 이렇게 아이들과의 시간은 흘러간다. 육아도 일도, 혼자인 나만의 짧은 시간도, 그와의 둘이라는 조금 낯설게 된 시간도, 넷이라는 이젠 익숙한 가족의 시간도 모두 이렇게 그냥 흘러가 보고 있다.

PART 2.

솔직한 순간

보람 따윈 됐고 야근수당을 바라지만, 그럼에도 지켜내고 싶은 게 있다.

"이거 만든 새끼 누구야, 바보 아냐? 왜 이따위로 일하지?"

"바보같이 이따위로 일하고 말하는 건 정작 당신 아니던가요?"라고 되받아 치고 싶었다. 사업 배경의 맥락도, 설득도, 논리도, 이해도 없이 그저 바보 같은 말과 단어를 초이스하여 사람들의 사기와 의욕을 엉망진창으로 만드는 건 바로 당신이라고 말이다. 시간이 흘러감에 아무리 직장생활의 군살이 붙었다고 해도, 일을 하며 종종 보게 되는 직장인들의 화법은 나를 종종 당황스럽게 만들곤 한다. 가령 어제 회의실에서 있었던 일 그리고 들었던 말은 여전히 그랬다. 새로 옮긴 부서의 부서장에게 보고하는 회의실에서 주고받다 듣게 된 목소리는 새삼 신선한 충격으로 다가왔다. 더 애석했던 건 나를 두고 한 말이 아니었음에도 옆에서 듣고 있는 내가 낯이 뜨거워질 정도의 품격 없는 화법에 있었다.

"밥 먹고 하는 짓이 숫자 맞추긴데 이딴 실수를 하냐?"

"이걸 왜 못 만들어? 이렇게 하면 만들 수 있잖아. '밥값' 안 하냐?"

"내가 1년 개고생해서 따온 딜인데 난 이걸 보여 주고 싶단 말이야. 다시 가져와. 그전엔 결정 안 해."

좋다. 밥값을 결정하는 건 회사다. 그러나 그 밥값은 내가 일해서 내가 받는다. 사장이 아니고서야 아니 계약직 사장도 월급 받는 '월급쟁이'다. 물론 월급의 클래스가 오지고 지릴 뿐. 다들 따지고 보면 밥값을 '받는' 건 마찬가지인데 왜 그렇게 누가 누구를 못 괴롭히고 못 까서, 정치판에 못 끼어들어서 안달인 걸까. 악의야 없다지만 주고받는 말들을 가만 듣다 보면 종종 그런 생각이 들 때가 있다. 특히 복직 후 팀을 옮겨서 새롭게 출발해 보고 있는 새로운 사업부에서는 더더욱 말이다. 대화를 섞어 보면 바보가 아니고서야 알 수 있다. 아니 바보라 할지언정 사람이라면 살아있는 오감, 그 느낌으로도 적대적인지 호의적인지 알 수 있겠다. 나보다 더한 '월급'이라는 '밥값'을 받는 이들이 가끔 나의 밥값을 운운할 땐 감히도 괜스레 화가 나고 괘씸해진다. 일에 경중은 없다고 보는 편이나 그와 달리 하찮은 일과 그렇지 않은 일을 구분해내는 사람들이 있다. 그런 사람들은 좀 싫다. 아니 많이 싫다.

육아 휴직 후 합병 예정인 자회사로 강제 발령을 받았다. 직책도 직함도 모두 바뀐 상태였다. 중요한 건 아니었지만 소속과 직무가 엄밀히 달라졌다. 인사팀은 나를 파견직군으로 분리한다고 했다. 합병 과정에서 기존 휴직 직원의 소속을 보호해 주기 위해 회사가 만든 시스템이라는 설명을 들었다. 월급에 지장을 준 건 아니었으나 무슨 말을 하는지 이해되지 않았고 사실 이해하려고 하지도 않았다. 그다지 중요하지도 않았기에, 이해되지 않는 것은 굳이 이해하려 들지 않게 되었다. 직장이란 그저 시간에 맞춰 일을 하고 정당한 임금을 받아야 하는 곳 그 이상도 이하도 기대해선 안 되는 곳임을 알아버린 지도 오래다. 그러니 서글퍼진다. 여전히 일터의 이상향을 꿈꿔서 그런가 보다.

합병 과정에서 많은 사람들이 나갔다고 했다. 그 와중에 사장도 몇 번 바뀌었다고 했다. 속내를 알지 못하는 정치적인, 인적인, 일적인 사연이 많은 곳이라는 것과 퇴사자도 꽤 많이 나오고 있는 곳이라 했다. 복직하고 사무실에 앉아서 일을 하고 있으면 여기저기 퇴사 인사를 하러 다니는 사람들을 곧잘 볼 수 있었다. 그냥 다른 회사 이직했다는 생각이 드는 조직이었다. 모두가 암묵적으로 그렇게 인정했다. 한 지붕 아래 다른 가족처럼 같은 회사지만 사실 다른 회사에 완벽한 새 출발이라고 말이다. 나한테는 더 잘된 일이라고 지인들이 말해주었지만 내 입장이 되어 보지 않은 그들의 위로가 서글프게만 느껴졌다.

누군가는 내 애사심도 욕심이라고 했다. 사람들과 좀 더 재밌게 일하고 싶은 그 마음도 사실은 애사심이 남아 있어서 그런 거라고. 소위 월급 루팡이 되고 싶진 않아서일까. 그래, 나는 아직 회사를 좋아하는 것 같다. 아니 좋아하게 되었다. 내게는 최소한 회사가 고마운 공간이기도 하고 아직 좋은 사람들이 남아 있으며 멋진 동료들이 있는 곳이니까. 집에서 아이들만 보기엔 성격이 그렇지 못하고 바깥 생활을 하며 돈을 벌고 내가 좋아하는 일들을 하는 것에서 생의 가치를 느끼는, 모든 건 내 탓이어서 그렇다는 걸 안다.

꽤 오랜 시간 한 회사에서 일을 하다 보니 이제는 제법 어떤 일을 어떤 사람들이 각자 위치에서 하고 있는지 고만고만하게 눈에 보일 때가 있다. 그리고 자연스레 체득하게 된 건, 역시 일은 사람들이 하며 바로 그들이 조직 문화를, 팀의 문화를 만들어 낸다는 것이다. 헌데 신기한 건 그 문화의 큰 주축이 리더의 캐릭터에 의해 꽤 많은 영향을 받는다는 것이다.

다수에게 노출된 일터라는 환경 속에 내 곁엔 어떤 사람이, 어떤 동료가, 어떤 리더가 곁에 있는지가 중요하다. 사람인지, 닝겐인지 말이다. 아웃룩을 열고 노트북의 키보드를 강하게 때리면서 일을 해야 하는 곳인지, 아니면 부드럽게 키보드를 어루만지며 회의실 들어가는 발걸음도 꽤 즐거울 수 있는 곳인지는 모두 나를 둘러싼 이의 성향에 따라 사무실의 공기마저 달라질 수 있다.

예전 임신했을 때의 사업부와 지금 새롭게 배치된 사업부의 소울과 기업문화는 극과 극이다. 전자는 시간에 쫓기며 살아남기 위해 해외 사업 제안과 매출 발생에 급급해야 했지만 사람들과의 돈독함과 배려심을 갖고 있었다. 반면 지금 배치된 곳은 꽤 오랜 경력의 갑질 문화가 여실히 살아있는 생태계의 올드하고 각진, 소위 엣지가 넘치다 못해 딱딱하게 굳어져 있는 것 같아 보였다.

복직 후 첫 회식에서 있었던 일이다. 이제 막 계약직에서 정식 사원이 된 28세의 이 업계에선 꽤 어린 축에 속하는 직원이 내 앞에 앉아 있었다. 그리고 그 옆에 30년 이상의 경력을 가지고 있는 아빠뻘의 상사가 아주 친근하게 그녀의 머리를 쓰다듬었다. 친함의 표시였겠다. 그런데 불편했다. 그래서 빤히 그를 쳐다봤다. 들어온 지 얼마 안 되는 '아줌마 여직원'인 나에게 그들은 선뜻 술을 권하지 않았다. 불행인지 다행인지 다른 이들에겐 반말이었지만 내겐 깍듯한 존대어를 처음부터 사용해 주었다. 나는 그 조직의 사람이 아직 아니었고, 외부인이었으며 여자였지만 아줌마였기 때문일지도 모르겠다. 더군다나 그 아줌마도 그냥 보통 아줌마가 아니라 할 말은 좀 할 줄 아는 듯한 포스에 '다나까체'를 쓰는 키가 크고 대들 줄 아는 듯한 일하는 아줌마여서 그랬을지도 모를 테고. 소위 그들에게 나는 '쉬운 여자 직원'은 아니었던 듯하다. 반대로 쉬운 느낌이었다면 나에게도 술을 권했을까. 모르겠다. 그냥 쿨하게 내가 먼저 "일 잔 하세요"라는 정중한 어체와 함께 그들에게 술을 권했다. 잠시 아쉽다. 가끔 뽐뿌 터져 즐기는 나의 비법주인 청하에 처음처럼을 시원하게 한잔 말아줄 걸 그랬다. 다음에 기회가 있다면 기필코 그래 주리라며 잠시 줏대 없는 다짐을 해 보기도 한다. 일을 하는 여자 젠더로 10년을 버텨온 내게 그들이 내게 건넨 정중한 한마디는 그들의 눈에 비춰진 내 이미지였을지 모르겠다.

"일 좀 하는 '여직원'이네요. 잘해 보세요. 이 바닥이 쉽지 않아요."

쉽지 않다는 건 이미 잘 알고 있다. 그 터진 입으로 굳이 말해 주지 않아도 안다. 여전히 열정이 남아있는 탓일까, 나는 여전히 잘 견뎌내 보고 싶다. 그러니 아직 죽지 않은 기개 넘치는 비장함과 업무 기량을 마음껏 조용히 축적하다 언젠가 기회가 다가왔을 때 폭발해 버릴 기세로 오늘도 웃으며 깡으로 무장하고 아이 등원을 시킨 후 무사 출근각이다!

사실 알고 있다. 나와 함께 일을 하는 팀원과 팀장의 고단함과 애씀, 안쓰러움을. 그들도 집으로 돌아가면 누군가의 아빠이고 누군가의 아들이다. 우리들이 누군가의 딸이고 아들이며, 엄마이고 아빠라는 사실을 항상 마음에 담아두면 좋겠다. 사실 회사에서 일하며 '밥값'을 받는 입장이라면, 좀 더 배려 있는 격 있고 각 있는 근사한 말을 사용할 순 없을까? 일은 그렇게 우리를 삭막하게 만드는 걸까? 여전히 힘든 숙제다. 뭐 일이 몰아치면 그런 숙제도 그저 생각에 그치고 말지만.

업무가 오고 가며 그들이 사용하는 걸쭉한 대화의 충격에서 이제는 나도 제법 익숙해졌는지 이해가 될 법도 싶다. 그럼에도 일터에서 겪고 보는 조롱하는 듯한 화법이 여전히 애석하긴 하다. 말의 품격에 대해서 다시 생각해 보게 된다. 말이 그 사람의 인성이라는 것, 그 사람의 됨됨이라는 것을. 그 덕분에 감히 나는 다짐해 본다. 오늘 내가 쓰는 말 한마디가 타인에게 상처가 되지 않았기를. 좀 더 우아하고 부드럽게 사랑이 가득하기를 바란다. 일하는데 무슨 사랑 타령이냐고 엉뚱하다 할지 모르겠지만, 마음에 사랑이 담겨 있는 사람은 쉽게 함부로 말하지 않는다고 믿는 편이다. 이왕 하는 말이라면 좀 더 '사람'이 '사람'을 대할 줄 아는 격 있는 말들을 주고받길 바란다. 생각이 올곧고 사람을 진심으로 대할 줄 아는 마음의 사람이라면, 그 행동도 자연스레 나올 거라고 믿는다. 지켜낼 끼, 깡, 꼴이 아직 내 마음에 남아있다면 가능할 것이다. 그러니 나도 개소리에 상찐따 같은 헛소리를 시전하지 않도록 주의 또 요주의 하겠다. 잘될지 모르겠지만 생각은 모든 것에 선행하니까! 내 생각은 아직 생생하게 건강하다. 그렇다고 믿는다.

14

일상의 일탈

일상은 연속이다. 그리고 때론 흔들린다. 원래 삶이라는 게 흔들리는 게 당연하다. 하지만 내심 그만 좀 흔들렸으면 좋겠다 싶을 때도 있다. 반대로 너무 안 흔들려도 권태와 지루함을 느끼기도 한다. 그러니 삶은 반대로 내게 말할지 모른다.

'낸들 어쩌라고!'

그래, 어쩌면 작고 큰 흔들림을 견뎌내며 혹은 나태와 지루함을 쌓고 또 마주하며 그렇게 살아내는 게 일상일 수 있다. 헌데 그런 일상에 가끔 대들고 싶다. 그때 바로 '일탈'과 마주한다. 일탈은 뭘까? 그건 어쩌면 그리운 연인 같은 존재일지도 모르겠다. 연인이 찾아온 일상은 좋든, 싫든, 옳든 그르든, 어떤 형태로든 우리 삶에 변화와 자극을 주니까. 내게 일탈은 늘 바라던 유혹이고 자극이었다. 지루할 법한 일상을 생기 넘치게 만드는 마법 같은 자석 같다. 물론 그 자극을 주는 일탈의 형태는 천차만

별이다. 주체인 내가 만드는 일탈이 있고, 내가 원치 않았을 때 주변 객체들에 의해서 만들어지는 일탈도 있다. 어디로 튈지 몰라 가슴 졸이는 존재라 일컬어졌던 나는 여전히 작고 크게 주체로서의 일탈을 시도한다. 그건 유지해온 일상을 다시 돌아볼 수 있게 만드는 커다란 파장임은 분명한 듯싶다.

새벽 1시에 귀가한 지난주 수요일 밤은 그야말로 '오지고 지리는 빼박 캔트 일탈'이었다. 사실 고의라는 의지는 다분히 적었으나 없다고는 말 못하겠다. 그냥 늦게 들어가 보고 싶은 그런 날이 있다. 그날이 하필 걸려든 것일 뿐이고. 여하튼 이유 불문 이제는 엄마이고 아내로서 지켜야 하는 일상의 원칙을 모르는 바 아니나 이렇게 귀가 시간을 한참 벗어났다는 것은 나로선 그 자체야말로 어마 무시한 일탈임엔 분명했다. 위험한 건 밤이 아니라 어쩌면 그 시간을 만든 나였을지도 모를 테고 말이다. 물론 나의 행방과 목적 등을 모두 알렸기에 가족들에게 인정된 안전한 일탈이니 가능했던 걸까.

예견된 일상 속 시간은 때론 예측하지 못한 채 어느새 일탈이 되기도 한다. 만나서 이야기를 나누다 보면 시간 가는 줄 모르게 만드는 사람들이 있다. 내 곁에 아직 이런 지인들이 존재한다는 사실에 그냥 감사한 요즘이다. 새벽 1시의 일탈도 그들 덕분에 생기게 되었다는 핑계를 댄다. 시시콜콜한 남의 목소리로 건네지는 다양한 이야기들, 표정과 말투, 그 모든 것들이 이상하게 흥겨워서 지루한 줄도, 시간이 지나가는 줄도 몰랐다. 요즘은 나 아닌 남의 것들을 관찰하는 게 더 세심해진다. 글을 쓴다는 핑계로 더더욱. 그날이 그랬다.

"사표 쓴다고 했더니 물어 보더라고. 왜 그러냐고."

"당연한 거 아녜요? 내 보기엔 뻔하네 뭐, 연봉 올리려는 수작이었죠?"

"어 들켰네. 예리한데? 역시 글 쓰는 사람은 눈치도 빠르네."

"거 봐. 이 인간 그럴 줄 알았다니까. 거 뭐 돈이 중요하다고."

"잠깐, 돈이 중요하죠. 세상에 돈 가지고 안 되는 게 뭐 있나?"

그 한마디에 잠깐 다마가 돌아(?) 버려서 연거푸 마신 사케 잔 탓을 뒤늦게 해보는 나였다.

"세상에 돈 주고도 못 사고 못 파는 것들도 있어요. 가령 내 새끼? 사랑? 꿈? 빌어먹을. 이 나이에 아직 그런 가치를 따지는 내가 바보인 거죠? 아, 바보네. 바보야."

길거리에 파전을 부쳤던 기억과 1차 이자카야에서 그 맛있는 야키토리를 죄다 스킵한 채 다분히 도쿠리만 원샷으로 질러 버렸던 내가 저주스럽다. 나의 클라이맥스는 쉽게 오지 않았지만 그날은 질러지고 만 것도 새벽 귀가에 한 몫 했겠다. 청하에 처음처럼을 안주 삼아 마셔버린 어마 무시한 자아가 또 튀어나왔다. 술을 정말 잘 못 마시는 체질인데 그런 상또라이 기질은 어디서 나오는지 낸들 알 턱이 없다. 그런데 이날은 기분이 나쁘지 않았다. 머리는 좀 아프고 속은 메스꺼웠지만 오히려 상쾌했다. 마음은 홀가분하고 시원한 기분이었다.

때론 일탈이 좋은 점은, 그저 일상의 도피 때문은 아닐지 모른다. 일탈이라는 자극은 이미 지니고 있는 일상의 작은 것들을 감사하게 느끼게 해주기도 하니까. 거창하지 않아도 좋다. 작은 일상의 일탈들을 우리들은 가능하다면 좀 누리며 살았으면 좋겠다. 누군가에겐 퇴근 후 혼자 영화 보는 것이, 누군가에겐 술 한 잔을 진탕 마시고 꽐라가 돼 보는 것이(이건 좀 비추천이지마는) 누군가에겐 고백하고 냅다 차여 보기도 하는 것이, 누군가에게는 글을 쓰고 책을 읽는 삶을 유지하는 것이, 또 누군가는 사업 계획을 준비해서 진짜 내 일 하나 질러보며 그렇게 험난해도 새로운 변화와 세계로 뛰어드는 도전들이, 누군가에게는 매일 김

밥 먹다가 오늘 하루는 레스토랑 가서 한 끼의 근사한 밥을 먹는 것이… 그 모든 것들이 일상 속 일탈이 될 수 있으니 말이다.

일탈은 우리에게 그랬으면 좋겠다. 지루하고 그럴싸해 보이는 쳇바퀴 굴러가듯 물 틀어 놓은 듯한 비슷한 일상일지라도, 내 마음과 욕망이 추구하는 어떤 표현할 수 없는 가치를 충족시켜주는 오아시스 같은 목마름의 물기나 삶을 충만하게 만들어 주는 유쾌한 도구 말이다. 그렇다면 나는 여전히 일탈을 꿈꾸고, 그 덕분에 언젠가 다가올 나의 유쾌한 일탈에도 가감 없이 나를 맡기고 싶다. 그 일탈 후의 시간이 덜 후회되고 더 기쁘다면 기어코.

공항에서 볼 수 있는 비행기는 언제나 나를 설레게 만드는 최고의 일상이고 그래서 늘 꿈꾸는 일탈이다. 내 삶의 최고의 일탈이었던 A380 비행기가 새삼 그리워진다. 내가 만든 그 자극 덕분에 지금의 일상이 생겨났음을 이젠 어렴풋이 알 듯도 싶다. 사랑으로 가득한 선한 일탈은 역시 사랑으로 결국 되돌아올 거라는 다분히 맥락 하나 없음에도 나만의 이유를 덧붙여보며. 그러니 나는 오늘도 일상의 흐름에 작고 큰 일탈을 사랑하며 살기로 결심한다. 삶은 이미 일상의 여행이나 다름없고, 그 여행에 일탈

이라는 장소 하나가 더해지면 더할 나위 없이 유쾌한 여행길로
나를 인도해 줄 수도 있을 테니까. 무책임하다는 누군가의 따가
운 사회적 검열도 그냥 지나치는 제멋대로 기질이 좀 더 강해졌
다. 스스로 그냥 너그러워지고 자유로워지고 싶은 순간엔 이젠
주저하지 않기로 했다. 단 일탈은 짧고 굵게, 너무 취하는 건 이
젠 좀 덜 하는 걸로 정했다. 일상은 길고 일탈은 짧기에.

　일상을 사는 우리들에게 작고 큰 일탈을 즐기고 만들어 낼 여
유가 부디 있었으면 좋겠다. 누군가의 일탈도 용서될 그런 너그
러운 마음과 함께. 일상에서 변화를 꿈꾸는 사람이 보이면 그들
의 의지와 충만한 행동을 그냥 응원해 주고 싶다. 그러다 보면
나도 좀 받을 때가 있으려나. 그 바라던 응원을.

15

하는 것의 위대함

새벽 5시에 일어나서 아이들의 등원 준비를 시작한다. 2시간 후인 오전 7시에 남편과 아이들의 출근이 이어지고 나면 갑자기 텅 비어 폭탄 투하 일보 직전의 어질러진 집과 마주한다. 손이 빠른 덕분에 부리나케 정리를 하고 출근을 위해 10분 고양이 샤워를 후다닥 마친 후 옷을 갖춰 입고 신발을 신고 거울 앞에 서며 귀에 이어폰을 꽂고 버스정류장으로 발걸음을 재촉해본다.

오늘은 버스를 타고 오면서 문득 생각에 잠긴다. 하는 것과 하지 않는 것의 차이에 대해서. 거울에 비친 나의 모습을 볼 때 항상 '상상'하는 버릇이 있다. 눈앞에 이미 펼쳐진 듯한 멋진 장면을 상상하는 건 매일 하는 일과 중에 하나가 됐다.

저번 주말은 꽤 고됐다. 한 글자도 읽지 못했고 한 문장도 쓰지 못했다. 하지 못했다고 생각했으나 사실은 너무 피곤해서 하지 않았다. 그래서인지 괜히 짜증이 서리고 해야 하는 것을 하지 못했다는, 스스로에게 던지는 알 수 없는 죄책감이 밀려왔다. 작은 행동 하나하나에 짜증이 담겨 있었다. 날이 선 목소리와 괜한 분노는 급기야 사랑하는 이들에게 밀려들어갔다.

"엄마가 정말 힘들단 말이야! 제발 울지 좀 말아줘."

아이가 우는 건 분명 어른이 모르는 이유가 있다는 걸 아는데 그럼에도 왜 화를 냈는지, 여전히 이렇게 어리석은 초보 엄마다. 정신을 차리고 나서 뒤늦게 후회한다. 바보 같은 엄마의 뒤늦은 깨달음에도 이미 엎질러진 물이라는 사실은 변하지 않는다.

"엄마, 나는 이유가 있어서 울었어요!"

말귀는 알아듣지만 절대 딱 부러지게 말하지 못하는 그저 두 돌 막 지난 아기들일 뿐인데 분노를 잠시 참고 내 감정을 바깥으로 바라보는 연습을 해왔다고 생각했으나 여전히 부족했다. '후회'라는 감정은 만들지 말았어야 할 것을 기어코 해 버리고 만다. 그 이후에 커져오는 죄의식이 다가온다. 화를 잠시 참고 숨 고르기를 한 후 말하는 것과 아예 숨 고르기조차 하지 않고 그저 있는 감정을 다 뱉어 내는 것도 꽤 큰 차이가 있다. 정답은 없을지언정 내가 노출된 환경, 그리고 나라는 사람이 어떤 역할을 행하고 있을 때, 그 안에서 하는 것과 하지 않는 것의 결정들은 그 이후에 시간이 흐를수록 차이를 만든다.

'화내지 않았어야 했어. 다음엔 주의하자. 좀 더 사랑해 주자.'

뒤늦은 후회와 함께 강하게 생각하는 것, 그 생각을 하는 것과 하지 않고 지나가는 것에도 차이가 발생한다. 최소한 다음에도 비슷한 상황이 다가왔을 때 욱 하려는 내 감정에 'STOP'을 걸 수 있을지 모른다. 또 말히지만 '생각은 언제나 움직임에 선행한다.'

여기 너무도 좋아하는 것이 있다. 그래서 '하는 것'을 선택한다. 사랑하는 어떤 대상이 혹은 어떤 목표가 눈앞에 있다고 치자. 누군가 알아주지 않아도, 아니 타인의 인정과 사회에서 받는 보상, 그 어떤 결과물도 대가도 따라오지 않아도 그저 스스로가 너무 좋아서 하는 행동 말이다. 가령 좋아하는 음악을 듣고 마음을 다스리는 시간들, 책을 읽고 글을 쓰는 시간들이 내겐 그런 시간이다. 나는 좋아하는 그것들을 하는 시간과 하지 않는 시간들을 겪었을 때 감정이 극명히 나뉜다. 하고 싶은데 하지 못했을 때의 감정은 언제나 비극이다. 남들이 보기엔 음악 듣고 명상 하루 안 해도, 안 읽고 안 써도 별반 삶이 드라마틱하게 달라지진 않을 텐데 뭐 그렇게 호들갑이냐고 할지 모르겠다. 그렇지만 해야 한다. 하고 싶다면 어떻게 해서든 일단 하고 봐야 직성이 풀리는지라 현실에서 못 이룰지언정 마음에서부터 김칫국을 마셔 버린다. '이미 된다, 된다 하니 정말 됐다'는 식의 무식한 주문을 늘 외우는 편이다. 그렇게 살았고 여전히 그래 보고 있는 중이다. 좋아하는 어떤 것을 하는 편이 하지 않는 편 보다 완벽히 낫다고 본다. 쌓이고 또 쌓이다 보면 한 사람이 가지고 태어났다는 운명까지도 바꾸어놓을 수 있을지 모를 일이다. 장담은 못하겠다. 그래도 그렇게 믿고 싶다. 그래서 나는 하는 것들이 하지 않는 것들에 비해 더 많아질 때, 삶이 다채롭고 풍요로우며 만족으로 가득한 행복을 느낀다. 모든 게 자기만족일 테지만.

하는 것의 놀라운 기적을 믿는다. 우스워 보여도 간절하게 어떤 것에 미쳐있는 사람들은 그 '하는 것'이 쌓이는 시간의 힘을 믿고 사는 것 같다. 그래서 마음에서 바라는 행동들을 꾸준히 그저 해내는 하루를 만들어 나간다. 좀 더 나아가 소위 성공했다고 일컬어지는 훌륭하고 대단해 보이는 사람들의 행동을 관찰해 보면 알게도 된다. 장난스럽지만 끈덕지게 무언가에 몰두하며 좋아하는 것을 그렇게 '하는 것'이 '하지 않는 것'보다는 실로 놀라운 일들을 우리에게 가져다 준다는 것을. 일단 해보는 것에 제약이 많을지라도 아주 작은 시간을 투자해 보는 거다. 그렇게 자신의 확신과 의지하에 꾸준함이라는 양분을 줘 나가보는 것이다. 그러다 보면 저 모퉁이만 돌면 확- 하고 움켜쥘 수 있는 무언가가 있을지도 모를 일이다. 너무 로맨틱한가? 그렇다고 물러날 수는 없다. 이대로 지루하게 살다 가기엔 삶이 너무 짧고, 하고 싶은 건 여전히 많다면? 그들은 어쩔 수 없다. 계속 정진하자고 수없이 말해 본다. 수많은 굴곡과 거친 시간들 끝에 마침내 뭐가 됐든 어떤 형태로 다가오든 해냄 끝에 다가오는 시간이 주어질 테니. '하는 것'의 위대함을 믿어 본다.

하루에 일기를 쓴다고 나의 오늘이 드라마틱하게 달라지진 않았다. 가계부를 쓰는 것도 마찬가지였다. 그렇지만 하다 보니, 그렇게 계속 간절함으로 애써도 보니 어느새 신기한 인연과 운명을 만날 수 있었다. 덕분에 책을 출간해 낼 수 있었다. 새로운 무언가를 향한 도전과 움직임은 그래서 매번 나를 설레게 한다. 뭔가를 이루게 해 줬다. 아주 작더라도 내겐 큰 의미가 되는 것들을.

책 한 권 썼다고 해서 순식간에 삶이 달라지는 건 아닐테다.

매번 웃으려 하는 마음과 웃지 않고 그저 무던한 표정으로 하루를 산다고 해도 크게 달라질 것도 없다. 누굴 칭찬한다고 반대로 그 칭찬을 안 한다고 해서 나쁜 사람이 되지도 않는다. 그러나 차이는 분명 발생한다. 이 차이가 쌓이고 또 쌓인다. 그렇게 쥐도 새도 모르게 거대한 나비효과가 되어 부메랑처럼 삶으로 다시 돌아온다. 나는 이 오묘한 우주의 법칙을 믿는 편이다. 그렇기에 칭찬을 한번 해 본 사람이 안 해 본 사람보다, 사랑 한번 더 해 본 사람이 안 해 본 사람보다, 바보 같이 솔직하고 진실된 사람이 그렇지 않은 사람보다, 읽은 사람이 안 읽은 사람보다, 한 문장이라도 자신의 이야기를 써 본 사람이 그렇지 않은 사람보다, 그 '해냄'을 실천하고 있는 사람들의 시간은 그렇지 않은 삶보다 훨씬 아름답다는 걸 믿는다. 그리고 그들은 자유롭고 기쁘고 행복하다. 그것이야말로 우리가 바라는 유일한 생의 목적일지도 모를 테니까.

여담이지만, 아이를 낳는 것과 낳지 않는 것, 육아를 하는 것과 하지 않는 것도 꽤 삶의 큰 차이를 준다. 아니 꽤가 아니라 정말 많은 차이다. 세계관이 바뀐다. 물론 개인차가 존재하나 최소한 아이를 갖고 생명을 탄생시켜서 육아를 '정성껏' 행하고 있는 엄마, 아빠들은 자유와 시간의 소중함, 사람과 사랑의 귀중함을 알게 모르게 마음에 담고 있다. 그래서 결혼을 하고 굉장한 각오가 되어 있다면 아이를 한번 길러 보는 것도 감히 추천해 본다.

이왕 '하는 것'을 택했다면 그것이 되도록 선순환 되기를 바란다. '나'만을 위한 좋은 행동에서 시작되었을지언정 본디 그것이 가진 가치가 '우리'들에게, 좀 더 나아가 더 많은 사람들에게(우주 평화까진 아닐지라도) 좋은 에너지를 공유할 수 있으면 좋겠다. 순수하게 우리의 내일이 더 행복하기 위해 '나는 지금 이 순간, 무엇을, 어떤 것을 하면 좋을까?'라는 문제의식을 마음에 담는 사람과 담지 않는 사람의 차이가 분명 있고, 전자가 후자보다는 스스로의 삶도 행복하게 만들려고 최선을 다한다.

두근거린다. 주문처럼 나에게 보내는 하루 한 문장의 인사와 이른 출근 후 30분 정도의 글쓰기와 하루 일과의 메모들, 그렇게 하루를 시작하는 매 순간이 요즘은 설레고 기쁘다. 가슴을 뛰게 만드는 매일의 행동을 유지하며 살 수 있는 요즘에 감사하기도 하다. 이렇게 글을 쓰고 불특정 다수들과 생각을 공유하고, 어설프게 표현된 이야기에 담긴 진정 어린 진심이 단 한 사람에게라도 전해져서 짧지만 좀 더 괜찮은 오늘이라는 시간을 선물해 준다면 참 좋겠다. 그래서 나의 '하는 것'은 오늘도 여전히 현재 진행형이다.

만약 내가 하는 모든 일의 중심에 사람을 놓고 사람을 우선으로 생각한다면, 사랑을 생각하고 사랑을 우선으로 생각한다면 그 일은 분명 엄청난 영향력을 미치게 될 거라고 믿는다. 그건 마치 앞이 보이지 않는 시각장애인이 마라톤을 뛸 수 있도록 해주는 스마트폰이나 심근 경색 혹은 심장 마비가 오기 전에 맥박을 감지해 심장에 이상 징후를 포착해 알려주는 스마트워치, 자폐 아동에게 자신의 갇힌 세상과 모두의 세상을 이어주는 전자기기 같은 것으로 탄생될 수도 있고 말이다. 원래 모든 세상의 것들도 '상상'을 해내서 결국 이뤄낸 것들일 테니까.

가치 있다고 여겨서 '하는 것'에 몰두한 어떤 미치광이 집단들이 결국엔 세상을 구원해 낼 위대한 창작물을 만들어 내는 세상이다. 그리고 그것들이 쌓여 이로운 우리들의 내일이 되는 것처럼 보다 오늘의 모든 것이 인간적이기를 바란다. 오늘 내가 회사에서, 집에서, 아이들 앞에서, 누군가를 만나면서 어떤 말을 하고 어떤 행동을 하든 그것이 어제보다 좀 더 인간적이었음 싶다. 그리고 사랑이 듬뿍 담겨서 꾸준히 '하는 것'에 집중되는 오늘이었으면 한다. 그리고 당신도 그러하길 바란다. 이 결심이 비록 시험대에 오르는 매 순간을 마주해도 그럼에도 '하는 것'에 집중하기를 바란다.

새벽에 눈을 떴을 때 설레는 오늘이었으면 좋겠다. 정말 그렇게 계속 살아보고 싶다. 가능할지 모르겠지만 가능하도록 만들어 나가고 싶다. 어제보다 좀 더 나아진 오늘을 바라는 마음과 확신이 있었으면 좋겠다. 내가 중요하게 여기는 '하는 것'의 가치가 '하지 않는 것'보다 옳다는 확신 말이다. 그러면 설상 누군가의 태클과 세상이 정해놓았다고 하는 규칙에 거친 반대가 있을지언정, 스스로 밀어붙이는 힘은 다시 솟구칠 수 있을 테니까. 스스로에 대한 믿음, 하는 것이 하지 않는 것보다 더 행복할 수 있다는 확신만 있다면 말이다.

출근하면서 지금까지, 하루 중 유일할 수 있는 이 자유로운 아침 1시간의 글쓰기는 내가 선택한 내가 하고 싶은 오늘의 '하는 것'이다. 오늘 내 가슴을 뛰게 하고 아침에 눈을 떠서 오늘은 어떤 이야기가 나의 습작 노트에, 아니 나의 삶이라는 이야기 책에 담기게 될지를 생각하며 꾸준히 지속되기를 바라본다.

그러다 보면 언제일지 모르겠지만 결국 마음이 바라는 장면이 탁- 하고 어느새 코앞으로 다가와 있을지 모를 일이다.

'하는 것'의 위대함을 믿는 오늘, 그래서 당신도 오늘 마음이 원하는 그 행동을 꾸준히 '하기를' 바란다. 또다시 주어진 참 아름답고 소중한 날이 바로 오늘이라는 사실을 아는 것과 하는 것이 함께한다면 더할 나위 없이 좋고 말이다.

16

초라할 무렵의 한마디

"미안해, 엄마. 오늘… 조금 늦을 것 같아요."

"괜찮아. 네 볼일 보고 와. 혼자 할 수 있어. 엄마도 엄마다."

"엄마도 엄마다"라는 말을 듣자마자 눈물이 왈칵 쏟아져 내렸다. 그나마 퇴근시간이 지난 불 꺼진 회의실 안이라서 다행인 순간이었다. 혼자 울 수 있는 방이 있다는 게 새삼 고마워진다.

미안했다. 동시에 쌍둥이를 돌본다는 것, 그게 쉽게 견딜 수 있는 게 아니라는 걸 알기에 죄책감이 밀려 들어왔다. 그러나 그것도 한때라는 걸, 그래서 즐기라고들 하니 나는 즐겨야 한다는 걸 안다. 하지만 아이가 아프거나 버거운 각종 사사로운 일들이 밀려오는 일상이면 정말 때론 피하고 싶어진다. 난 어제, 오늘 특히나 그랬다. 피하고 싶었다. 누군가 나를 대신해서 두 어린 아기를 돌봐줄 수 있다면, 몇 시간만이라도….

아이가 열이 나고 아팠다. 그럼에도 해내야 하는 것이 있었고 신랑은 바빴다. 할 수 없이 아이를 하원시키고, 씻기고, 먹이고, 재우는 과정을 바보 같이 엄마에게 모조리 맡겨버렸다. 그녀의 힘듦과 노고가 너무나도 그려져서 그런 걸까. 견디기 힘든 '감정'이 다시 밀려왔다. 죄책감. 아이를 내 힘으로 데리고 올 수 없는 날, 누군가에게 맡겨야 하는 날, 그런데 그 누군가의 마음에 죄책감 때문에 괜한 헛소리 같은 말들로 상처를 주고 말았던 날은 더더욱.

퇴근 시간에 맞춰 반 제정신 나간 여자처럼 어린이집에 헐레벌떡 달려가는 날의 연속이 일상인 삶을 살고 있다. 물론 매일은 아니지만 매번 그렇다. 사실 대부분 그런 일상엔 죄책감 따위는 사실 들어올 틈조차 없다. 정말 생각이라는 걸 할 수 있는 머리와 여유가 없기 때문이다. 그러나 오늘 같은 날은 육아 핑계가 아닌 내 마음의 문제라는 걸 더 알게 된다. 내게 작은 사건이 일어났으니까.

12월, 모 잡지의 작은 수기 공모전에 당선된 내 글이 실린 책자를 받았다. 그리고 해당 잡지의 편집장으로부터 원고료 지급을 위한 계좌번호와 책 선물을 위한 주소를 불러달라는 소리를 들었다. 기뻤다. 그러나 알 수 없는 죄책감이 동시에 밀려왔다.

나의 현재 상황에서 글을 쓰고 책을 읽는다는 건 내 곁의 가족들, 매일 얼굴을 마주하는 그들, 내가 정말 힘들 때 매달리는 유일한 나의 사람들의 마음에 상처를 내면서도 시간을 허락 받아가며, 내가 나 좋자고 낑낑대며 부단히 밀어붙이는 참으로 이기적인 마음과 맞바꾼 것만 같았으니까. 그래서였을까. 마냥 기쁘지 않았다. 아니 오히려 마음이 이상하게 저려왔다. 아팠다. 엄마를 찾는 아이들과 같이 있지 못하는 이기적인 내 마음이 만들어 낸, 나쁜 선물 같은 느낌이었다. 그래서 죄책감이라는 감정이 밀려온 건지도 모르겠다. 5년 만에 다시 글을 쓰기로 했고, 담담히 여러 이야기들을 나만의 문체로 두서없이 적어 내려가던 이야기 중에 한 편이었다. 담담히, 아니 사실 담담하지는 않았다. 고작 A4 한 페이지 정도의 작은 공모전이었지만 이상하게도 글을 느릿한 호흡으로 천천히 적어 내려간 두 시간 동안 내내 신기하게도 간절한 마음이 북받쳐 올랐다.

사실 요즘은 사람을 만나서 대화를 하거나 글을 써 내려감에 있어서 한 문장, 한 단어의 글감과 감정을 다스리는 데 이상하게 간절함이라는 감정이 앞선다. 앞이 보이지 않을 것 같을 때 간절함이 빛처럼 찾아오면, 그거 하나 믿고 또 움직여 볼 수 있다. 간절하다는 건 그래서 그만큼 감히 표현을 할 수가 없다. 그 깊이와 온도는 나만 알 수 있는 법일 테다. 나이가 들어 버린 걸까, 아니면 여전히 나약해서 그런 걸까. 잘 모르겠다.

마음이 오늘은 새삼 더더욱 북받쳐 오른다. 기쁜 소식을 들어도 아이들과 엄마와 여러 생각들 탓에 여전히 울고 말았다. 여전히 나약하고 자존감을 찾는 데는 시간이 걸리는 듯하다. 그러던 중 오늘 내가 들었던 기막힌 타이밍과 기막힌 순간의 대화는 잠시 없어진 용기를 다시 불러일으키게 만들어 주었다.

"마음이 좀 그래서 필사를 하고 있습니다. 책도 읽어야 하고…."

"글 잘 쓰셨는데 왜 울적하세요?"

"모르겠습니다. 제가 뭐라고… 아이 둘을 내버려 두고 글을 쓰고 있는지 한심해서, 죄책감이 밀려와서요."

"그런 게 없는 것보다는 있는 글이 더 좋지 않나요?"

"제가 어른이 아닌가 봅니다. 아직 정말 한참 남았습니다."

"여러 가지 길이 있겠죠. 조금 천천히 가는 것도 있고 힘내서 같이 가는 길도 있고. 영원히 지금 상태가 지속되는 건 아니에요."

"제가 좀 바보 같아서요. 제가 정말 뭐라고…."

그리고 그가 말했다. 그의 마지막 말에서 심장이 멈춰지는 것 같았다.

"뭐긴요. 세상에서 가장 중요한 사람인데. 내가 없으면 세상이 없어요. 우리는 모두 각자 세상의 주인인 것을요."

'세상에서 가장 중요한 사람'이라고 했다. 내가 없으면 세상이 없다고 했다. 눈물이 났다. 난 이미 알고 있었다. 다만 나를 믿는 그 끈이 느슨해지고 닳아지고 있었을 뿐. 그래서 부서질 듯 아파했던 짧은 순간, 내가 아닌 타인의 한마디에 뒤통수를 맞은 듯한 얼얼함과 찌릿함이 동시에 전해 들어왔다. 때론 우리가 어떻게 살아야 할지, 어디로 가야 할지 방향을 잃어버렸을 때, 막막하지만 또 사실은 이미 우리 안에 답이 있다는 걸 우리들은 살면서 기억해내지 못하는 것 같다. 워낙 삶을 헤쳐 나가는 것만으로도 무거워서. 그렇게 주저앉아서 방황하고 힘들어 하고 지쳐가고 있을 때, 마음이 이미 그 답을 알고 있고 듣고자 하는 말을 다른 사람들의 입을 통해서 우리는 사실 듣고자 한다. 상처받고 싶지 않은 본능적인 자기 방어기제와 인정의 욕구가 충만한 인간이기 때문에.

"누군가에게는 기다리던 소식, 누군가는 받고 싶지 않은 말들, 그 모든 것들이 섞여 있는 게 삶인지 모르겠어. 그러니 그냥 받아들이고 가자. 그냥 가보자."

내내 휴대폰을 바라보며 말했다. 그런 기막힌 순간 누군가의 목소리가 내 안에 들어왔을 때, 듣고 싶었던 말을 대신 해 줬을 때 혹은 막무가내 겉포장이 아닌 때로는 진심이 담긴 공감으로 때로는 냉정한 온도의 이성적인 판단을 곁들인 조언으로 그 형태가 무엇이 되었든 우리들은 내 마음이 지금 이 순간 듣고자 하는 목소리를 누군가의 목소리로 확언 받았을 때, 위로와 감사라는 걸 느끼는 걸지 모르겠다.

아이를 생각하면서도 동시에 글을 쓰고 있는 다분히 이기적인 나는, 퇴근시간이 꽤 지난 시간 혼자 회의실에 앉아서 한참을 속으로 숨죽여 울고 말았다. 궁상을 또 떨궈 내고 말았다. 궁상의 연출, 각본, 감독, 주연 모두 '나'라는 걸 아는데도 그래졌다. 어떤 이유에서건 순간의 감정에 치우쳐서 잠시 지쳐서 울고 있었던 나였다. 그러나 내가 들었던 오늘의 말 한마디 덕분에 다시 어리석고 어렸다는 반성과 함께 다시 힘을 내 본다. 아니, 오늘은 한껏 긴장해 있었던 힘을 빼 보고 싶다. 그렇게 결심하면서도 어떤 욕심은 한편으론 더해 본다. 누군가 오늘의 나와 같을 때, 내가 받았던 것처럼 우연이든 운명이든 그에게, 그녀에게, 나 또한 그들의 울음을 그치게 할 수 있는 작은 울림의 한마디를 건네줄 줄 아는 어른이 되어 보기를 말이다. 때론 냉정의 온도를 가지고, 동시에 귀중한 진심이 담긴, 겉으론 유쾌하고 가볍지만 그 안에 진실된 한마디를 건넬 수 있기를. 오늘 내게 차를 넌지시 건네준 귀하고 감사한 분처럼 진짜 어른이 되어 보자고 말이다.

"응원 차, 차 한잔 배달 왔어요."

어른이 어른으로 산다는 게 여전히 쉽지 않다. 그래도 한 걸음, 두 발짝 앞으로 나가보고 있다. 나도 누군가에게 따뜻한 차 한잔을 담담하게 건네줄 줄 아는 멋진 마음의 어른으로 좀 더 다가가보고 싶어지는 오늘이다.

17

일터, 그 안에 보이지 않는 손들

지금은 새벽 '기상'이 되었지만, 10년 전에는 새벽 '출근'을 했었다. 인천에서 분당까지 왕복 4시간여의 거리를 소위 지옥 버스와 지옥철에서 약 4년간 버텨내며 지냈다. 주변 지인들이나 사정을 모르는 회사 동료들은 출퇴근 거리만 짧아져도 편할 거라며 분당에 집을 구하라고 조언했다. 그렇지만 사실 별로 와닿지는 않았다. 허물어질 듯한 아파트가 분당 금싸라기 땅인 탓에 돈도 부족했지만, 교통비 소비가 대출이자 기회비용 대비 가성비 갑이라는 재테크녀로 살았고, 사실은 롱롱 출퇴근길 덕분에 얻은 게 꽤 많기 때문이다.

불행 중 다행으로 종점에서 종점을 오고 간 터라 서서 가는 시간보다 앉아서 가는 시간이 많았다. 그 덕분에 긴 장거리 출퇴근 시간 동안 무섭게 읽어 내린 독서의 양도 꽤 상당했다. 또한 무엇보다도 사람 구경하기 좋아하는 나로서는 나쁘지 않았다. 물론 반대로 검은 스타킹에 구멍이 난 채 그들의 구경거리가 돼 보기도 했다. 체험 삶의 현장을 고스란히 실천해낼 수 있었던 장소는 다름 아닌 평일의 이른 새벽의 출근길 그리고 지옥 퇴근길의 대중교통 속에서 각자의 귀갓길로 향하고 있었던 사람들이 속한 곳이었다.

일터라는 건 삐끼뻔쩍한 실리콘밸리 같은 블링블링 사무실이라는 나의 오만방자한 착각은 순식간에 깨졌다. 연차를 더해 나갈수록 만원 버스와 지옥 지하철, 새벽의 춥디추운 정류장에서 더 냉혹하게 일터를 체감해낼 수 있다. 보이는 곳에서 더더욱 보이지 않은 현실을 이겨내는 미생들이 참 많다는 걸 알게 되었다. 누가 더 잘나고 더 못난 게 없었다. 출퇴근길에는 갑을관계가 없다. 다들 고만고만하게 보였다.

버스 기사님들이 운수업체와 맞서 임금 체불 관련 파업을 했을 때 이기적이지만 나는 그들의 처절한 사투 대신 나의 출퇴근길을 걱정했었다. 50대 후반의 환경미화원 아주머니가 새벽 출근길에 술이 아직 덜 깬 30대 후반쯤 되어 보이는 양복을 말짱하게 입은 남성과 실랑이를 벌이다가 길가에 고꾸라져 넘어졌어도 꿋꿋하게 일어나서 다시 청소를 해 내는 모습을 보았을 때도, 나는 아주머니 편에 서서 편을 들어주기 이전에 저 술 취한 30대 양반이 내게 다가오면 어쩌나 노심초사했었다. 사람으로 가득 찬 만원 지하철에서는 내 뒤에서 보잘것없는 밉상의 몸을 부비적거리는 개자식들이 달라붙어도 악 하고 소리 지르거나 욕 한 바가지를 퍼붓지 못했고 그저 바들거리는 눈빛으로 째리다 피하는 게 고작인 나약한 나였다. 20대 후반엔 그랬었다. 그게 최선인 줄 알았다.

회사에 출근했을 때 말끔히 치워져 있는 사무실 바닥과 화장실 곳곳, 깨끗하게 비워져 있는 쓰레기통을 누가 언제 치우는지 알려 하지 않았다. 나보다 더 이른 새벽에 출근하시는 청소부 아주머니들이 쉬는 공간 하나 마땅히 없이 허리를 굽히고 새벽 댓바람부터 나와서 치운다는 것을 알 턱이 없었다. 그렇게 고마운 줄 모르고 사는 사람이었다. 다만 현실을 버텨냄이 바빠서 눈물 콧물 다 쏟아가며 다녔으니까. 그 보이지 않는 손들에게 위로를 받기 전까지 그렇게 나는 이기적으로 나만 생각하며 살았다. 4년 전, 우울증을 꽤 겪고 있었고, 회사 화장실에서 틈만 나면 숨죽이며 울었을 때, 나를 위로해준 건 다름 아닌 당시 9층 청소부 아주머니셨다. 쓰레기통을 비우러 왔다가 숨죽이며 훌쩍거리는 울음소리를 들었다고 했었다.

"인사 잘하던 아가씨가 울면 어쩌. 인나 어서."

그리고 워킹맘으로 지낸 지 이제 1년이 다 되어가는 요즘도 여전히 내가 근무하는 6층의 청소부 여사님은 나를 위로해 주시곤 한다.

"애 낳고도 일하느라 고생이지. 내 젊은 시절 보는 것 같아 안쓰러. 밥 먹고 다녀라, 아가."

밥벌이를 하기 위해 출퇴근을 거듭해 나가면서 이제야 그 보이지 않은 손의 소중함이 보이기 시작했다. 언젠가부터 나 또한 그분들과 별반 다르지 않은 '일터 인생'이라는 걸 깨달은 건지 모르겠지만, 오만하게 들이밀었던 잘난 척 뽐는 가오와 어깨의 힘을 모두 빼내기 시작했다. 몸이 아파서 수술을 해봤고, 우울증에 시달려서 거식증과 폭식증에 남몰래 토하며 지냈고, 그렇게 힘든 시절들을 겪어냈다는 잘난 핑계로, 한때는 개자식을 개자식이라고 대놓고 말하지 못했어도 이젠 아닌 건 아닌 거라고 말할 줄 아는 깡과 꼴이 생긴 덕분에 말이다. 보잘것없이 보이는 나약한 사람인 것 같아도, 그렇게 나의 밥벌이를 올곧게 하면서 생을 살아가는 사람들의 삶의 경중을 함부로 따져선 안

된다는 걸 알게 됐다. 모두 다 하나같이 각자 소중한 삶이라는 생각을 그렇게 자연스레 체득해 나가고 있는 중이다. 그래서 때론 일터가 고맙기도 하다. 산전수전, 공중전을 직간접적으로 겪을 수 있는 최고의 장소임에는 분명하다.

타인을 헤치는 일이 아니고서야 직업이라는 것엔 높고 낮음, 경중이 없다고 본다. 세상에 정말 나 혼자 되는 일은 하나도 없다는 것도 안다. 아닌 건 아니라고 말하지 않으면 정말 아닌 걸 여전히 모르는 쓰레기들이 사회에서 버젓이 활개치고 다니는 것 또한 알게 된 이상 30세가 지나니 이제 겨우 좀 더 어른의 세상을 깨닫는 듯하다. 사실 이 정도면 빠른 걸지도 모르겠다. 물리적인 나이가 들었음에도, 높은 위치에 올랐다고 한들 사람 귀한 줄 모르는 사람이 여전히 권력과 위계 의식과 폐쇄적인 생각을 하고 있는 한, 사회의 어두운 일면들을 일터와 삶의 사건사고 곳곳에서 마주할 수밖에 없다. 씁쓸하나 인정한다. 그러니 이젠 그 인정 이후에 정면으로 바라보고자 애쓰기도 한다.

굳은살이 박인 건지 아니면 머리에 먹물이 더 차오른 건지, 아니면 이젠 아줌마 일꾼의 오지랖인 건지 모르겠다. 그럴싸한 명분의 일터 속 정치판, 투명하지 않은 맥락 없는 인사구조, 인재의 탈퇴, 낙하산 인사, 성차별, 성희롱, 사회의 부조리, 보이지 않는 곳에서 여전히 일을 하며 움직임에도 나아지지 않은 형편들… 이렇게 일터에서 직간접적으로 경험하는 모든 것들을 보고 배우고 체득하며 침묵하기도, 또 작고 큰 발언을 해보기도 하면서 좀 더 많은 사람들이 알아줬으면 한다. 나와 별반 다르지 않을 불특정 나수들 속에는 함께 같은 공간에서 움직이는 보이지 않은 손을 가진 소중한 일꾼들이 훨씬 더 많이 있다는 것을 말이다. 보이지 않은 손을 가진 사람들이 버젓이 먹고 살아가며 때로는 그 비루한 일터라는 버팀목일지언정 괜찮은 사람들이 뭉쳐서 훈훈하고 또 멋진 일들도 작고 크게 터질 수도 있다는 것을. 너무 희망적인가. 그래도 바닥으로 치닫는 비관보다야 낫지 싶다.

보이지 않는 사람들의 수고스러움과 정성을, 땀과 노력을 그래서 기억하려 한다. 매일 출근하면 쓰레기통이 비워져 있고, 화장실도 단연코 깨끗하고 복도도 말끔히 청소되어 있는 것, 내가 아닌 다른 누군가가 나보다 더 일찍 회사에 와서 치워 놓는다는 사실을 기억하며 산다면, 좀 더 괜찮은 오늘이 될 수 있을 테니까. 일터 속 보잘것없어서 정말 보이지 않는 손들 덕에 일이 돌아간다. 사실 보잘것없는 건 아무것도 없다는 반증일 테다.

오늘 청소부 여사님께 초코 라떼를 건넸다. 지난주 내가 머무는 6층 사무실의 왁스청소가 있었는지 사무실의 의자와 비품들이 모두 책상 위로 올려져 있었다. 분명 우리들이 옮기지 않은 짐을 다 옮기면서까지 해야 하는 수고스러움을 겪었을 생각에 그냥 고마워서 인사도 할 겸 건네 드렸다. 여전히 그녀는 허리를 숙이고 일하고 계셨다.

"지난번에 주신 귤 잘 먹었어요. 주말에 수고하셨죠. 의자 다 옮기시고."

"내 일인데 뭐. 애 키우니 잠도 없어. 일찍도 나온다, 아가."

"이거 드세요."

"아가, 이거 왜 주냐. 됐다."

"약속했잖아요, 저번에…. 제가 차 사드리기로."

"젊어서 일하느라 고생 많아. 내 시절 보는 것 같아 안쓰러. 잘 마실게요. 미안하네."

"안 그래요. 제가 좋아서 하는 일이예요."

용역업체의 파견직으로 나의 어머니뻘 되시는 그녀가 본인 월급 받고 일하는 거니 당연한 일을 한 걸 모르지 않는다. 손사래를 몇 번이나 치면서도 미안하면서 고마워서 어쩔 줄 모르는 그녀의 마음 또한 알고 있다. 다만, 쉬는 공간 하나 제대로 없이 청소 비품 놓여 있는 구석자리에서 잠시 쉬고, 또다시 허리를 굽히며 복도 이곳 저곳을 깨끗하게 치워내어 오늘의 사무실을 매일 같이 빛나게 만들어 주시는 그분께, 그분과 같은 보이시 않는 사회의 여러 사람들에게 요즘 따라 더 경건하게 고마워지고 눈길 한 번 더 주게 된다.

사무실을 박차고 나가 너도 나도 '퇴사'를 말하기 시작한 요즘인 듯 보인다. 한편으론 추울 때 따뜻하고 더울 때 시원한 사무실이 고마운 누군가가 있음에도 말이다. 좀 아이러니한 세상이다. 사실 나의 아버지가 부두에서 허리를 낮추며 또 올리며 그렇게 부단히 일용직으로 일하고 있는 모습과 별반 다르지 않아 보여서 그랬던 걸까. 그래서 더 마음이 쓰이는 것도 사실이었다. 나도 제법 나이가 들어가는 걸까. 아니면 이기적이었던 젊은 시절을 지나서 이제는 아이를 낳고 또 기르다 보니 나의 아이들이 살게 될 세상이 좀 더 가치 있기를, 좀 더 사람답게 좋아졌으면 하는 오지랖 어린 바람인 걸까, 아니면 선한 의도의 작은 실천들이 나비효과가 되기를 바라는 기대일지 모르겠다. 지금 내가 할 수 있는 범위에서의 사람을 향한 진심 어린 선순환 말이다.

내가 사는 사회가, 그리고 나의 쌍둥이들이, 지금 태어나서 겪기 시작한 이 사회가 여전히 보이지 않는 곳에서 얼마나 고용 불안, 빈곤, 차별, 폭력, 불평등을 겪으며 살아가는지가 점점 더 선명하게 보인다. 그런 현실이 바로 내가 속한 일터, 당신이 있는 그곳, 우리가 사는 이 사회일 테다. 개인의 성장을 발전시키고 주장하는 자기계발서와 각종 특화된 전문 서적들도 좋지만 때론 사회의 알게 모를 불평등한 상황들에 좀 더 눈여겨보게 되는 요즘인지라 그럼 그 자기계발 이후의 행동이 좀 더 '나'도 성장하면서 '남'도 같이 좋은 변화와 성장으로 유도했으면 하는 바람이 크다.

오늘 이 글을 쓰고 있을 때 MBC 김장겸 사장의 해임이 결정됐다는 보도를 접했다. 슈퍼 울트라 그레잇한 결과에는 분명 보이는 큰손들보다 보이지 않는 그 안 곳곳의 보이지 않는 손(님)들의 움직임들이 있었기에 가능했을 터다. 그들을 예찬하며, 그리고 좀 더 나아진 그들의 행보, 보이지 않는 모든 손들, 당신과 나의 손에 움켜쥔 땀의 힘들을 응원해 보고 싶은 밤이다.

18

완벽한 혼자의 날

'제출이 완료되었습니다.'

몇 달 동안 준비한 공모전을 마치고 난 후 진이 빠졌다. 5년 만에 다시 해 보기로 마음먹은 무모한 시도와 맞바꾼 현실이었다.

"글 마무리 잘 하고 천천히 들어와. 오늘 둥이들은 혼자 하원시킬게."

그 말을 듣는 순간 울컥했다. 살면서 보이지 않게 있는 힘껏 잡고 있던 줄들 중 어떤 단단한 한 개가 탁 하고 풀리는 느낌이었다. 고마움은 때론 죄책감이라는 감정을 별책부록처럼 달고 다가온다. 감정은 신기한 녀석이다. 고마운 순간에 고마움을 순수하게 못 느끼게 만들기도 한다. 감사하면 그걸로 됐지 싶어도 사실 마음 한편엔 알 수 없는 죄책감이 드는 건 어쩔 수 없다. 역할극 핑계를 대 본다. 아내로서 늦게 들어가는 미안함과 동시에 완벽히 혼자가 되었을 때 희소한 그 자유를 성취했다는 기쁨이 뒤섞여 내게 밀려왔다.

'혼자가 되면 뭘 하지?'라는 생각을 하며 손은 어느새 가방을 메고 발은 이미 움직이고 있었다. 훅 하고 바깥의 밤공기를 들이켜 마시는 순간, 이상하게 눈물이 흐를 뻔했다. 한 달 만에 들이켜 마신 그 시간의 저녁 밤바람이어서 그랬던 것 같다. 어느새 공기가 이렇게 선선해지다 못해 차가운 기운이 섞여 들어오는 계절로 바뀌었는지 사뭇 놀랐다. 계절이 바뀐 줄 모르고 살았던 걸까. 정시 퇴근을 하자마자 어린이집으로 후다닥 달려가서 유모차를 끌고 아이들과 함께 집으로 가는 20여 분의 시간은 그야말로 땀범벅이다. 나의 시간은 요 몇 달간 계속 찌는 듯한 더운 여름에 정지된 채 있었다. 계절이 바뀐다는 사실에서 철저히 배제된 채 시간을 흘려보내다 알게 된 애틋한 자각이었다.

정말 혼자가 되었을 때 지하철을 타보고 싶어졌다. 요 몇 년간 거의 타보지 못했던, 예전에는 참 친근하고 지긋지긋하기도 했던 공간이 문득 그리워졌다. 개찰구로 발걸음을 향했다. 지하철 안의 사람들 중 10명이면 9명은 휴대폰을 봤다. 나는 그에 반항하듯 휴대폰을 쳐다보지 않고 그들의 얼굴 하나하나를 관찰했다. 혼자든 혹은 둘 아니면 무리지어 있었음에도 사람들은 휴대폰과 한 몸이 되어 철저히 혼자가 되곤 한다. 사실 어느새 책이 사라지고 사람과의 대화가 사라져 버린 버스와 지하철은 흔하디 흔하게 볼 수 있는 일상의 모습이다. 크게 놀라지 않았으나 마음은 이상하게도 씁쓸했다.

개찰구를 지나서 그냥 계속 걸었다. 그러나 발견한 편의점에서 맥주 한 캔을 사 가지고 마시면서 계속 걷고 또 걸었다. 초가을의 밤바람은 왜 그리도 선선해서 혼자가 된 나에게 자꾸 다가오는지. 데이트라도 해야 할 판에 완벽히 혼자가 되어 있었던 나는 갑자기 생각난 지인에게 무작정 전화를 걸다 바로 끊기를 반복하다 결국 그만둬버렸다. 방해하고 싶지 않았다. 그게 때론 타인을 배려하는 나의 어리석은 최선의 선택이었다.

이왕 혼자라면 철저히 혼자 놀이를 즐겨보자 싶어 혼술도 마다하지 않고 도전해 보려던 찰나, 뜻밖에 걸려온 전화 덕에 생각지도 않던 모던하고 깔끔한 인테리어의 수제 맥주집에 가서 감자튀김을 앞에 두고 에일 500ml를 그렇게 스트레이트로 4잔을 마셨다. 어느새 나도 모르게 들이키다시피 하며 시시콜콜한 서로의 일상을 오랜만에 공유했다. 어쩌다 보니 혼자의 시간은 실패와 동시에 구원 받았다. 정말 오랜만이었다. 그렇게 편안하게 아무 말 대잔치를 할 수 있는 시간이 얼마 만이던지. 꽤 독한 수제 맥주 몇 잔을 마셔도 이상하게 취기가 올라오지 않았다. 여전히 한 끝의 긴장을 놓치지 않고 있었던 걸지도 모르겠다.

타인의 삶을 듣고 있는 순간은 즐겁다. 아니 정확히 반감 보단 호감이 다분한 사람들의 삶이 어떻게 흘러가고 있는지 듣는 건 남모를 기분 좋은 일 중 하나가 되었다. 어쩌면 내가 살지 못하는 또 다른 세계를 간접 경험할 수 있어서? 아니면 내가 아닌 다른 삶들을 향한 알 수 없는 관음증 때문에? 뭐가 되었든 어쨌든 오늘을 살아가는 사람들의 이런저런 사는 이야기를 듣는다는 건 꽤 신나고 설레는 일이 아닐 수 없다. 누군가의 험담 혹은 지나간 사랑 이야기, 요즘 사는 시간들 등 그렇게 깔깔거리다 보니 어느새 시계는 밤 11시를 가리키고 있었다. 아차 하는 느낌에 부랴부랴 맥락 없이 마시던 맥주를 홀짝 다 들이켜 마시고 집으로 가기 위해 정류장으로 발걸음을 재촉했다.

"다음에 또 봐."

다음이란 또 언제가 될 수 있을까. 내게는 이제 '다음'이란 건 없는 것만 같은 요즘이라 그런 건지 알 수 없는 기약의 그 말이 요즘 들어 이상하게 싫어진다. 다음보다는 다음 주라는 단어

가 요샌 좀 더 좋은가 보다. 완벽한 혼자의 날이 반은 감사하게
도 실패한 날이 되고 말았지만 기분은 좋았다. 바라는 건 혼자
가 아니었기에 그랬나 보다. 아직 단단하지 못한 연약한 마음이
다. 그래서 돌아가던 귀갓길에 문득 눈물이 흘렀다. 아마도 완
벽히 혼자가 된 날을 같이 지내준 사람, 아니 그 혼자가 된 날을
만들어 준 고마운 나의 그이 그리고 집에서 엄마 기다리다가 잠
에 든 쌍둥이들. 그 모든 것들이 뒤죽박죽 섞인 채 내게 밀려와
서 그랬던 걸까? 아니면 완벽히 혼자가 되어 하루 2시간을 매일
같이 써 내려간 시간들과 그것이 일단락 지어진 날이라서? 이유
가 무엇이 되었든 흐르는 눈물이 싫지만은 않았다. 웃으며 나도
모르게 흘러버린 눈물은 특히나 그렇다. 수많은 불빛 중에 내
불빛만 없어지는 느낌을 가끔 받는다. 그런데 다시 불을 탁 켜
는 느낌이 들 때 그런 눈물은 아직까진 괜찮다. 감당할 수 있다.

　나는 얼마나 조르바가 될 수 있을까. 가방 속에 읽다 만《그
리스인 조르바》가 도서관 반납을 기다리고 있었지만 늦게 귀가
한 덕분에 도서관엔 가지 못한 채 가방 안에 고스란히 남겨졌
다. 조금 더 두고두고 읽고 싶어서 일부러 반납하지 않았던 내
마음을 나는 잘 안다.

삶을 사랑하는 주인공 조르바는 억눌린 성격의 영국계 청년 바실과 해변에 앉아있다. 바실은 조그만 사업을 해보려고 그리스 섬으로 왔다. 조르바는 바실을 위해 수송 장치를 만들지만 처음 가동하자마자 고장 나 버린다. 두 사람의 사업 계획이 시작도 해보기 전에 완전히 망가진 것이다. 상심에 빠져 허탈해하는 바실에게 조르바가 말한다.

"난 당신을 좋아하니까 꼭 말해야겠어요. 당신은 한 가지만 빼고는 다 갖췄어요. 광기. 사람이라면 약간의 광기가 필요해요. 그렇지 않으면 감히 자신의 밧줄을 잘라내 자유로워질 엄두조차 내지 못하죠."

얼마나 자유로워질 엄두를 내고 싶은 걸까. 아니 낼 용기가 남아 있기는 한 걸까. 책 속의 바실은 자리에서 일어나 완전히 다른 사람처럼 조르바에게 춤을 가르쳐 달라고 한다. 열정적으로 인생을 살고 위험을 무릅쓸 필요가 있음을 깨달은 것이다. 현재를 잡아야 한다는 것을, 그렇게 하지 않는다면 인생에 몹쓸 죄악을 저지르게 된다는 것을.

바람이 부는 방향대로 자유롭게 흐르는 삶은 언제나 옳다. 조르바의 말은 좋은 삶을 찾으려는 사람들에게 줄 수 있는 가장 훌륭한 메시지일지 모른다. 우리는 대부분 억압과 두려움에 사로잡힌 채 살아가니까. 나조차도 그렇게 산다. 밧줄을 잘라 자유로워지고 싶은 마음은 완벽히 혼자가 되었을 때 나를 찾아온다. 정면으로 마주할 텐가 아니면 현실에 수긍할 텐가. 그 경계에서 용기가 선뜻 나지 않는다. 그래선 안 된다는 것을 이제는 아는 서글픈 어른이 되어버린 나는 잠시 망설이지만 그럼에도 흘러가본다. 흘러가보는 것 말고 딱히 방법이 없다.

그래도 다행인 건, 조르바의 마음을 안다는 것이다. 내면에 자리한 광기를 모른 채 하지 않는다. 그러니 이젠 어느 정도 그래보고 싶다. 아직은 이렇게 살아도 괜찮다고, 혼자가 된 날의 귀갓길에 문득 캐나다 오지 마을 옐로나이프의 오로라 빌리지에 가보고 싶다는 생각을 했다. 이런 나는 아직 불행하진 않은 것 같다.

#19.
표현하고 살아, 참지 말고

다이어리와 휴대폰 메모장에는 늘 그렇듯 매년, 매달, 매일의 소망들이 적혀 있다. 나만 알아보는 암호 같은 문장들로. 만나든 만나지 않든 글로 적은 것들과 오늘의 시간이 연결되어 있다고 생각하면서 적어 내린다. 특히 사람과 사랑에 관련된 크고 작은 상상을 적게 되면 늘 신기한 느낌이다. 그녀를 만나고 싶다는 느낌은 두 권의 책 덕분이었다. 총 세 권의 에세이를 먼저 출간해 낸 그녀를 무턱대고 만나보고 싶어서 wish list에 적었다.

'만나서 이야기 듣기.'

그냥 보고 싶고 만나서 일상의 흘러가는 이야기들을 나누고 싶었던 바람은 결국 이뤄졌다. '어라?' 하는 물음표와 동시에 '아아!'라는 느낌표로 처음부터 끝까지 가득 찬 책은 흔치 않다. 그런 흔치 않은 책 중 요즘 단연코 푹 빠져서 읽었던 책의 저자, 그녀를 11월의 끝자락에 드디어 만났다. 책을 읽는 데에도 한참

걸렸다. 이렇게 오래 두고두고 한 문장을 곱씹으며 천천히 읽어 내려갈 수밖에 없는 책은 참 오랜만이다. 나름 속독으로 정진한 다고 생각했으나 이 책 한 권을 완주하기까지 몇 주가 걸려버리고 말았다.

사람은 어느 정도 연민을 가지고 있다고 했다. 그녀를 처음 만나서 들었던 그 말에 이유 없이 공감이 되었다. 나라는 이름 을 찾기 위해 글을 쓴다고도 했다. 전업주부로 13년 동안 살다 가 이혼을 하게 되고 다시 일상으로 돌아가서 얕은 우울함을 마음에 담은 채 일상을 흘러가 보고 있다는 그녀의 한 마디 한 문장들을 이상하게 놓치고 싶지 않았다. 놓치고 싶지 않다고 생 각하니 작은 목소리 하나하나가 큰 울림으로 다가왔다. 소중한 건 항상 마음속에 간직하고 싶은 법이다.

손 편지를 적어서 가져갔다. 그리고 작은 수제 쿠키와 함께 책의 독자로서, 한 여자를 응원하는 또 한 여자로서, 그리고 이 제는 같은 에세이를 쓰게 된, 그래서 무턱대고 글쓰기를 함께 하는 동지애적(내가 한참 하수임에도 불구하고 내가 뭐라고) 마 음도 동시에 품어본다. 아마 그녀의 네 번째, 다섯 번째 이야기 도 늘 궁금할 것만 같다. 내게 누군가가 궁금해진다는 건 그만큼 좋아한다는 뜻이니까. 그녀의 문체와 말투, 일상을 해석해 나가는 삶의 방식이 좋다. 특히 사랑을 분산시키며 에너지를 쏠리지 않게 한다는 마치 '참바람둥이의 스킬'을 잘만 구사할 법한 그녀의 삶이 좋다. 비록 스스로 공식 이혼녀가 되고 맞닥뜨린 인생을 살다 잠깐 마주한 교통사고 같은 그 일 때문에 어쨌든 마음 깊숙한 곳에 이상한 우울과 슬픔이 깔려 있어서 지금을 살아가 본다는 그녀의 말에 고개를 끄덕였다.

낯선 행복보다는 사람들은 익숙한 불행에 더 편안함을 느끼기 마련이다. 그녀는 낯선 행복을 용기 있게 선택했고 익숙한 불행에서 나오고자 애썼을 터다. 불행은 번식력이 강해서 폭과 깊이에 따라 빨리 적응한다. 이걸 당연히 여기는 게 문제라는 걸 그녀는 알았던 걸까. 천천히 가라앉고 있으면 바닥에 닿기 전까지 가라앉고 있다는 걸 깨닫지 못한다.

글쓰기라는 공통점이 있어서 왠지 모르게 그녀에게 더 시선이 간 걸지도 모르겠다. 자신을 좀 더 드라이하게 객관화해 낼 줄 알고 감정을 배출시킬 수 있는 유일한 통로가 우리 두 여자에겐 '글쓰기'였고 그건 삶의 슬픔을 정화시켜 나가는 하나의 도구로 자리한다. 그녀가 '이혼'이라는 통과 의례를 아파도 자연스럽게 객관적으로 바라보고, 새로운 삶을 아니 그저 흘러가는 삶을 다시 두 다리를 대지에 딛고 서 있을 수 있도록 도와주는 데 '글쓰기'는 분명 적지 않은 힘이 될 것이다.

내게도 나만 알 수 있는 상상을 초월하는 절박한 마음과 아픔이 있었다. 그때마다 늘 마음으로 손으로 뭔가를 적고 있었던 내가 있었다. 눈물은 흐르고 내 손을 누군가가 마주 잡아 주기를 바랐다. 그러나 내 두 손은 나 이외엔 그 누구도 잡아 주지 않았다. 그럴 때마다 동시에 마음에선 이미 한 문장 두 문장, 그리고 시간이 흘러 그것들은 타이핑되어 세상에 조금씩 희미하게나마 아픔을 드러내며 그렇게 나를 치유해 주고 있었던 걸지도 모르겠다.

자신의 삶을 나만의 언어로 가감 없이 표현하는 것은 좋은 일이다. 그러나 나는 어느새 또 다른 면도 알 것만 같다. "내가 정말 원하는 건 이거예요"라고 말할 수 있는 용기가 허락되지 못하는 순간도 있다는 것을. 때로는 욕망해선 안 되는 존재로 살아가는 게 당연한 듯이 살아가는 내가 보인다. 많은 역할극을 치러가면서 우리는 하루에서 몇 십 번 자기검열을 하면서 살아가곤 하니까. 자유롭지 못하고 그건 진정한 자유가 아니라고 아무리 말한들, 때론 대응책이 없으면 그냥 일단 살아본다. 덜 자유로워도 덜 불행하다면 일단 살아보는 거다.

내게 좋은 에세이는 그저 미사여구가 가득 찬, 누구나 말할 법한 그런 이야기들의 짜깁기들이 아니다. 실제 경험에서 추악하고 아름다운 모든 삶의 것들이 소재가 되어 진짜 목소리를 내주는 에세이를 좋아한다. 그래서 내가 그녀를 좋아하는 것일지도 모르겠다. 거침없이 과감하게 표현해 내면서도 여전히 자신의 한 수를 드러내지 않는다. 그래서 다음을 기대하게 만드는 이야기가 좋다. 아마 그녀도 나도, 진짜 숨겨진 '나만 아는 이야기'를 쉽게 드러내지 않을 듯싶다. 그렇게 누구에게든 마음에 담아둔 진짜 이야기가 있기 마련일 테니까. 그녀에게 책의 사인을 받으면서 좋아하는 문구를 적어달라고 했다. 그러더니 웃으면서 이런 거 잘 못한다고 이야기하는 그녀의 수줍은 입술을 바라보다가 나는 그녀에게 이렇게 건넸다.

"저도 퇴폐적인 거 은근히 좋아합니다."

그녀가 피식 웃었다. 그리고 커버 페이지 뒷장에 이렇게 적어주었다.

"자유롭게 퇴폐적으로. 표현하고 살아요, 참지 말고."

되도록 오래 기억하려 한다. 적힌 문장이 빛 바래는 순간까지, 참지 않고 표현하고 살려 하는 자유로움을. 그리고 때론 주저 없이 흘러나오는 귓가의 음악의 이 가사를 자연스럽게 말할 수 있을 정도의 퇴폐적인 마음도 동시에 담아두려 한다.

"누군가 그리워할 수만 있다면. 내가 원하는 건 단지 이런 것뿐이에요."

Something just like this.

20

페미니즘은 모르겠고요

프로 불편러가 되어 가는 중인 듯싶다. 여자는 젊고 이뻐야하며 키는 167cm에 몸무게는 48kg 정도는 되어야 비로소 '끄덕'하며 인정되는 남자 사람 동물과 같이 일하고 있는 느낌은 순식간에 찾아왔다. 요 일주일, 대수롭지 않게 주고받은 일터에서의 대화들이 불편해서 그 불편한 기운을 떨쳐내는 데 시간이 걸렸다.

상황 하나) 점심을 먹으러 지하 식당으로 가는 엘리베이터를 대기하면서 그가 나를 물끄러미 쳐다봤다. 그리고 물어봤다. 키가 몇이냐고. 작은 편은 아니고 오히려 나보다 작은 남자 직원들이 가끔 불편(?)함을 느끼곤 하니 그 질문은 내게 이젠 대수롭지 않다.

"제가 좀 크죠? 168cm입니다."

"우리 와이프가 170인데, 더 커 보이네."

"작은 체구가 아니라 좀 더 커 보이나 봐요."

"그 정도면 날씬하고 훌륭한 거지."

자, 여기서부터 대화가 꼬이기(?) 시작한 걸지도 모른다. 여전히 대수롭지 않았지만 불편함의 한 수는 순식간에 몰려오기 시작했다.

"50kg도 안될 것 같은데 뭐. 우리 와이프는 70kg 육박하는데. 내 주위에 아줌마들 다 그래. 80kg도 있다니까. 살만 쪄 가지곤…."

'살만 쪄 가지곤'이라는 말에 뚜껑은 이미 열렸다. 대수롭지 않게 자신의 아내와 주변 여자들을 단지 비주얼적인 몸매로 그 가치를 매겨 버리는, 그 한없이 가벼운 어리석음과 바보 같음에 치가 떨렸다. 당신의 아내와 당신 주변에 보인다는 그 '아줌마'들의 몸무게가 고단한 육아를 견뎌내고, 며느리로서 시월드의 온갖 부침을 견딤과 동시에 '그런 생각을 가지며 사는' 남편이 벌어다 주는 월급으로 아끼고 또 아끼며 가정생활을 유지하려 안간힘을 쓰는 탓에 삶의 유일한 달콤함을 어쩔 수 없이 야식이라는 대체제로 만족하며 붙은 고귀한 숫자라는 걸 알고나 있는지 묻고 싶었다. 그러나 물을 가치조차 별로 없어 보여서 묻지는 않았다. 아니 솔직히 나도 한순간 못나서, 여전히 아름다운 여자이기를 바라는 나여서, 그 아름다움의 기준에 몸무게의 숫자가 주는 가치가 적지 않았던 나여서, 최소한 70kg가 된 적은 아기 둘을 동시에 임신했을 때를 제외하곤 맛보지 못한 터라 '다행'이라고 생각해 버렸던 나였으니까.

가부장적인 폐해와 악습을 고스란히 답습하며 자라온 탓일지도 모른다. 사람마다 다를 테다. 나의 그 직장 동료 같은 남편이 흔한 건 아니겠지만 또 흔하기도 할지 모른다. 다만 "그런 발언을 자연스레 하는 남편과 살아오신 탓에 그 결혼생활의 고단함은 어느새 '살'이라는 것으로 안타깝지만 그녀에게 돌아갔던 것은 아닐까요?"라고 감히 마음속의 말을 모조리 배출해 내지도 못했다. 내게 그럴 자격은 없으니까. 다만 그 '살과 몸무게' 발언에 던져진 공에 스매싱 한 방을 제대로 날리고 싶었던 걸까. 이상하게 마음에서 불편한 감정이 스멀스멀 올라오기 시작했던 탓에 한마디 기어코 던져주고 말았다.

"날씬하면 정상이고 70kg이 넘으면 여자든 아내든 사람 취급 못 받는 거죠? 하긴 남자든 여자든 과체중은 위험해요. 물론 비리비리한 저체중의 남자들도 마찬가지고요."

좋든 싫든 정 붙이고 살 붙이며 살고 있는 '내 사람'이어야 하는 것을, 어느새 타인 앞에서 내 사람을 자연스럽게 까고 있는 그의 삶이 얼마나 비참하고 스스로 비극일지 그는 모르는 듯했다. 아마 평생 모를 것 같다. 사람의 인성과 인품은 그렇게 자연스럽게 일상에서 드러나기 마련이니.

상황 둘) 나의 스트레스를 한 방에 날려 주시곤 하는 일터의 최애 아이템이자 단짠 디저트에 극강의 한 방을 점찍어 주시는 사랑하는 몽쉘통통 6개들이 한 상자를 선물 받았다. 나눔의 미학을 실천하고자 자리에 있는 팀원 몇몇에게 돌리고 바로 뒤에 앉아 있던 그에게 건넸다.

"드시면서 일하세요."

"아, 고마워요. 역시 여자는 애교지."

자, 여기서 또 대화가 꼬이기 시작할 법한 불길한 기운이 엄습했다. 아차 싶었다. 이젠 뭐 자연스럽긴 하다만 그럼에도 여전히 이 글을 쓰면서도 웃기면서 안습이다.

"아니, 우리 와이프는 애교가 없어요."

"몽쉘통통과 애교가 무슨 상관이죠?"

"아니, 그렇다고…."

뭐가 그렇다는 건지 사실 모르지 않았지만 모르고 싶었다. 당신의 와이프보다 10살은 젊었고, 어린아이 둘 달고 사는 워킹맘이지만 그의 눈에는 167cm에 50kg 정도밖에 안 나가 보이는 그 양반 주위에 보이는 여자들 대비 상대적으로(그래 어디까지나 정말 상대적으로) 옷도 잘 갖춰 입고 다니고 화장도 할 줄 알며 무엇보다도 대화에 밀리지 않고 곧잘 웃으며 맞받아쳐내는(?) 화법을 지닌 여직원이 몽쉘통통을 가져다주니 그것이 호의이며 잘 대해 주는 애교로 보였을지 모르겠다. 여전히 가만히 넘기면 그만이었겠지만 이상하게 또 불편함이 밀려오던 탓에 웃으며 한마디를 곱게 선사해 드렸다.

"어머나! 애교에도 성(姓)이 있었군요. 전 몰랐네요. 남자도 애교 있으면 좋죠. 아마 사모님도 아쉬우시겠어요."

서로가 서로에게 소음이며 짜증을 유발하는 원천이 되는 건 순식간이다. 그는 스스로의 어리석음을 대수롭지 않은 말들로 인해 이미 현시하고 있는 바보 같은 증거를 남기고 있었다. 사소한 대화를 나눠도 단어의 선택과 목소리, 화법의 태도와 표정에서 그 사람의 인품과 세계관이 드러난다고 믿는 편이다. 그런 면에서 안타깝지만 그는 이미 내 세계관에서 아웃이다. '딱 그 정도의 사람'에 그친다.

이렇게 사람 가리는 나도 못났지만, 낸들 어쩔 수 없다. 불편한 건 불편한 거다. 모든 선택엔 책임이 따른다지만 여자 혹은 남자로 태어나는 걸 사전에 선택하면서 태어나는 사람은 인류의 역사상 단 한 명도 없다. 그런데 더 우스운 것은 그 남자와 여자들이 공존하는 이 사회가 알게 모르게 바라고 있으며, 또 남자들의 속내가 진짜 원할 법한 사랑 받고 좋아하는 여자 캐릭터 설정은 이미 우리 사회 곳곳에 만연함이 눈에 띄게 보이는 요즘이다.

인정하고 싶지 않은 현실을 여전히 직시하지 않은 채 살다 보면 이미 익숙함이라는 타성에 젖어 든 채 빠져 나오려 하지 않는다. 악습의 시작이다. 눈에 보이지 않은 우리들의 가상세계, 인터넷과 모바일에선 지금도 실시간으로 모의 강간이 진행 중일 테다. 온라인에서는 성을 타깃으로 수많은 예비 범죄자들이 득실거리며 차마 입에 넣기 싫어지는 사건들이 변태적인 호응과 지지를 얻는다. 스스로 깨치거나 자신의 가치관이 단단하지 못한 이들은 이미 '대접' 받지 못하면 무시 받으니 남자로서 대접 받으려는 생각을 떨쳐내지 못할지 모르겠다.

성범죄가 일어나는 패턴 속에 범죄자들의 내면에는 어쩌면 '남자는 여자보다 아무래도 우수해야 하며, 일터에서 과시해서 보상을 받아 더 많은 여자들이 나를 따르게 만들어야 한다'는 이상한 결론이 자리 잡혀 있는 것 같다. 알게 모르게 그들이 노출되는 환경 속에서 혹은 자연스럽게 즐기게 되고 마는 음담패설과 포르노와 모의 강간과 온·오프라인상의 수많은 사건 사고들 속에서, 그들은 이미 그런 관계들을 보고 배워왔을지도 모르겠다. 그런데 요즘 세상에 뭐 다들 도찐개찐이며 여자보다 대단하게 잘날 수 있는 남자가 이상하게 그리 많아 보이지도 않는다. 나보다 더 잘난, 정말 모든 면에서 잘난 여자와 맞닥뜨리게 되면 어딘지 모르게 불편하고 그 심적 불안함과 콤플렉스는 기어코 사회에서 마주하는 약자들과 그저 '여성'을 향한 분노로 표출한다. 그래서 그들은 현실에선 당당히 욕하지 못해도 온라인상으론 흔히 '이대녀, 김치녀, 된장녀, 맘충' 등등으로 여자를 혐오한다.

내 마음을 받아주지 않는 여자에게 상처를 받든가, 결국 정복

한 그 여자가 어느새 성 상대로 전락하는 순간 데이트 폭력과 가정 폭력이 완성된다. 그의 가오는 서고, 대신 한 사람의 인권은 처절히 유린되고 만다. 그게 우리의 또 다른 사회의 현실이다. 알고 고치려 하는 사람만 알게 되는.

남자들이 상대적으로 1:9의 비중으로 많은 일터에서는, 더군다나 술자리와 옥상 위에서 담배를 피우며 노가리 까대는 순간순간들에서도 자연스럽게 여성들의 품평회는 이루어질지 모른다. 내가 속한 이곳은 덜한 곳(이라고 여전히 믿고 싶다)임에도, 사실 따지고 보면 없지는 않을 것은 자명한 사실이다. 일개 아이 엄마인 나에게도 '50kg 정도 돼 보이는 우수한 몸매'를 운운하는 사람들이 버젓이 일을 잘한다며 칭찬 받고 승진하는 반면 육아휴직 전에 승진 대상자에서 까이고 강제 발령되고도, 여전히 웃으며 불편함을 내 식으로 토로하며 꽤 잘 살아내야 하는 내가 서로 공존하고 있으니 말이다.

페미니즘이 핫하다. 요즘 더 그런 듯싶다. 솔직히 나는 페미니스트인지 아닌지 모르겠고 기든 아니든 그 타이틀을 달든 말든 별 관심이 없다. 다만 불공평하고 악취 나는 악습은 분명 고치고 싶은 마음이다. 어떻게 살아가야 하는지, 인간답게 사람답게 살아가는 게 무엇인지 여전히 궁금해 하고 고민하며 나의 후세

대인 아이들에게도 괜찮은 엄마가 되고 싶을 뿐이다.

엉뚱한 상상이지만 소녀시대가, 트와이스가, 레드벨벳이, 방탄소년단이 비주얼적으로 넘사벽 클래스의 비현실적으로 매력적이지 않더라도 혹은 못생기고 뚱뚱해도 노래로, 음악으로 승부해서 인기를 얻는 세상이기를 바라는 건 욕심인 걸까? 외모지상주의와 학력주의, 서열사회가 안타깝지만 여전히 그건 거대한 자본주의 시스템 안에서 노니는 것들이기에 감히 우주의 모래알만 한 내가 이렇게 말한다 해도 악습은 여전히 답습될 거라는 걸 모르진 않는다(그럼에도 아쉽다. 그래서 개개인의 인식이, 선한 연대가 필요한 걸지도 모를 테고).

예쁘다고 칭찬하는데 기분이 좋지 않을 리 만무하다. 그러나 반대로 그것은 남자든 여자든 자신에게 다가오는 호감과 호의가 불편하지 않은 데에서 느끼는 '즐거움'이다. 만약 그 즐거움이 거짓으로 포장된 즐거움이고, 사실은 불편하다면 이야기는 달라지겠다. 그 혹은 그녀의 언행과 습관적 행동과 내가 느끼는 것들이 불편하다면 그건 더 이상 즐거움이 아닐 테다.

남자든 여자든 불편하면 표현해야 한다. 다만, 그와 그녀가 느끼는 불편함의 온도차가 분명 있다. 그러니 우리에게 필요한 건 자신의 불편을 제대로 표현할 수 있는 말을 찾는 최소한의 노력과 그저 '사람을 사람으로 대하는 태도'일지 모른다. 불편한 상황이나 주변 분위기와 상대방의 눈치를 보고 그것을 '배려'라는 가치로 포장하면 이미 표현의 기회는 놓치고 만다. 사실 나도 너무나 그렇게 자란 사람이라 쉽지 않다. 다만 스스로 지랄 맞은 성격이 됨이 어색하지 않게 되었다. 왜? 불편하면 말하고 늦었더라도 따지고 싶으니까. 때로는 내가 파괴되든 상대가 망가지든, 불편함에 대항할 수 있고 아닌 건 아니라고 이야기할 수 있는 용기로 잘 버틸 수 있는 깡이 있다면 꽤 의미 있다고 본다.

그러나 근본적으로는 그 용기를 내지 않아도 괜찮은 사회가 되었으면 좋겠다. 사실 제일 큰 바람은 그것이다. 남자와 여자가 만나서, 그게 사람 대 사람이 되고 서로 힘든 인생 같이 사는 삶인 것일 테니까. 꼭 누가 누구에게 가격을 매기고 성을 상품화시키는 게 아니라, 누가 누구를 만족시키고 누가 누구에게 매달리는 관계가 아니라, 그저 마음 맞는 두 육체의 즐거움과 마음의 공감과 교류가 순수하게 이루어지는 사회를 바란다. 바보 같지만 여전히 나는 그런 연대를, 사회를, 사람들의 시간을 여전히 꿈꾸고 있다.

모든 사랑은 결국 사람과 사람이 만나 이루어지는 것일 테니까….

21

나이 먹기

처음 사람을 만났을 때 흔히들 궁금해 하는 것, 바로 나이가 아닐까 싶다. 사실 그럴 때마다 역으로 또 궁금해지기도 한다. 그래서 되물어보는 이 통속적인 질문이 '몇 살처럼 보여요?'다.

누군가 내 나이를 물어봤을 때 언젠가 한번은 아무 의도도 생각도 없이 그냥 있는 그대로의 현재 내가 가진 숫자(?)를 말해주었다. 기혼에 아이가 있다고도, 그것도 둘이라고 말이다. 사뭇 놀라는 상대방을 본 순간 사실 내 마음에 자리한 이 알듯 모를 쾌감과 승리감이란 역시 나도 나이 앞에선 어쩔 수 없는 속물로 변하나 보다 싶었다.

누군가의 나이를 가늠할 때 나름 상대를 배려해서 그러지 않음에도 불구하고 일부러 더 젊게 숫자를 말하기도 하는 사회적 센스를 탑재한 당신이라면 일단 칭찬한다. 보통의 사람들은 나이보다 젊게 보인다는 것에 나처럼 유치한 심리와 더불어 알게 모를 기쁨을 맛볼 테니까 말이다. 누군가에게 기쁨을 주는 선의의 거짓말은 나쁘지 않다. 그러나 사실 그것도 잠깐이다. 우리는 알 수 있다. 그 숫자가 어느새 내가 받아들여야 하는 지극한 현실을 이야기해 주는 것일 수도 있으니 말이다.

자신의 나이를 생각했을 때, 씁쓸하다고 느껴진다면 그건 그 사람의 현재가 마음에 들지 않아서일지 모른다. 반대로 지금 나이가 꽤 만족스럽고 나이 들어감에 두려움을 느끼지 않는 사람이라면 그 나이라는 숫자가 그다지 자신에게 있어서 별로 큰 저항을 일으키지 않아서일 것이다. 그들에겐 그저 그런 시간의 흐름에 따라 자연히 주어지는 숫자에 불과하다. 어쩌나, 그럼에도 우리들의 시간은 끊임없이 흐르고 있는 것을. 시간은 멈출 줄 모른다. 끊김 없이 흐른다는 게 시간이 가진 강력한 힘일 것이다.

예전에는 내면의 에고(ego)와 원하는 것을 향한 집착과 욕망의 덩어리였던 나는(지금도 여전하긴 하지만) 나이 들어감이 뭔가 항상 불안했었다. 나이 먹는 걸 좋아하는 사람이 세상 어디 있을까 싶지만 젊고 아름다운 여자 후배들을 종종 직장에서 대면하게 되거나 아이 낳고는 더더욱 그랬다. 거울이라도 한 번 더 쳐다보게 되고, 내 옷 매무새를 한 번 더 가다듬곤 했다.

넝마를 걸쳐 입어도 싱그러워 보이는 게 젊음이니까 일단 인정한다. 그러나 예전의 나였다면 그렇게 거울 한번 쳐다보며 한숨 쉬었겠지만 지금은 좀 많이 변했음을 느낀다. 한 해 두 해 시간이 흘러감으로 인해서 '깡, 열정, 오기, 끈기' 같은 것들이 20대의 그것보다 훨씬 더 솟아오르는 것을 느낀다. 참 신기하다. 젊은 친구들보다 더하면 더했지 덜하지는 않은 요즘을 보내고 있는 중이다. 오히려 이게 '나답게 나이 들고' 있는 현재일까? 이 에너지가 도대체 어디서 나오는 건지 여전히 신기하다. 그리고 내면이 꽤 평화로운 요즘이라서 이런 나이 먹는 것 또한 '긍정'할 수 있는 게 아닐까 하고 생각해 본다.

여전히 예쁘고 멋지고 나이가 젊으면 뭐든 먹히고 들어가는 빌어먹을 세상일지 모른다. 한편으론 시체처럼 죽어있는 열정과 나이에 비하여 너무 노숙한 젊은 친구들을 꽤 마주하면 씁쓸하기도 하다. 사회 구조적인 여러 모순과 아이러니한 환경이 한몫한다. 그러나 환경 탓을 하기엔 이미 우리는 나이 듦과 동시에 어른으로 성숙해야 할 권리와 의무를 가지고 있지 않은가. 마냥 피터팬이고 요정 웬디일 수 없는 노릇이다. 그리고 동화 속 자기만의 세상에 갇혀서 사는 것도 한두 번이어야 말이지.

우리는 팍팍하고 고된 현실을 묵묵히 견디며 직시해야 하는 미생에 불과하다.

대학생 때부터 나의 롤모델은 젊고 예쁜 나름 그 동년배의 소위 잘나가는 여자가 아니었다. 그냥 내 나이에 비해 나이 들어가는 모습이 꽤 고운 여배우들이었다. 물론 여배우의 삶과 실상에 대해서 1도 모르니 이런 유치한 소원을 가질 수 있다 치자. 나는 배우 박주미 씨처럼 늙고 싶었다. 겉도 내면도 그냥 그녀의 차분함과 성숙함, 그러면서도 숫자가 무색할 정도의 뭔가 형용할 수 없는 '아름다움'을 지니고 있는 그녀가 좋았고 지금도 변함은 없다. 그녀에게 '좋아요'를 눌러보면서 더불어 내게도 '좋아요'를 눌러보는 오늘이다.

나보다 나이가 많은(그것도 꽤나) 남편에게 종종 나는 진심으로 궁금해서 물어본다.

"그 나이가 되면 어떤 마음이야?"

"아무 생각 없어. 그냥 오늘 잘 살고 싶을 뿐이야."

"불혹이 유혹에 흔들리지 않는 나이라는데, 공감해? 자기는 안 설레지?"

"흔들리지 않는 사람은 없어. 당연히 설레. 그건 나이랑 상관

없어. 다만 겉으로 드러내지 않을 뿐이지."

아, 난 또 한 번 깨닫는다. 뒤통수를 맞은 기분이다. 나랑 같이 사는 남자는 뭔가 '깨달음'의 경지에 이르렀을지도 모른다. 나이 들어감에 있어서 남편이 건네준 현답일 수 있는 '흔들리지 않은 사람은 없다'라는 데 동의한다. 나이가 적건 많건 사람은 누구나 흔들리기 마련이니까. 그리고 나이 든다고 해서 설레지 않으란 법도 없지 않은가. 그것의 겉으로 드러냄과 아님 그 차이일 뿐이다. 중요한 건 내가 나를 '긍정'한다는 데서 오는 자신감 그리고 현재를 만족할 줄 아는 현명함이 아닐까 싶다. 그러니 우리는 스스로에게 '좋아요' 버튼을 누를 용기가 있어야 한다. 최소한 나에게만큼은.

나이 들어간다고 쓸쓸함이나 슬픔을 느낄 필요도 없다. 나이 먹는 것이 적금상품이라면 성숙함과 경험치의 축적이라는 꽤 쏠쏠하고 가치 있는 이자가 주어지기 때문이다. 이왕이면 좋게 생각해 보고 싶다. 그리고 유치하지만 난 가급적 오래오래 물기 어린 생기 넘치는 시간을 보내고 싶다. 오늘 나의 내면과 외면이 어제보다 좀 더 아름답기를 바란다. 그래서 그 아름다움을 위해 나라는 캐릭터를 좀 더 알아가는 여행에 적극적이고 싶다.

그런 연장선에서 가급적 오래오래 사람들과 연결고리를 순환해 낼 수 있는 일을 찾아 움직여 내고 싶다. 그것이 지금의 아름다움을 유지하고자 하는 개인적인 바람이자 소망이다. 이왕이면 그 일이 내가 좋아하고 사랑하는 일의 연장선이기를 더더욱 바란다. 집필 노동으로 먹고 사는 문제는 또 다른 것이겠지만 훗날 작가로 여전히 글을 쓰면서 근근이 먹고 사는 상상을 여전히 해 보고 있다.

'누군가의 영향을 받는 게 아니라 누군가에게 좋은 영향을 주는 언니인 걸요. 지금 충분히 젊고 아름다워요.'

친하게 지내는 후배가 내게 건네준 고마운 말을 꽤 오래 기억하고 있다. 그녀 덕분에 오늘의 내 자신감은 여전히 현재 진행 중이다. '충분히 젊고 아름답다'고 표현한 그녀가 여전히 글을 쓰고, 여전히 경제활동을 꽤 즐겁게 지속하고 있으며 업의 현장에서 워킹맘으로 치열히 살고 있음에도 힘든 내색 없이(낼 때도 있지만 많이 사그라진) 굴하지 않는 내 뚝심을 보았다고 믿고 싶다.

그러니 지금 보기에 물리적 젊음을 부러워할 필요가 사실 전혀 없다. 근거 없는 자신감일지도 모르지만 나보다 젊거나 더 멋지고 예쁜 매력남녀들을 보고 알 수 없는 '패배감'이 느껴진다면, 그때 이것만은 꼭 기억해 줬음 한다. 나이 들어간다는 게 실패도, 초조도, 걱정도, 두려움도 사실은 아닐 수 있다는 것을 말이다. 물리적인 시간이 흘러가는 것일 뿐, 저절로 생기는 주름살도 흰머리도 약해지는 체력도 너무 자연스러운 것이다. 세상에 유일하게 모든 지구인들에게 주어지는 공평한 선물이 바로 나이 들어간다는 것이다. 그러하니 이왕 나이 들어간다면 비록 신체적으로 노쇠해서 하지 못하게 될 장벽들이 앞으로 생길지 몰라도, 담담히 인정하면서 차곡차곡 마음이 원하는 바람을 위해서 할 수 있는 최선으로 움직여 보는 것이 어떨까? 움직인다면 그것으로도 만족할 수 있지 않을까? 더군다나 움직이지 않는 젊음에 비하면 움직이는 나이 듦이야말로 진정으로 가치 있고 의미 있으며 멋진 삶으로 계속 재탄생해 나가는 과정이 아닐까 싶다. 하나밖에 없는 인생이고 우리의 소중한 삶이니까.

아이들을 재워놓고 문득 생각한다. '너희들이 커가면서 엄마도 나이가 들겠지. 그러나 그걸 한탄하기보다는 이왕이면 근사하고 아름다운 매력이 넘치는 엄마로 나이 들어 줄게'라고 피식 웃으며 다짐해 본다.

올해도 벌써 반년이 지나갔고, 이제 겨울이 오면 한 해 지나갈 테고, 새로운 해를 맞이하며 나이를 먹어가는 '당신'을 발견할 거다. 이왕 나이 든다면 순리를 받아들이자. 그리고 매력을 가꾸자. 사실 매력 있는 멋짐이라는 건 나이와는 전혀 상관없다.

"지금 이 글 읽고 계시는 당신의 그 나이, 꽤 매력 있이요."

사람들은 일희일비하지 말라 한다. 그러나 소원하는 무언가를 향해 절대 흔들리지 않는 믿음을 가지는 것은 나로선 언제나 쉽지 않았다. 간절한 만큼 그만큼 강하게 흔들렸다. 원하는 걸 향해 달려 나가다 벽에 부딪히고 해내지 못했을 때, 실패라는 쓴 경험이 더해지고 쌓일수록 사실은 지쳐만 갔다. 사람 관계도, 원하는 대로 바라는 소망도 결국 성취되지 못했을 땐 더욱 지쳐만 갔다. 모든 게 싫증이 나고 만사가 귀찮았다. 일희일비하고 팔랑팔랑 이리 갔다 저리 갔다 헤매기를 반복했었다. 겉으론 드러나지 않았지만 내 20대의 끝자락과 30대의 시작은 그랬다. 가장 예쁘고 찬란한 듯 보였으나 사실은 가장 흔들렸던 시간들이다. 아니 과거형이 아니라 사실 여전히 흔들리며 산다. 여러 역할들이 주어지니 더욱 무겁기만 하다. 엄마, 아내, 딸, 며느리, 친구, 동료, 선배… 내가 해낼 수 있는 역할이 있다는 것에 뿌듯하지만 사실 벗어 버리고 싶은 것들이다.

　마음과 감정이 갈피를 못 잡을 땐 잠시 모든 게 정지다. 과거를 추억해내는 글을 쓰다가 어느새 그 지나간 과거의 나만 아는 명대사, 명장면들이 선명하게 나를 안아버린다. 그래서 아픔이 여전히 남아있다. 다시 되돌리기엔 그럴 수 없다는 걸 알지만 그래서 흔들리는 걸까? 되돌아가고 싶어서? 아니면 무엇 때문인지 뚜렷한 답을 낼 수도, 아니 사실 내려고도 하지 않는다. 그저 흔들리는 감정조차도 그대로 인정하려 들 뿐이다. 내가 터득한 방법은 바로 '인정, 받아들임'이었다.

　예상치 못한 기분에 휩싸이면 중심에 내가 있는지 없는지, 이게 나의 욕망인지 아닌지 내 마음의 중심을 은연중에 확인하는 버릇이 생겼다. 일종의 나만의 방법인데 어쩌면 이게 나를 '객관화'해 나가는 일종의 명상 수행법 중 하나라는 생각이 든다. 조금씩 깨달아 가는 걸까? 여전히 물음표다. 이 지나가는 생각이 혹은 잠시 멈춰서 내내 나를 붙잡고 있는 생각이 나의 것인지, 아니면 다른 누군가의 것을 나의 것처럼 착각하는 것인지. 그럴 때마다 난 눈을 감는다. 그리고 아주 강렬하게 끌리는 마음을 선택한다.

완전한 어둠에도 오히려 아주 선명한 뭔가에 이끌리는 때가 있다. 새빨간 거짓말이 때론 끌리는 법처럼. 그러니 선택에 후회를 해도 일단 선택을 하고 본다. 해야 뭐든 마법도 일어나는 법이다. 서른의 중간을 흘러가고 있는 나는 이제 그렇게 변한 듯싶다. 때론 될 대로 되라는 막무가내 정신이 강해지다가도 시간이, 삶이, 오늘이라는 시간이 유한하다는 생각이 더 선명해지곤 하는 요즘이다. 그 덕분에 이 글을 쓰고 난 다음 1시간 후에 어떤 일이 일어날지 모를 테니 그걸 생각하면 마음이 묘하게 설레고 긴장이 어리곤 한다. 한편으론 그래서 참 다행이라는 생각도 든다. 시간의 유한함이 얼마나 소중한지, 자유로운 것이 얼마나 소중하고 또 힘든 것인지를 더 간절히 알게 된 것만 같다.

아이들을 재우고 밤 8시가 지나면 빨래를 돌린다. 아랫집엔 죄송스럽지만 나로선 어쩔 수 없다. 일상의 소란스러움은 잠들기 전 늦은 밤이 돼서야 겨우 마무리된다. 집안 정리를 끝내고 내일 새벽의 이유식 찬거리들을 준비해 둔다. 그제야 하루 일과를 다 한 기분이다. 그리고 노트북을 켠다. 그러다가 잠시 생각에 잠긴다. 오늘의 일들, 어제의 일들, 과거의 일들 그리고 바라고 또 바라는 내일의 장면들… 그 모든 것들이 중구난방으로 꼬리를 물고 나가다가 나는 어느새 작고 크게 흔들리는 존재가 되고 만다. 그럴 때마다 들여다본다. 믿음의 깊이를, 내가 원하는 최종의 목적이 무엇인지를.

행복과 퇴사가 익숙한 시대이다. 때론 아무것도 하지 않아도 괜찮다는 위로가 대표 키워드가 되어 버린 시대인 듯하다. 물론 나쁘다는 게 아니다. 다만 그전에 묻고 싶다. 스스로 원하는 '생'의 가치가 무엇인지 진지하게 생각해 본 적이 있는지를. 문득 나 자신부터 되돌아본다. 나를 조용히 되돌아보는 시간은 대부분 '밤'이다. 그래서 밤이 참 좋다. 특히 겨울밤은 지나가는 게 아쉬울 정도다.

여전히 바라는 것에 자기검열을 하고 나를 숨기는 데 익숙한 나를 발견하면 더욱 그렇다. 낮이 뜨거워진다. 그래도 다행인 건 그럴 때마다 소란스러운 마음과 감정을 진정시키기 위해 뭔가를 사부작사부작 적어 내리곤 한다는 것이다. 이 또한 다행이다. 내가 할 수 있는 유일한 무기이며 최고의 정화 도구이니까. 글을 쓴다는 게 이제 내게는 공기 같은 것이 되어 버린 걸지 모르겠다(아니면 강박일지도 모르겠고). 어디로 가든 어떤 길로 가든 내가 한 오늘의 선택이 완전하다는 자뻑 정신도 때론 필요할 듯싶다. 그러다 보면 어느새 운이라는 그 녀석이 내게 다가올지도 모를 테다. 12월 그리고 이 글을 적어 내려가는 2017년도 이제 딱 한 달 남았다. 뭔가 아쉽다. 아쉬우니 미련이 남는다. 아직 보지 않은, 다가오지 않은 행운을 여전히 기다린다. 그래서 상상이 점점 진해지는 요즘이다.

나는 내가 어떻게 변하며 살아갈지 보고 싶다. 여전히 그렇게 '보고 싶다'는 생각을 하며 지내는 나는 어쩌면 과분한 삶을 살아가는 욕심쟁이일지도 모르겠다. 지금에 만족하지 않는 어리석은 생각일지 모르겠지만, 여전히 최고의 순간은 다가오지 않은 것 같아서 그렇게 기다리며 오늘을 지낸다. 이 글을 쓰고 있는 밤 10시, 오늘이라는 24시간이 이제 2시간도 채 남지 않았다. 시간이란 요즘 내게 참 아쉬운 존재다. 그럴수록 믿음에도 더 깊이가 생기는 듯싶다. 유한해서, 이미 흘러가면 되돌아오지 않을 거란 걸 알기 때문인 걸까. 완전한 믿음의 깊이 위에서 초연해지고 싶어지는 겨울밤이다. 겨울만 되면 유독 상상하는 버릇이 진해진다. 눈을 감고 그렇게 상상에 빠진다. 이제 행운이 움직였다고, 내게 배달되고 있는 중이라며 그렇게 다시 꿈을 꾼다. 밤은 점점 더 깊어진다. 아이들의 쌔근거리는 소리는 어느새 사라지고 단지 내 마음의 목소리가 중얼거리기 시작한다.

여전히 어렵지만 나는 '지금의 나'를 믿고 싶다. 그래서 가감 없이 믿어 본다. 어제보다 오늘 더, 오늘보다 내일 더, 그렇게 믿음이 좀 더 단단해졌으면 한다. 여전히 나약한 나를 이젠 제법 알고 있다. 그럴수록 마음은 요란스럽게 뛰어대고 심장은 여전히 두근거린다. 마음의 목소리가 나를 찾아오는 순간이다. 마음의 목소리가 선명해지는 시간이 어느새 믿음의 깊이에 힘이 생기는 순간이다. 당신의 목소리도 좀 더 선명하기를, 진짜 목소리를 낼 수 있는 믿음의 깊이가 생기는 순간에 우리가 함께이기를. 이 문장이 닿는 순간 마음이 연결되면 우리는 이미 함께라고 감히 믿어 보는 지금이다. 한 그루의 나무가 여전히 마음에 자라나고 있다. 고마운 햇빛과 미안한 슬픔이 공존하는 나의 나무는 아직 살아서 이렇게 햇빛을 기다린다.

PART 3.

치유의 오늘

23

글쓰기 열풍

.

새벽에 뜬눈으로 밤을 새 버렸나. 생각이 꼬리를 물다가 갑자기 스스로 해 버린 이 질문 때문에.

"나는 왜 글을 쓰는 걸까?"

처음 동기는 불순했다. 인세로 먹고살고 싶었다. 막연했지만 글을 쓰는 게 재미있기도 했고, 쓰면 후련해지는 감정을 만끽했다. 글쓰기를 즐기고 있는 나를 어느새 발견했다고 믿었다. 덕업일치를 해내고 싶었나 보다. 그러나 덕력이 있기에 내가 한참 모자란다는 걸 그땐 몰랐다. 단순히 좋아하는 걸 직업으로 삼으면 돈도 벌고 재미도 찾을 수 있을 거라는 순수한 생각이 좀 앞섰다. 그래, 난 꽤 바보같이 단순하고 순수했을지도 모르겠다. 그래서 20대엔 회사에 입사해서도 한 2년까지는 줄기차게 소설 공모전에 응모했다. 다른 업에 종사함에도 여전히 글쓰기를 지속했고 더군다나 그 글쓰기가 '순수문학'을 향해 남들이 보기에 참 무모하고 쓸데없고 힘겨운 도전으로 보였던 것 같기도 하다.

그러다 지쳤다. 길이 보이지도 않을뿐더러 내 글이 먹히지도 않는다는 걸 깨달았다. 떨어질 때마다 그랬다. 결과는 언제나 참패였다. 그렇게 떨어지고 또 떨어지다 보니 누가 이기나 해보자며 오기를 부리기도 했다. 결국 내가 나가떨어지고 말았다. 눈에 보이지 않는 어떤 목표를 향해 무작정 앞으로만 가다 그만 질리고 지쳐 버렸다. 그래서 서른이 되기 몇 해 전부터는 잠시 소설 쓰기를 그만뒀다. 그러나 글쓰기를 그만둘 순 없었기에 대신 '나의 삶'에 대한 이야기를 써 내려가기로 했다. 스스로 만든 대안이었다. 지금에서야 선명히 깨닫게 되었지만 집필 노동에는 충분한 시간과 적당히 안정적인 경제력이 뒷받침되어야 한다. 최소한 밥벌이로써의 글쓰기에는 그만큼의 정당한 유지 장치가 필요하다. 나는 글을 쓰기 위해 또 다른 업의 현장에서 일을 하고 있는 걸지도 모르겠다.

포기하지 않다 보니 기회가 찾아왔다. 얼결에 책 한 권이 정말 나오기도 했다. 당시 내겐 정말 기적 같은 일이었다. 예상했던 분야는 아니었지만 그럼에도 나의 책이 세상에 나온다는 데에 뿌듯함과 성취감, 그리고 일말의 '살아있는 느낌'마저 들었다. 첫 번째 책은 사실 참 아픈 시기에 써 내려가야 했던 책이어서 문장들이 모두 부끄럽고 써 내려가는 시간이 힘들었다. 그럼에도 첫 번째라는 의미가 부여된 나의 이야기가 담긴 책을 여전히 사랑할 수밖에 없는 건, 글을 쓰면서 지난 시간의 흐름을 다시 되짚어 보게 해 주었기 때문이었다. 또한 그땐 미처 느끼지 못한 겸손이라는 감성을 심어주기도 했으니까.

그래서일까? 요즘과 비교하자면 예전의 글쓰기가 사실은 더 자유로워서 좋았다. 겸손하니 자체 검열하게 되는 반면 예전엔 겸손함이 덜해서 감정 표현에 거침이 '더' 없었다. 지금보다 훨씬 더 날것이었다. 대신 정제되지 못해서 아쉬운 문장들이 대다수이나 자유롭게 경계를 허물어 버리는 문장들이 많았다. 뭐에 홀리듯 소위 그분이 오신 듯한, 내가 아닌 느낌으로 거침없이 써 내려갈 때가 있다. 그럴 땐 마치 날개를 단 듯한 기분이다.

남에게 보여주는, 읽히는 글쓰기는 겸손해야 한다는 집착 때문인지, 아니면 내가 이런 글을 쓰면 '사람들이 더 많이 공감하고 이해해 줄까'라는 인위적인 욕심 다분한 생각을 먼저 해서 그런 건지 어딘가 부자연스러울 때가 많았다. 아니, 여전히 지금도 많을지 모르겠다. 그래도 요즘은 최대한 자유롭게 써 내려가는 나만의 시간을 갖고자 노력하는 편이다.

글쓰기 열풍, 책 만들기가 뭔가 유행병처럼 도지는 요즘이다. 사실 글을 쓴다는 건, 내게 있어서 상업적인 어떤 목적을 추구하고자 하는 것이 아니다. 처음도 그랬고 지금도 늘 그런 마음이다. 배가 부른 미안한 소리일 수 있으나 밥벌이나 생계로 소위 팔리는 글을 써 내려가는 걸 거부하곤 한다. 그것의 연장선으로 집필이 노동이 되는 전업 작가들은 자신의 가치관을 지며 읽히지 않은 글임에도 창작의 기쁨과 고통을 순수히 내 몫으로 감내해내는 멘탈 없이는 유지되기 힘들다는 걸 깨달아서 그런 걸지 모르겠다.

글을 읽거나 쓰는 시간만큼은 되도록 스스로 정직하기를 언제나 바란다. 특히 글쓰기의 시간만큼은 비록 남들에게 보여주는 이야기라 할지언정 그 속에 담긴 목소리에 깊이 있는 진솔함이 가득했으면 좋겠다는 바람 하나로 무언의 간절함으로 한 문장 한 단어 그렇게 써 내려가 보는 중이다. 서점에서 발견하는 자기계발서 중에서 간혹 그 속에 담긴 이야기들이 거짓으로 점철된 채 특정인이 알게 모르게 신화화되거나 찬양되는 걸 은연중에 강조하려는 책은 어딘지 모르게 거부감이 느껴진다. 어느새 그런 감정조차 드는 걸 보면 마냥 다 좋은 책들이 있는 것도 아니라는 걸 깨닫게 된 걸지도 모른다.

읽는 시간을 유지할수록 좀 더 좋은 책에 다가가보고 싶다. 그리고 그런 이야기가 담긴 책을 쓰기를 언제나 갈망한다. 세상에 알려지지 않았어도, 유명인이 아니어도. 스스로 깊이 있고 울림 있는 숨겨진 보석 같은 이야기가 담긴 책을 발견할 수 있는 혜안이 깃든 좋은 독자 그리고 삶에서 보고 느낀 모든 것들을 나라는 사람의 특유한 개성을 담아 솔직 담백하되 진솔하게 써 내려가는 사람. 나도 그렇지만 지금 이 글을 읽고 계신 당신도 언젠가 당신의 이야기가 시작되려 할 때 부디 그랬으면 좋겠다. 가장 자연스러운 나의 이야기를 쓰는 사람이 되기를. 늘 변함없이 내 안에 존재하는 그 간절한 생각으로 시작되는 한 문장은 언제나 옳다고 믿는다. 여전히 쉽지 않다. 글을 쓴다는 것은. 그 마음으로 한결같이 글쓰기를 유지하고자 하는 마음도.

"당신은 글을 왜 써요?"

글쓰기를 시작하려는 사람들에게 선한 시작이 아닌 다소 불온한 목적하에 자연스레 다가가는 어떤 무리들을 잠시 알게 되고 놀란 적이 있었다. 꽤 고가의 글쓰기 강의도 커리큘럼으로 뒤따라 있었고 이상하게 찜찜한 마음에 나는 그 무리들에 편승하려 하지 않았다. 그들에게 묻고 싶었다. 자신의 좋은 경험을 널리 이롭게 알리고자 하는 홍익인간 정신 다분한 순수한 시작이라면 사실 애초에 글쓰기 강의든, 책을 만드는 데 뭔가의 '비법을 알려 주는 클래스'든, 굳이 그렇게 고가여야 되나 싶다. 글쓰기 강의를 듣는 사람들 중엔 글을 쓰고 싶으나 글을 어떻게 써야 하는지, 글을 쓰는 게 어려워서 찾는 사람들이 대부분일 것이다. 그럼 차라리 글쓰기 강의를 '하는 주체'가 아니라 '듣는 객체'의 입장이 돼 보면 좋을 텐데. 그렇게 맞춰진 커리큘럼이라면 최소한의 운영경비만을 고려하고 나눠야 하는 게 맞지 않을까 하는 순진한 생각을 잠시 해 본다. 따지고 보면 '내가 내 글을 쓰는데 사실 남의 입으로 떠들어 대는 글쓰기 방법론 강의가 왜 필요할까?'라는 본질적인 생각을 해 보기도 한다. 소위 '팔리는 글은 이렇게 써야 한다'라고 하는 타인들이 만들어 놓은 공식을 따져가며 나의 글을 쓰는 것 자체가 모순일 수 있지 않을까 싶다. 나만의 글쓰기를 누구나가 다 할 수 있다고 말하면서 정작 글쓰기 강의를 듣기 위해 오는 사람들에게 꽤 적지 않은 수준의 돈을 요구하니 말이다.

글쓰기가 유행이 되어 가는 건 나쁘지 않다. 쓰다 보면 또 다른 나의 모습을 알게 되는 마법을 경험하게 되니까. 그러나 글을 쓰고 싶어 하는 사람들의 마음을 이용해서 뭔가를 해 먹으려는 수작을 부리는 무리들은 참 나쁘다. 그러니 누군가 차라리 글을 쓰겠다고 맘먹었다면 차라리 그냥 좋아히는 분야 책 몇 권 사서 필사를 해 보라고 권하고 싶다. 그리고 나의 이야기를 부단히 써 내려가는 것이 중요하다. 쓰고 또 쓰고 고치고 또 고쳐 가는 인고의 숙성된 시간들을 스스로 만들어 나가는 편이 훨씬 낫다고 생각한다. 잘 써야 한다는 부담감이 있어서 글 쓰는 게 어렵다고 말하는 것일지도 모르겠다. 한때 나도 그랬으니까. 그러나 그저 나의 경험들을, 삶의 소중한 순간들을, 기억하고 싶은 시간들을 그렇게 꾸밈없이 담백하게 써 내려가고 싶다는 마음이 한결같다면, 결국 언젠가 시간이 흘러 어떤 형태가 되었든 값진 결과가 찾아올 거라고 믿어 본다.

그냥 딱 한 문장부터 시작해 보는 거다. 딱 한 문장. 마음에서 바라는 그 한 문장에 마법이 담길지 누가 알까. 그리고 되도록 내가, 당신이, 우리가 만들고 겪은 이야기들이 누군가에게 읽혔을 때 부디 사랑 받기를 바란다. 그것이야말로 더할 나위 없이 감사한 일이 아니던가. 그것이 내가 지금 글을 쓰는 이유일지도 모르겠다.

글쓰기도 책 읽기도 참 좋은 오늘, 바로 읽고 싶었던 책 한 권을 펼치면 어떨까. 그리고 쓰고 싶다면 과감히 한 단어, 한 문장부터 시작해 보는 것이다. 오늘의 멋진 상상으로 시작된 한 문장이 언젠가 현실로 다가올지도 모를 일이니까. 처음 적어 내리려는 당신의 '한 문장', 그 시작을 응원한다. 시간이 흐르고 흘러서 내가 써 내려간 이야기들은 다시 과거의 것들이 될 테지만 그럼에도 차곡차곡 쌓여가니 그 자체로 기억이고 추억이다. 그리고 이야기들은 결국 시간이 지나 사랑이 된다고 믿는다. 오늘도 사랑 한 문장 더해졌으니 삶이 좀 더 다채롭고 풍요롭게 채워지는 기분이다. 이 기분이라면 내일도 쓸 수 있을 것만 같다. 다행이다, 요즘은. 쓸 수 있어서, 쓰고 있어서, 앞으로도 쓸 거라서.

24

펼치면 열리는 것들

"손에 걸리기만 해라, 다 흡수해 줄 테다."

딱 이 정도 유치한 마음이었던 것 같다. 대학 다니는 동안 내가 가장 사랑했던 장소는 다름 아닌 도서관 서가의 800번대로 시작하는 곳이었다. 20대엔 보통 한 달 평균 7권에서 10권 정도의 책을 읽었다. 1년 평균 100권 수준이었다. 거의 해치워 나간다는 느낌으로 완주해 낸 시기였는데 돌이켜 생각하면 30대 중반에 다다른 지금의 내가 감히 엄두도 내지 못할 정도의 어마무시한 속도와 양임에는 분명하다. 어떻게 그 '어마 무시'가 가능했는지는 굳이 따지고 들지 않아봐서 여전히 미스터리다.

생각해 보면 전공 탓에 필요에 의해 읽게 된 몇 권의 책이 그렇게나 재미있을 수 없었다. 《채털리 부인의 사랑》, 《카라마조프가의 형제들》, 《폭풍의 언덕》, 그리고 대학 논문의 주인공이자 애정하며 애증했던 에드거 앨런 포의 대다수의 작품들 일체

까지 정말 오지게 읽었다. 마치 도서관 책장에 세로로 각 맞춰서 일렬로 세워져 있는 문학작품이나 외국 에세이들이 나에게 말을 거는 것 같았다. 내 열 손가락으로 한 장 한 장 넘겨주며 어루만지고 매만져주기를 바라고 기다려 주는 것도 같았고.

"들어와 봐, 또 다른 이 세계로."

타이틀이나 표지가 다분히 맘에 들어 손에 걸리면 닥치는 대로 읽어댔다. 더군다나 읽다가 쓰는 사람이 된 시기부터는 패기 작렬의 뜨거운 기운이 정수리 위에서 모락모락 김이라도 뿜어댈 기세로 책을 향해 달려들었다. 생각해 보면 읽는 주체에서 쓰는 주체로 변하면 생기는 자연스러운 행동이었던 것일지도 모르겠다. 그만큼 책에 대한 애증과 갈증도 있었다.

나를 빨려 들게 만드는 대단한 녀석, 책이란 그런 존재였다. 책을 읽다 보면 가끔 이런 생각이 들 때가 있다. 내가 사는 이곳이 현실인 건지 아니면 책 속의 세계야말로 내가 모르는 진짜 현실인 건지 도통 구분이 안 되는 순간 말이다. 특히 이런 느낌은 대게 소설책, 그것도 꽤 깊이 있고 신박하며 거부할 수 없게 만드는 마성의 녀석을 도서관 서가에서 발견하게 되는 순간엔 더더욱 말이다. 자의든 타의든 새로운 책 속 세계에 점점 유혹

당한다. 그리고 결국 빠져든다. 그리고 결국 사랑에 빠진다.

읽는 그 시간의 나는, 결국 전지적 작가 시점의 3인칭 주인공이 되고 만다. 또 다른 세계관에 빨려 드는 순간이다. 빨려 들어가는 건지 내가 빨아들이는 건지 아무튼 '불살라버리겠다'는 무시무시한 의지가 샘솟을 때 마법도 펼쳐진다. 펼지니 진짜 열리긴 하더라. 상상의 또 다른 세상이. 읽다 보면 책 속으로 들어갔다 나왔다 마치 타임리프 공간 이동(?)하는 듯한 느낌이 간혹 들 때가 있었다. 그건 아마 책이 나이고 내가 책이 되는 경이로운 몰입의 경지일 수도 있겠다. 그럴 때면 나는 때때로 아예 현실로 나오고 싶지 않고, 그 매력 넘치는 책 속의 캐릭터가 되어 그 안에서 숨어 살고 싶다는 생각을 가끔 하게 되기도 한다. 사실 책으로 도망갔었다. 그곳은 내 삶의 도피 공간이자 또 다른 내 현실이 되기를 바라는 곳이었다. 그만큼 도주하기 딱 좋은 나만의 도피처였던 것 같다. 또한 내가 모르는 또 다른 현실이 있는 제3의 공간이나 다름없었으니까. 지금도 마찬가지로 그래서 즐기고 사랑하고 좋아한다. 물론 책을 읽는 시간과 양은 20대의 나에 비하면 터무니없이 애석하게도 줄었지만 말이다.

판타지가 현실이 되지 못하리라는 법이 없지만 그래도 뭐 인공지능 로봇이 나오는 시대이니 되지 않을 법도 없겠다. 여행서나 외국 에세이를 읽다 보면 못 가 본 공간을 마음껏 들락날락할 수 있다. 피하고픈 징글징글한 현실이 주어지기라도 할 때면, 역으로 더한 막장 포스 마구 찍어대는 퇴폐미 철철 넘치는 마성의 캐릭터들이 마구 넘쳐나는 소설 속 세계에서 나의 환경이 그리 안 좋은 것도 아님을 위안 삼기도 한다. 패기 넘치게 굴곡진 삶을 헤쳐 나가는 책 속의 그와 그녀를 보며 위안과 용기도 얻는다. 그립고 원하는 간절한 어떤 장면들이 아직은 내 것이 아닐 때, 다만 책에서 먼저 간접체험을 하며 마음속 상상을 구체적으로 그려 볼 때면, 그야말로 우주적 기운이 샘솟는 마법의 도구가 돼 주기도 한다. 책을 펼쳤을 때 대체로 그랬다. 아무도 내 상상에 브레이크를 걸지 못하는 순간, 내겐 책을 펼쳤을 때 이미 상상의 재료가 모두 갖춰진 상태니 이제 이 현실로 가지고 오기만 하면 되는 것이었다. 내가 사는 이 세상 속으로 말이다.

책을 안 읽는 시대가 되었지만, 사람들이 좀 더 읽어주셨으면 하는 바람이 크다. 좋은 책을 우연이든 필연이든 마주해서 그 책을 읽고 삶이 달라짐을 겪어 내기도 하는 마법은 세상에 존재할 테니까. 찾아보면 주위에 여럿 있다. 세상의 세고 센 소위 잘나간다는 인간들의 곁에 있는 궁극의 시크릿 레어템이 바로 '책'이니까 말이다. 그만큼 책이라는 건 진정 사람의 삶에서 신박한 내면의 변화와 삶의 마법을 일으키게 만들어 주는 강력한 힘을 가지고 있다. 내게도 그랬다. 누군가에겐 쉬울 모든 것들이 내겐 다 어렵기만 했을 때, 두 손 모아 간절히 바랐었다. 다 떠났어도, 혼자라 생각하는 그 순간에도 손을 뻗었을 때 책은 곁에 있어주었던 것 같다. 그때 필사하는 습관이 생겼다. 마음이 정리되지 않는 날엔 그렇게 필사를 했다. 좋아하는 문장, 외우고 싶은 소설 속 사랑하는 대사들을.

읽기로 결심한 나는 사실 상처가 깊은 또 다른 나였던 것 같다. 그러나 책을 펼치고 그 속으로 들어감을 반복하다 보니, 어느새 내 삶은 정말 작든 크든 이렇게 변화되었다. 정말 그랬다. 책이 도피처였는데 어느새 힐링 공간이 되었다. 듣고 싶은 이야기가 들리고, 물어보고 싶은 것들과 알아가는 데 제약이 없었다. 좋은 책들을 많이 만난, 내가 만든 행운이라고 생각한다. 그렇게 나를 차별하지도 혼내지도 않는 참 좋은 책들 말이다. 책은 내가 필요한 순간에 아무 조건 없이 나의 비밀스러운 마음을 무조건적으로 공유할 수 있는 연인이 되어 준다. 펼쳤을 때 일어나는 마법의 순간이다. 기댈 수 있고 믿을 수도 있는 친구 같은 책을 '나의 당신들'도 곧 만났으면 좋겠다. 그때 사랑하는 그가, 그녀가 당신과 그리고 나와 함께한다면 더할 나위 없이 좋을 테고. 읽기 좋은 날은 마음먹기에 달려있다. 지금 이 글을 읽고 계실 당신처럼.

25

에세이 쓰는 시간

　아이를 낳고 나서 여유가 생기기 시작할 무렵부터 짧게나마 육아기록을 남기고 있다. 일기라고 하기엔 좀 모자란 듯하지만 아이를 키우면서 느끼는 온갖 감정들이 벅차 오를 때 그저 그 매 순간을 담아내고 싶어서 무작정 쓰기 시작한 기록들이다. 1년 전의 쌍둥이 (막장) 육아 일기를 보고 있노라면 어느새 훌쩍 자라 버린 아이들의 자라남이 보이는 동시에 나의 감정 변화가 어떻게 되어가고 있는지, 이렇게 세 사람이 동시에 다시 태어나고 자라는 성장일기가 되어준 것 같다.

　카카오의 소셜퍼블리싱 플랫폼인 브런치라는 곳에서 본격적으로 작가 등록을 거쳐 매거진을 개설해 글을 써 내려가고 있다. 그곳에서 정제된 나만의 글을 하나둘 차곡차곡 써 내려가는 중이다. 몇 가지의 기획 키워드를 가지고 써 내려가는 '나의 이야기'들은 어쩌면 특별할 것 같으면서도 사실은 남들과 별반 다르지 않은 오늘의 기록들일지도 모른다. 사실 에세이라는 게 어찌 보면 별것 없는 일상의 흐름을 기록하고 그 안에서 보고 느낀 개인 특유의 단상을 적어 내린 이야기의 집합이라 할 수 있겠지만, 내게 글쓰기는 고통스러울 때 자기 연민에 빠져 이성적인 판단을 하지 못할 때 날 구원해 주는 유일한 도구였다. 일종의 마음 챙김 도구이다. 글을 쓰면서 스스로 단단해지려고 혹은 약해지려고 하는 나를 그대로 인정하며 객관적인 거리감을 유지하는 연습을 해 나갔다. 나락으로 쳐 내려가는 감정도 거침없이 토해냈다. 그러다 어느새 감정이 사그라드는 걸 느끼기도 한다. 스스로 현실의 차가운 이성을 되찾아오는 연습이라고나 할까. 에세이를 쓰는 시간은 그랬다. 온갖 감정을 다 토해내고 난 이후에 남는 건 애써 만들어 낸 차분함이었으니까. 다른 사람들에 대한 즉각적인 감정이 섞여 버린 미움도 글을 쓰다 보니 어느새 '그래, 그땐 그럴 수도 있었겠구나' 생각하게 되는 마음도 생기곤 한다. 사물을, 사람을, 상황을 좀 더 입체적으로 보게 되는 것이 어쩌면 글쓰기의 힘일지 모르겠다.

누군가의 지극히 개인적인 이야기가 될 법 하지만 사실은 읽는 이들이 '이거 무슨 말인지 너무 알겠어, 나도 그랬는데. 나도 언젠가 나의 이야기를 쓰면 좋겠다'라고 생각해 주면 더 기쁠 것 같다. 내게 지금의 원고 작업도 그런 소망과 소원으로 간절한 마음을 담아, 밤 10시가 되어 가는 텅 빈 사무실 구석에서 조용히 키보드를 두드려 보는 것이다. 느낌이 나쁘지 않다. 이상하게 설레기마저 한다. 오늘이 아마도 생일이어서 그럴지도 모르겠다.

이 글을 쓰고 있는 '지금'은 여전히 나의 현재 진행형의 이야기들이 존재한다. 사실 그래서 에세이 작업이 좀 힘들다. 책 한 권을 만든다는 건, 지금의 감정을 고스란히 떠안은 채 이야기를 계속 진행시켜 나가는 시간이다. 첫 번째 책은 경제 에세이여서 그랬는지 그렇게 우울하지 않았고 오히려 굉장히 이성적인 작업이었다. 그러나 이번 에세이는 이상하게 우울감에 시달리는 때가 많았다. 마치 그간 스위치를 내려놓았던 온갖 날 선 감정과 감각들이 다시 나를 찾아오는 듯한 느낌이다.

글이 의외로 잘 써지는 시간이 있다. 가령 마음이나 몸이 정말 아플 때 이상하게 글감이나 쓰고 싶은 문장이 어리석게도 잘 생각이 난다. 그래서 쉬지 않은 채 그대로 쓰고 만다. 어쩌면 이대로 멈추지 않고 계속 움직여 보겠다는 요즘의 '변화'를 향한 강력한 의지가 반영된 탓일지도 모르겠다. 원인을 알 수 없는 얕은 슬픔과 아픔이 잠시 마음에서 가라앉는다. 문제로 느껴지는 감정의 허물이 없어졌다고 느끼는 순간에도 사실 그 자체의 기쁨은 길게 가지 않는다. 여전히 삶을 살아가다 보면 또 다른 문제가 생기게 마련이고 다시 감정은 나를 찾아오니까. 다행인 건 그럴 때 더 이상은 예전처럼 좌절하지 않는다. 다만 그저 살아가는 법을 터득하는 것뿐이다. 단지 그뿐이라면서….

서른넷에 다시 쓰기 시작한 지금 삶의 이야기는 어쩌면 다시 해석해서 재탄생되는 내 삶의 또 다른 성장일기일지 모르겠다. 에세이를 쓰면서 '용기'라는 단어를 참 많이 생각하는 요즘이다. 용기가 있어야 일단 내 안의 모든 추악하고 아름다운 것들을 되도록 가감 없이 거칠지만 날것의 그대로, 있는 대로 적어 내릴 수 있다. 그리고 동시에 에세이를 쓰고 있는 동안엔 그런 생각을 자주 하게 된다. 사람은 상황에 따라 정말 변하기도 하고 때론 참 무딜 정도로 변하지 않기도 한다는 것을. 내 안에도, 당신 안에도, 우리들은 다양한 모습을 가지고 있다. 삶에서 많은 역할극을 해내는 우리들이다. 보이지 않을 법한 역할이 보이는 이야기로 재탄생되는 순간, 해석도 시간의 흐름에 따라 달리 될 수 있다. 읽히는 시점에 따라, 읽는 사람에 따라 지금 그곳 당신의 현재에서 이 이야기는 어떻게 느껴질까? 그 상상을 하면서 이야기를 적어 내려가면 이상하게 좀 더 진정 어린 진심과 마음을 담아낼 '용기'가 샘솟는 느낌이 든다.

결혼을 한 기혼자들이라면 좀 더 이해가 되실지 모르겠다. 결혼 이후에 내가 더욱 진하게 경험해야 했던 역할 덕분에 나는 아팠고 또 성장과 배움도 함께 공존했다. 결혼을 한 만큼, 그만큼의 몫을 해내고 있는 요즘이어서일까? 경험 물이 쌓이는 만큼 글의 문장과 단어, 그 안에 담겨 있는 생각의 깊이가 점점 깊어지고 진해지는 것 같다. 힘든 시간을 겪다 보면 그전으로 돌아가고 싶어질 때가 분명 있다. 사실 요새 글을 쓰다 과거의 흘러갔던 시간을 자주 떠올리곤 하는데, 어느새 글을 쓰다가 과거로 다시 도망쳐 있는 내가 보인다. 그래서 흠칫 놀라기도 한다. 엉뚱한 생각도 참 많이 하게 되는 요즘이 그래도 싫지 않다. 나만 알고 있는 슬픔도, 설렘도, 기쁨도 그저 담아내고 적어 내릴 수 있는 시간에 고맙다. 물론 좋지 않은 감정에서 쏟아낸 이야기들은 한 단어, 한 문장이 흑의 기운으로 다소 가득하다. 지금 돌이켜 보면 이걸 내가 썼나 싶을 정도의 것들도 있다(나중에 소설 글감으론 퍼펙트할 듯싶다. 다크함과 퇴폐미가 가히 어마무시하다). 그럼에도 우리는 경험과 깨달음이 묻어난 삶을 여전히 흘러가고 있다. 그러니 이미 지나가버린 과거의 삶을 다시 현재로 가지고 와서 글로 재탄생시키고 다시 해석해서 새로운 의미를 가지게 만들어 주는 에세이 쓰는 시간이 그저 고맙게만 느껴진다.

요즘 에세이 쓰는 기쁨에 취하면서 동시에 알 수 없는 우울감을 맛보고 있다. 자꾸 바뀌게 되는 한 문장에 담긴 감정들이 기쁘다가도 괴롭다. 그만큼 나에게 솔직할 수 있는 시간일 테다. 내가 진짜 내 마음을 돌아보고 기억을 다시 새롭게 정화하고 성장할 수 있도록 북돋아 주는 원동력이 아닐까 싶다.

예전에는 기쁘지 않은데 기쁜 척을 많이 했었다. 뭐 요즘도 별반 다르진 않지만 부정의 느낌이 아닌 유쾌하고 상쾌한 기분이다. '그럴 수도 있지'라는 일종의 너그러움이 좀 붙은 것 같다. 내 감정이 타인과의 관계에서 오해가 섞여 이상하게 해석될까 봐 항상 조바심을 냈고 눈치를 봤었던 예전과는 많이 달라졌다. 과거엔 매우 긴장하며 조심했고 나를 감추며 살았다. 지금도 다 드러내진 않았으나 최소한 나만의 이야기를 써 내려가기 시작한 올해는 내 감정표현에 솔직해서 자유롭다. 요즘은 정말 반 정도는 자유롭게 살고 있는 것 같기도 하다. 나머지 반은 여전히 억눌려 있지만.

되도록 자유롭게, 자유를 만끽하며 써 내려가고 싶은 오늘이다. 당신도 당신만의 이야기를 자유롭게 시작해보시길 바란다. 누가 알까. 시작하는 순간 또 다른 기적이 찾아오고 있을지도 모를 테고 말이다. 에세이를 쓰는 이 시간만큼은 언제나 자유다. 그래서 기쁘고 설렌다. 이 자유가 부디 오래오래 가기를 바란다.

26

글쓰기의 맛

11월은 내게 있어서 언제나 특별하다. 그 달에 태어났다는 억지스러운 이유도 있겠지만, 나로서는 좋아하는 계절인 겨울이 본격적으로 시작되려는 달이기 때문일지 모르겠다. 수족냉증이 있는 탓에 손과 발 그리고 온몸의 체온이 간혹 급속도로 떨어지곤 하는데, 특히 겨울이면 좋아하는 실내의 어떤 공간에 들어가게 됐을 때 온몸에 퍼지는 감각적인 그 따뜻한 기운을 느끼는 것이 좋다.

아니 그보다 사실은 살짝 추운 상태에서 글이 잘 써지는 편이다. 그래서 더욱 겨울에 대한 애착을 갖는지도 모르겠다. 약간 음습하고 어둠이 금방 찾아오는 계절이 요즘은 이상하게 좋아진다. 하늘은 금세 어두워지면서 특히 맑은 날의 밤이면 초승달이 더 선명하게 보인다. 그럴 때면 어떤 기억의 장면들이 금세 마음에서 튀어나와서 때론 퇴폐적이고 기묘한 상상을 괴씸하게도 잘 이끌어내는 편이다. 나만의 마음속 착각에 빠져서 허우적대는 그 상상의 끄트머리를 순간 캡처해서 현실 속의 단어와 문장으로 얼른 가져오는 일종의 나만의 글쓰기 작업(?)을 특히나 이렇게 추운 겨울 어둠이 금세 찾아오는 시간, 약간 싸늘한 순간에 잘 해내는 편이다. 그런 '글의 맛'을 어느새 즐기고 있는 나로선 꽤 기쁜 요즘이다. 물론 좋아하는 걸 의지와는 반대로 포기하며 읽고 쓰지 못한 채 그렇게 상처로 얼룩덜룩 너덜너덜해졌던 그 이후의 몇 해 겨울 덕분일지도 모른다. 상실에서 깨닫는 간절함의 크기는 더 커지는 법이다. 그래서 결핍이 풀렸을 때 반대로 나의 쾌락은 더욱 증가되기도 하니까. 상실의 깊이가 커지는 만큼 글쓰기도 깊이가 생기는 건지 모르겠다.

나만의 글쓰기 철칙이 하나 있는데, 역시 그 행동도 사계절 중 조용하고 차가운 겨울에 더 빛을 발한다. 왠지는 모르겠다. 다만 일단은 무조건 제일 글이 잘 써질 것 같은 공간에 가서 엉덩이를 붙이고 앉아서 노트북을 켠다. 손발이 차가운 상태에서 약간 입김을 불어 가는데 또 그 느낌이 꽤 '있어빌리티'하다. 뭔가 힘든 상황(?)에서도 꾸역꾸역 해내는 느낌이랄까.

요즘 글쓰기를 시작할 때의 필수 지참품은 필사노트와 노트북, 그리고 펜이다. 노트북이 올려져 있는 테이블 옆에 놓아두고 떠오르는 단어나 장면을 아무 말 대잔치로 노트에 휘갈겨내듯 의식의 흐름에 따라 적어댄다. 그리고 그 단어와 짧은 문장의 조합들은 손가락의 키보드를 치는 순간부터, 나의 좌뇌와 우뇌가 가동되기 시작하며 이 단어와 이 문장을 이런 식으로 맞춰 보자고 조악스럽게 내게 말을 걸면서 그렇게 한 글자, 한 문장을 써 내려간다. 가령 오두방정 의식의 흐름을 다음과 같이 거침없이, 가감 없이, 자유롭게 그냥 일단 다 적어내 보는 거다.

'어젯밤 꿈에 그 새끼가 나타났지 뭐야. 근데 오늘 출근길에 자꾸 없어질 듯한 꿈이 생각이 나네. 젠장, 망했다 싶었지. 그러다가 이어폰을 타고 귀에서 들리는 음악이 한 턴을 바꾸며 정말 좋아하는 그 노래가 또 흘러나오는 거야. 야호! 망하라는 법은 없구나. 난 역시 운빨이 좀 있는 편이라고 속으로 키득대면서 출근길 버스를 부랴부랴 뛰어서 겨우 탔다. 아이들은 잘 등원 했으려나. 마음은 이미 성급하게 다른 생각을 떠올리기 시작했다. 머리와는 달리 마음이 항상 다르게 움직인다. 추운 날이면 더욱더.'

이런 추잡한 문장(?)도 일단 나만 볼 수 있는 공간에 다 적어

두는 편이다. 그리고 그걸 몹시 순화한 문장들로 적어댄다. 19금과 퇴폐미가 적절히 섞인 B급의 문장은 어느새 청소년 관람 문장으로 탄생되는데 또 그 작업에서 작고 큰 나만의 상상과 영감을 얻어낼 때도 있다. 언젠가 퇴폐미가 흘러넘치다 못해서 눈 뜨고 읽기 도저히 힘든 글들만 모아 보는 것도 꽤 재밌을 법 싶다. 오히려 더 잘 팔리는 글이 되려나.

현실 속에서 보고 듣고 느꼈던 어떤 장면들을 먼저 소재로 삼곤 한다. 그렇게 단어들과 조합이 된다. 처음에 휘갈기다 못해 아무렇게나 끄집어낸 문장들도 자세히 들여다보고 몇 번 고치다 보면 짧지만 담백한 울림이 깃들여진 문장이 되기도 한다. 30번 쓰면 1번 정도 건져낼 법한 괜찮은 문장에 그제야 스스로 만족하듯 고개를 끄덕이며 수긍한다.

'글쓰기'가 이제는 단순한 글쓰기에서 벗어나 버리는 느낌이다. 삶이라는 무대에 특별한 사건 사고 이야기가 존재하는 한편의 나라는 인간의 시나리오로 만들어 주는 듯한 느낌마저도 든다. 연출과 감독, 시나리오 작가는 모두 나다. 주인공 또한 나다. 그렇게 삶이라는 무대에 주인으로 올라선다. 나라는 사람 책의 주인공이 되는 순간이다. 글을 쓰고 있다 보면 때론 이런 무언의 깨달음을 얻기도 한다. '왜 쓰고 있을까?'를 언젠가 곰곰이 생각해 봤을 때 알 수 있었다. 글쓰기가 아니라 글을 쓰고 있는 나 자신이 좋아서 하는 거였다는 것을. 그것은 마치 사랑이 좋은 게 아니라 그 사랑을 하고 있는 내가 좋은 것처럼.

일상의 흐름을 기록하다 보면 머릿속에서 팅 소리를 내며 튕겨나가는 느낌의 문장이 있다. 그 이유는 나만 알 수 있다. 그 감정선도, 마음도, 기억도 모두 나의 것이기에 말이다. 좀 더 글쓰기와 사고의, 삶의 내공이 붙는다면 사랑과 사람에 대해서 좀 더 거침없고 자유롭게 써보고 싶다. 그러니 결국 글을 써 냄으로 인해서 내 생각은 내 것이 된다. 글로 누군가의 마음을 움직일 수 있는 사람이 되고 싶다는 욕심을 여전히 품으며 살고 있다. 가끔 나도 모르게 펄떡거리는 심장이 한 번씩 발작을 일으킬 때마다 그 가슴속의 진동을 고스란히 끌어안는다. 그리고 '이건 내 거야. 이건 내 거야. 이건 내 거다'라고 되뇐다.

내가 생각해 내는 과거의 기억, 현재의 시간 그리고 바라는 미래의 모든 것들은 나의 자유의지를 가졌다. 그래서 나는 그것 또한 글로 적어 내리기로 결심한다. 순서를 바꾸고 바라는 상상의 장면들을 그려가며 덧칠을 하기도 하고 가끔 견딜 수 없는 것들을 글로 적어 내리면서 또 다른 망각 속으로 보내버리기도 한다. 내가 경험 중인 '글의 맛'이란 이런 게 아닐까 싶다. 하나의 상황을 놓고도 나와 '당신'의 기억은 다를 수 있다. 그러니 오늘 나의 한 문장들도 읽어주는 '당신'의 현재에 따라 달리 해석될 수 있다는 걸 안다. 그렇다면 부디 그랬으면 좋겠다. 여전히 서투르고 보잘것없는 미완의 글로 가득한 이 책이, 당신께 작은 온기이자 원동력으로, 때론 메말랐을 때 잠깐 쉬어갈 수 있는 쉼표의 문장들이기를 바란다.

항상 겨울의 기록들은 고집스럽게도 글을 통해 더 성장한다. 글쓰기의 맛을 더욱 진한 농도로 느끼고 싶은 이 겨울, 매혹적이면서 이기적인 나의 기억하고 싶은 이 추운 날들의 기억들을 가득 써 내려가기로 한다. 그 추웠던 미국의 겨울처럼, 다시는 오지 않을 것 같아서 간절했고 그래서 지나가는 시간을 안간힘을 써 내어 붙잡고 싶었던 그 마음으로 글을 써 내려가 본다.

27

나 아니면 누가, 지금 아니면 언제

속내를 툭 하고 주고받을 줄 아는 지인이 곁에 있다는 건 언제나 감사한 사실이다. 그녀와 연결된 건 오래지 않았다. 나보다 3살 많은 그녀는 두 딸의 엄마이고 회사를 다니면서 아이의 육아를 도맡고, 그 와중에 독서까지 병행해내는 워킹맘이다. 나와 비슷하면서도 참 다른 그녀와 요즘 소소한 일상을 나누고 있는데 즐거움과 유쾌함, 그리고 연결되었다는 감사함이 꽤 쏠쏠하다. 그런 그녀에게 대뜸 안부를 물었다. 역시 예상대로 맞받아 주는 덕분에 대화는 늘 즐겁고 편하다.

"요즘 마음은 어때?"

보통의 평범한 일상의 대화에서 약간 핀트가 벗어나 버린 듯한, 이렇게 뜬금없이 마음을 물어보는 내가 누군가에겐 어딘지 '이상한' 사람으로 보이겠지만, 이 질문을 자연스레 스스로 해석해 내곤 또 아무렇지 않게 맞받아칠 줄 아는 센스를 장착한 그녀는 내게 이렇게 대답했다.

"긴 터널을 이제 좀 빠져 나온 것 같아. 내일 휴간데, 친구랑 같이 길상사에 가려고."

서로가 알 수 없는 사건들을 각자의 길에서 경험한 채 살아왔을 테다. 원래 사람이 다 각자의 길을 걸어가기 마련이니까. 다만 공통점이 있다면 여자이고, 엄마이고, 순탄하지 않았던 며느리이고, 아내라는 역할이 주어진 각자의 삶 속 여주들이라는 점이다. 그래서 우리는 가끔 만났을 때 암묵적으로 눈을 보고 입술을 떼어 서로가 건네는 짧은 문장들에서도 넌지시 알 수 있을 것만 같다. 어떤 느낌으로, 어떤 마음으로 지금 지내고 있는지를 말이다.

그녀에게 빌려준 책이 담긴 가방을 들고 퇴근길 행 버스 정류장으로 걸어가던 중에 이상하게 나도 모르게 눈물이 났다. 겨울만 되면 나도 모르게 가끔 눈물이 흐르곤 한다. 왜인지는 모르겠다. 다만 다행인 건 좋지 않은 느낌의 엉엉 우는 눈물이 아니라는 것이다. 갑자기 나도 모르게 떨어져 버린 눈물이 나쁘지 않았다.

스쳐 지나가고 있는 중이고 또 그렇게 흘러가면 그뿐이라는 걸 안다. 지극히 사적인 나만 이해될 수 있는 몇 가지의 이유들이 있다. 가령 좋아하게 되어버린 추운 겨울이 완전히 다가왔다는 터무니없는 이유, 날이 어둑해져서 깜깜해지려고 하는 해질녘의 하늘빛이 나 보란 듯이 멋스러워서. 코끝엔 이미 겨울이 다가왔는데 너무 추워서 시린 손을 부여잡고 몸을 웅크리고 있는데 왜 이렇게 또 깜깜한 터널에 혼자 있는 것 같은 느낌인지 모르겠다. 닿지 않은 말과 마음을 감추는 순간들이 많아질수록 더더욱. 이젠 '꿈'을 섣불리 입 밖으로 말하지 않게 되었지만 그럼에도 꿈을 먹고살기로 결심한 이상 외로움은 견뎌내야 한다. 그래서 서글퍼졌다. 그래서 울었나 보다. 가고 싶고 듣고 싶었던 1시간짜리 강의를 가지 못하고 신랑과 아이에게 나의 시간을 양보해야 하는 현실을 받아들이면서도, 이상하게 괜찮다가 가끔 집에 들어가면 내 시간이 내 것이 아니게 변해버리고 마는 육아의 참맛이 문득 싫어져서 그랬나 보다. 여전히 철이 덜 들었고 여전히 욕심이 많다는 이러저러한 이유 같지 않은 이유를 떠올리다가 어느새 종점까지 가버렸을 때 아차 싶었다. 요즘은 이런 '아차' 싶은 순간들이 많아져서 위험을 느끼곤 한다. 마음이 어디로 튀어나갈지 몰라서. 그러나 다행인 건 이제는 그저 두고 볼 수 있게 됐다는 사실이다. 튀어나가다가도 결국 제자리로 돌아올, 바닥을 찍다가도 다시 꾸역꾸역 살아서 올라갈 줄 아는 '나'라는 사람을 스스로 믿어줄 줄 아는 근력이 좀 생긴 탓일지 모르겠다.

애쓰지 않기로 말은 하지만, 사실은 애쓰고 싶은 마음 때문이다. '애쓰지 말기, 신경 끄기, 나답게 살기' 이런 게 화두가 된 세상이다. 근데 나는 가끔 좀 반대인 것 같다. 가급적 마음이 샘솟고 에너지가 견뎌줄 만하다면 애를 좀 써보고 싶어진다. 사람을 대할 때 여전히 소통하려고 애를 쓰고 싶어진다. 내가 애쓰지 않으면 결국 내게 돌아오는 것도 없는 것 같은 느낌이어서 신경도 좀 쓰고 싶다.

꿈이라는 진부한 단어를 이제는 입 밖으로 쉽게 말하기가 머뭇거려지는 탓에 나이 탓을 해보기도 한다. 그럼에도 꿈을 먹고 살기로 여전히 철없이 결심한 탓에 스스로 얼마나 또 외로울지 모르겠다. 그럼에도 꿈과 바람에, 원하는 것들에 여전히 신경을 쓰며 살고 싶다. 마음이 사랑하는 장면을 현실에서 눈으로 꿈처럼 마주했을 때, 가령 듣고 싶었던 그 음악이 차 안에서 흘러 나오는 장면들, 그런 뭉클한 고마움을 되도록 많이 만들며 살면 좋겠다.

　나답게 산다는 건 솔직히 말장난인 것 같기만 하다. 나다운 게 뭔지 정의 내리지 못하고 정의 내릴 필요를 굳이 느끼지 못하면 더더욱 그렇다. 아무 말 대잔치가 입 밖에서 줄줄줄 새어 나오는 나답지 않은 나를 발견하게 되면 여전히 늘 화들짝 놀라곤 한다. 사실 사회에서, 조직에서, 이 세계관에서 내게 주어진 여러 역할극을 병행하다 보면 내가 정말 바라는 '나'는 이미 없어져 버리고 만다. 그래서 반대로 결심했다. 사실 나답게 사는 걸 크게 바라지 않게 되었다. 다만 '덜 불행하고 더 기쁜' 나답지 않은 내가 더 쉽고 나은 듯도 싶다. 나답지 않게 울기도 하고 헛소리 돌직구도 날려보는 여전히 나답지 않은 나는, 그럼에도 집에서 식구들을 위해 밥을 하고 빨래를 하고 아이들 양육을 위해 내 시간을 양보하고 시간을 자유롭게 쓰지 못하는 '지금'을 살고 있지만, 아무리 죽자고 이런 반복적인 일을 해도 결코 채워질 수 없는 나의 허한 구석을 선명히 안다.

　가족들이나 타인들이 기대하는 '삶'만으로는 '진짜 내 삶'을 채워갈 수 없다. 이렇게 마음 깊숙하게 자리한 나만의 바보 같은 욕망을 그럼에도 나밖에 채워줄 사람이 없다는 걸 알기에, 나는 그 욕심을 꾸역꾸역 충족시켜 나가고자 글을 쓰기로 결심한 걸지도 모르겠다. 어쩌면 이것이야말로 내가 내 의지로 자유롭게 움직일 수 있는 유일한 선택이기도 하다. 시간은 반복되나 나의 시간은 반복되지 않으니까. 그러니 두려워도 움직여보는 거다. '나 아니면 누가, 지금 아니면 언제겠어'라는 생각을 하게 된 아침, 길상사에 간 그녀에게 추워진 공기를 걱정하며 안부 메시지를 보냈다.

"날 추운데 잘 다녀와요. 난 글 잘 쓰고 있을게."

"그래. 오롯이 널 위한 그 시간 잘 보내."

그래, 나는 그녀의 말대로 오롯이 날 위해 이 짧디 짧은 시간을 오늘도 잘 보내려 한다. 나 아니면 정말 누가 대신 살아주는 것도 아니고, 또 지금이 아니면 언제 다시 올지 모르는 '오늘'이라는 것을 이제는 알기에.

.

악취미일지 모르겠지만 나는 상처 입은 사람에게 끌리는 편
이다. 100세까지 산다는 보장이라면 이제 겨우 1/3을 지나고 있
는 나는, 한 해 한 해 거듭할수록 호감 가는 사람의 기준이 달
라짐을 느낀다. 일상이 그저 행복하고 여유 있고 편안한 환경의
사람보다는, 어딘가 그만의 상처를 견디며 살아야 하는 이들에
게 눈길 한번 주게 되고 마음이 끌리는 요즘이다. 그래서 흰색
보단 회색이 언제나 좋았다. 하얀 도화지보단 회색빛이 약간 도
는 반투명한 미농지에 끌리는 편이다. 좀 더 적나라한 표현을
빌리자면 '그레이의 50가지 그림자'의 내면이 지극히 상처투성
이인 그레이의 쓸쓸하고 삐뚤어진 사랑이 꽤 마음에 든다. 물론
그레이라는 캐릭터 자체도 매력덩어리긴 하다. 캐릭터 설정값
스펙 탓일지 모른다(아님 슈트발이거나).

이렇게 어른이 되어 가는 걸까. 아니 이미 몸은 충분히 익은

어른이건만 마음은 우리 쌍둥이 아기들보다 못할 때가 한두 번이 아닌지라 어른이라는 수식어가 나에겐 아직도 부끄럽고 익숙지 않다. 하물며 결혼 후 동고동락하는 나의 남자도 6년 동안 내게 어른 명찰을 달아준 적 없기에 나도 아직은 내가 어른이 아니라는 사실을 잠시 인정해 본다. 그러나 우리는 사실 모두 어른이자 어른이 아니다. 아이 혹은 어른이라는 기준을 판단하는 게 숫자라면 그건 성숙과는 무의미할 때가 꽤 많이 존재할 테니까.

상처 하나 없는 사람은 이 세상에 없다. 행복하고 편안하고 여유 있어 보이는 사람도 속내를 여실히 까놓고 본다면 스크레치 하나 없는 투명한 유리 같은 사람은 아닐 것이다. 다만 그 혹은 그녀가 가진 상처를 드러내느냐 마느냐의 차이일지도 모르겠다. 그렇다면 다시 정의한다. 나는 '그 상처를 타인에게 충분히 드러낼 수도 있는 열린 사람에게 끌리는 것'이라고 말이다. 그것도 넌지시 담담한 어투로 꽤 정제된 어른의 익숙한 화법으로 이야기하는 자들에겐 마성의 매력이 넘쳐흐름을 느낀다. 아주 많이 철철 흘러내린다. 그래서 내겐 충분히 이미 상처 입은 그와 그녀들에게 눈길 한 번, 마음길 두 번 뭐든 주고만 싶어진다. 모성애일지도 모르겠다.

행복이라는 강박에 취하고 싶지 않다. 때론 행복에 굉장히 반항아적인 적대감을 표시하는 나이기도 하다. 행복 강박증이 세상 도처에 깔린 것 같아서 어딘지 모르게 역겹기도 해서 말이다. 미안한 표현이지만 어쩔 수가 없다. 행복이라는 달콤함만 맛보려 하면 어느새 미각을 잃어버리게 될지도 모른다. 여기저기 미디어와 SNS, 콘텐츠물에서 행복 타령을 하는 게 때론 그냥 싫다. 차라리 오히려 덜 불행하고 아직 불행하지 않다는 표현이 한결 편해진다. 내가 아는 어떤 멋진 작가의 대단한 책 타이틀도 행복보다는 불행에 초점을 맞추었고, 그 덕에 그 책은 꽤 잘나가는 베스트셀러 목록에 한자리 차지하고 있는 건 나와 같은 사람들이 점점 많아진다는 반증일지 모른다.

행복이 쉽지 않은 이유를 누구 밑에서 개 같든 정승 같든 '돈'이라는 교환 가치를 지닌 화폐를 벌어본 사람이라면 적든 많든 얕든 깊든 느낀 순간이 있을 것이다. 있는 자들이 결국 독식해 나갈 수밖에 없는 그리고 부익부 빈익빈은 여전히 인류가 있는 한 존재할 수밖에 없는 이 자본주의의 썩어빠진 모순적 노동과 시장 시스템을 말이다. 어디 그뿐이랴. 우리가 살고 있는 지금

이 현실의 여러 단면들에서는 이미 폭력에 노출되어 살고 있는 우리들이 아니던가. 행복할 수 있는 사회적 시스템이 제대로 갖추어지지 않은 세계관에서 행복을 개인에게 주입시키고 운운하는 건 옳지 않다고 본다. '행복'이라는 가치를 때론, 상처 있는 개인 한 사람의 책임으로 돌리는 건 어딘지 모르게 무겁다. 행복에 취하다 어느새 벗어 던지고 싶어진다.

사실 고백하자면 그럼에도 나 또한 평범한 사람이기에 한동안 아니 최근까지도 '행복'이라는 그 말에 취해서 나의 지난 시간을 보냈고 지금도 보내고 있는 게 사실이다. 나의 지인들의 대부분이 "행복하세요. 행복해야지. 너 지금 행복하니?"라는 말을 달고 사는 사람들이니까. 행복의 여부가 환경의 문제이건 개인의 문제이건 그건 중요치 않다. 사실 행복보다 불행에서 나오는 상처를 스스로 부딪치고 그걸 통해 삶을 성찰하는 기회를 얻고 감내하지 못할 고난까지 닥쳤을 때, 불행하겠지만 결국엔 대응해 내고 마는 뚝심이 더 멋져 보인다. 상처는 결국 행복으로 가는 틈새 길일지도 모른다는 생각이 드는 요즘이어서 그런가 보다.

우리는 작고 크게 상처받으며 오늘을 산다. 그렇다면 차라리 행복보다는 상처받는 걸 당연하게 여기는 대담하고 매력적인 용기를 선택하는 게 더 쉽고 멋져 보인다. 시간이 걸려도 결국 진짜 스스로 행복해지는 순간은 상처를 받아들이고 인내해서 무르익는 그 어느 순간에 나도 모르게 내 곁으로 배달되는 것이 아닐까 싶다. 아니 그랬으면 좋겠다. 그래서 나는 행복보다 상처 입은 사람이 요즘은 더 좋다. 누군가 내게 상처를 이야기해 준다면 나도 기꺼이 나의 상처를 공유할 준비가 되어 있다(혹은 고백이라도 해주면 더 좋을 텐데). 상처의 질량과 크기가 작은 사람일수록 위험하고 무섭다. 타인을 배려하지 않는 무의식적인 행동에 익숙할 테니까. 그들은 타인의 아픔을 공감할 수도 없고, 공감해야 하는 이유조차 알지 못해서 안타깝다.

그래서 어설픈 행복 주창 자기계발서나 자라온 꽤 멋진 스펙의 환경 덕분에 성공한 사람의 성공기를 어느 순간 멀리하게 되었다. 혹은 성공 운운하면서 그 성공기 이후에 자기 잘난 맛에 사는 겸손하지 못한 이들의 이야기는 더더욱 매력 없다. 다만 오히려 바닥부터 끌어올려서 스스로를 부단히 다듬어오는, 느리지만 거친 환경에 노출되어 있음에도 자신이 할 수 있는 최선의 노력과 혼신의 힘을 쏟아낸 사람들의 상처와 그걸 통한

배움과 발전의 결말이 더 매력적으로 느껴진다. 여전히 신화 같지만 실화일 수 있고 또 실화인 우리들의 이야기가 세상에 많아지기를 바란다. 물론 행복보단 상처 입은 사람이 멋지고 매력적이라고 해서 너무 반복적으로 힘든 늪에 심하게 빠져 버리는 것은 곤란하고 위험하다. 다시 회생할 시간이 꽤 오래 걸릴지도 모르고 우리에겐 정말 시간이 그리 길지 않은 유한한 삶이기에 말이다. 다만 상처로 범벅이 된 탓에 비루하고 남루한 현실을 탓하고 또한 타인의 용기 어린 응원 메시지와 감성 자체에만 젖어서 말미엔 아무것도 움직이지 않는 의지박약만은 되지 않기를 바랄 뿐이다.

서툰 감정의 표현에 미안한 마음 가득하지만, 당신의 의지는 약해질 수 있어도 최소한 사라지진 않았으면 좋겠다. 의지가 있다면 그 마음이 있다면 결국 어떻게 해서든 행동으로 연결되어 있을 거라는 걸 알고 믿고 있으니까 말이다. 열려 있는 내면의 소유자라면 겉은 아무래도 좋지 않은가? 상처 입을지언정 말이다. 상처 입은 매력적인 당신이 그럼에도 얼마큼 스스로 오늘을 잘 메워 나가고 덜 불행하지 않으려 노력하다가 결국엔 순간순간 작은 행복을 쌓아갈지 나는 알고 있다고 감히 말하며 응원해 보고 싶다. 상처로 인해 터득해 버린 삶의 혜안을 가진 솔직한 매력의 소유자, 그게 바로 당신과 나였으면 좋겠다. 그러니 우리는 결국 '끌림'의 대상들이다. 그리고 "행복하세요"라는 말보다 "사랑하세요"라는 말을 더 많이 하며 살면 좋겠다. 그렇게 사랑 받고 사랑하다가 비록 상처로 가득할지라도 정면으로 상처를 감당하고 인내하며 결국 이뤄낼 줄 아는 용기가 이기기를 바란다. 결국엔 나도 당신도 상처를 딛고 이길 걸 안다. 결국에 우리는 이길 것이다.

"뭔가에 진심으로 미쳐본 적이 있나요?"

요즘 주위 다수에게 던져보고 싶은 화두다. 무언가를 향해 진심으로 간절히 바란 적이 정말 있는가? 있다고 생각했다면 그 대상이 무엇이었는지 그리고 그 간절함이 더해져 미쳐버릴 무아지경까지 가본 적은 있는지를 괜히 묻고 싶어지는 건 왜일까. 그리 오랜 시간을 산 건 아니지만 나의 20대 중반은 입사 이래 매년 꼬임과 장애물의 연속이었다. 지금에야 쓴 경험으로 인한 단단한 성장이라고 미화시켜 말할 수 있어도, 그 시절의 매일이 전쟁이었고 지긋했다. 팔자라고 생각했다. 늘 바쁘고 불안하고 뭔가 역마살 낀 듯한 시간들이 말이다.

그로부터 딱 10년이 흘렀다. 30대 중반을 향해 달려가고 있는 지금의 나는, 조금 더 마음 편히 느긋하게 즐길 수도 있었을 텐데 당시에는 왜 그랬는지 사실 잘 모르겠다. 그러나 후회는 크게 하지 않는다. 그때의 뜨거운 간절함의 대상들을 향한 내 행동들이 지금의 나를 만들었단 걸 알기 때문이다. 여전히 간절함의 대상은 그 관심 영역과 범위가 달라졌을 뿐, 오히려 간절함을 향한 의지와 열정은 20대의 무모한 그것과는 다르다. 좀 더 현실적이면서도 과감해졌고, 대단히 무모하면서도 더 뜨겁다. 요즘은 더 자주 아직 살아있는 내면의 생동감을 느끼곤 한다. 간절함을 느끼는 데 나이는 역시 숫자에 지나지 않은가 보다. 아들 둘의 엄마가 되어 보니 목소리는 커지고 행동은 더 과감해졌다. 아이 핑계는 아니지만 최소한 아이를 낳고 나서 이렇게 변했다. 요즘은 못할 게 거의 없을 것 같은 느낌이다. 자랑 삼아 얘기도 해 본다. 난 착각 속에 빠져 산다고, 착각은 자유이고 그 자유가 그렇게 소중하다는 걸 여실히 느끼고 있는 지금이라고 말이다.

사실 내가 가진 최대 장점이자 단점이기도 한 것은 바로 '착각'이었다. '착각은 자유'이기 때문에 나는 모든 바라는 간절한 대상을 향한 '선한 착각' 속에 빠져 살곤 한다. 세 살 버릇 여든까지 간다 했던가? 지 버릇 개 못 준다고 나는 내가 정해 놓은 절실함의 대상들로 하여금 착각을 버릇처럼 일삼는 걸 좋아하는 편이다. 착각은 자유이고 그 자유가 얼마나 큰 행복인지 알기 때문이다.

간절함 중에 최고는 '사랑'일지 모르겠다. 간절하다고 해서 얻어지는 게 아니라서 더 그럴지도 모르겠다. 그래도 간절하면 이뤄지는 것들도 여전히 있을지 모른다. 그렇다고 일단 믿어본다. 무언가 질실함의 대상이 이미 나의 것이 되었다는 느낌을 가져 보는 것이다. 마음이 머리로, 머리가 행동으로 작은 행동들의 변화가 불고 또 불어나서 결국은 '이루게' 되는 걸 당신은 얼마나 믿을까. 그 마법이 이 세상에 존재하고 우리는 그걸 소위 '기적'이라고 말한다는 것을 말이다. 그리고 그 기적은 분명 있다는 걸 이 글을 읽고 있는 '당신'도 나처럼 믿어 주었으면 한다. 바보 소리를 듣더라도 간절하게 바라는 마음의 울림을 향해 움직여 낼 때, 온몸을 던져서 깨지고 부딪혀도 결국 이뤄내 보기를 간절히 바라는 것이다. 삶이란 그런 것이었으면 좋겠다. 작든 크든 그 크기완 상관없이 무언가 마음에서 도저히 그것을 떼어 놓고는 삶을 생각할 수 없는 '간절한 대상'이 있다면 움직였을 때, 움직이는 사람들에게 뭐라도 쥐어주는 것. 삶이 부디 그랬으면 좋겠다. 그래야 재미있고 애달프고 간절해서 결국 이루는 삶이 될 것이다. 여전히 바보 같은 어린아이의 마음이지만 그럼에도 바란다.

첫 월급부터 모으고 또 모아서 1억을 만들었을 때, 첫 출판을 해냈을 때, 결혼을 생각했을 만큼 사랑했다고 믿었던 그 남자와의 이별에 죽을 듯이 아팠을 때, 더 이상 사람을 사랑할 수 없다고 생각했던 순간 예상치 못한 복병 같은 사랑이 다시 급작스레 찾아왔을 때, 다시 사랑에 빠지고 결혼이라는 터닝포인트를 만들어내고 상상조차 하지 못한 공간에서 신혼을 시작했을 때, 그 시절 소설 공모전에 줄기차게 물을 먹고도 또 결국엔 쓰고 마는 근성이 나를 찾아올 때, 그리고 이 글을 쓰고 있는 지금까지 이 모든 삶의 에피소드들은 모두 연결되어 있지 않았을까 싶다. 어제가 만들어 낸 오늘로 말이다.

우리들은 흔히 꿈과 상상에 빠지면 위험하고 비현실적인 사람이라고 생각하는 것 같다. 남의 상상엔 고개를 끄덕 하지만 나의 상상엔 언제나 너그럽지 못할 때가 많은 건 아닐까. 그럼에도 난 꿈꾸는 사람은 보이지 않는 현실을 미리 머릿속에 그려 보면서 그 꿈을 현실로 비로소 끌어당긴다고 믿어 보고 싶다. 이게 바로 꿈꾸는 사람들만의 온전히 누릴 혜택이자 특권이고, 성공을 향한 유일한 지름길이다. 꿈이 있기에, 간절함이 있기에, 미쳐버릴 만한 열정이 있기에 핏빛 현실에서도 결국엔 빛나는 미래가 곧 오늘이 될 것이라고, 이것이야말로 공허하고 무의미한 시간 낭비가 절대 아니라고 말이다. 실재하는 누각과 건축물이 처음엔 모두 공중누각이었듯 말이다.

3년 전 겨울, 무모한 결심이었지만 JFK 공항에 혼자 도착했을 때의 그 간절했던 시간을 기억한다. 그 덕분일까. 잠자리에 들기 전 나는 혼자만의 상상을 자주 하곤 했다. 특히 바라는 게 있다면 그걸 장면으로 스케치해 내는 식으로 말이다. 정말 터무니없는 듣보잡 거침없는 상상에서부터 시작해서 당장 내일 실천 가능한 것들까지도. 조용히 앉아서 마음껏 상상하는 그 시간이 참 좋다. 아니, 사실은 그 시간들 속에서 여전히 간절함이 작고 크게 살아 있는 내가 요새는 참 좋다.

간절한 자기 확신이 강한 사람은 자산이 없어도 놀라운 일을 해낸다. 반면 자본이 있어도 그 간절함과 자기 확신이 없는 사람은 결국 오래 유지하지 못한 채 쓴맛을 보기도 한다. 그게 삶이다. 마치 사글셋방에 살고 있지만 인테리어 꾸미기 능력이 아기자기한 가정집은 사랑스럽기 그지없고 그 속에서 도란도란 행복이 넘쳐흐르지만, 40평의 넓은 거실과 여러 방을 가지고 있어도 꾸미지 못하고 치우는 것조차 게을러하는 사람의 너저분한 집은 언젠가는 냉랭함과 쓸쓸함이 감도는 것처럼 말이다.

어떤 일을 하고 싶다는 강한 열망 자체가 그 간절함이, 그 일을 성취할 능력이 있다는 증거가 아닐까. 또 내가 그 일을 해내리라고 끊임없이 단언한다면 그 목표를 달성할 가능성은 더욱 커지게 될 수 있다. 할 수 있다고 믿으면 결국 해내는 자신을 볼 수 있는 것처럼 말이다. 위대한 사람은 세상이 손가락질하더라도 상상하며 그 현재의 규칙을 과감히 벗어난다. 그러니 당신도 과감히 나와 함께 간절해지시기를 바라는 마음으로 이 문장을 써 내려가 본다.

오늘도 나는 간절하게 상상한다. 아이라는 왕족에 쩔쩔 매어 사는 부모가 되지 않고, 스스로 독립적인 기쁨을 어제보다 하나 더 많이 이루어 내기를, 그래서 내일 바로 죽음이 다가온다 해도 웃을 줄 아는 여유와 사랑을 담은 채 마지막 한 통의 편지를 써 내려갈 줄 아는 간절한 마음의 나이기를 그리고 여전히 있는 힘껏 사랑하기를.

 늦었다고 느끼면, 정말 늦은 걸지도 모르겠다. 회사 복직 이후 새로 옮긴 팀에서 만난 팀원과 나눈 대화 덕에 '늦기 전에'라는 수식어를 생각해 보았다. 회사에서 그는 꽤 알아주는 고수이지만 가정에서는 하수였다. 좀 더 정확히 표현하자면 그의 아내에게는 '때론 쓰레기보다 못한 남편이었다'고 했다. 오해는 마시라. 사실 내 판단이 아닌 그분이 웃으며 담담히 자신의 가정사부터 시작해 스스로를 그렇게 표현한 것이니 말이다. 구수한 사투리가 익숙한 그는 결혼생활 15년 차 동안 아내에게서 들은 '나쁜 남편, 나쁜 아빠'라는 표현을 거침없이 타인인 내게 쏟아내는 전라도 남자였다. 그런 그가 어제, 아내를 위해 건강검진 신청을 했다면서 내게 말을 걸어왔다.

 "김 책임, 내 16년지기 상사이자 친구 같은 지인이 있는데, 큰일이 나 부렀다네."

"네?"

"그 양반 와이프가 직장암인데 8cm라고 하네."

"아…."

"대기업 나와서 사업하겠다고 몇 번 말아 묵었지. 지금은 근근이 어디 대리점 하나 차려서 먹고살고 있고…. 그 형수님 나도 잘 알고 있는데, 남편이 그리 막 살고 돈 안 갖다 줘도 내색 한 번 안 하고 열심히 살더구먼."

"속은 썩어 문드러지셨을 거예요…."

"내 말이 그 말이여."

"아이들은 몇 살인데요?"

"아직 한창이지 뭐. 딸만 둘인데 한 놈은 고등학생, 한 놈은 이제 초등학생이라고 했나? 과외 값도 못 내더구먼."

"아직 한참 엄마 손 필요할 나이일 텐데. 안타깝네요."

"그 형님 생전 울지 않는 양반인데 오열하더라고. 끊었던 담배를 단숨에 10개비를 폈다네. 내 참 나도 그 소식 듣고 집사람 건강검진 신청 바로 했다니까."

먹고살자고 게다가 이왕이면 '잘' 살자고 하는 일이다. 그런데 일과 개인의 삶이라는 경계가 뒤죽박죽 바뀌는 순간, 순식간에 주객이 전도됨을 우리는 경험하며 산다. 에너지를 바깥에서 다쏟아 붓고 집에 들어온다. 그러곤 다시 내일을 위해 그 에너지를 감춘다. 사랑하는 이에게 부을 에너지는 남아있지 않다.

삶을 흘러가면서 '무엇'이 '나'에게 중요한지 또 우리는 얼마나 무엇을 지켜내며 하루를 지내는 걸끼. 문득 그런 이상적이고 철학적이며 다분히 쓸데없는 생각이 나를 또 한 번 감쌌다. 따지고 보면 자본주의 사회가 '그런 생각은 쓸데없어. 그저 돈이나 벌자. 먹고살자'라고 주지시키고 있기 때문에 그 안에서 그저 살아온 우리의 전 세대들 아니 어쩌면 우리의 현 세대조차 삶의 가치에 대해서 한 번쯤은 진지하게 되물어봐야 하지 않을까 싶다.

그럴 만한 여유도 없고, 생각해 봤자 노답이라고? 뭐 가끔 책이나 여타 타인들의 목소리를 빌려 얻어 오는 '감성에 젖어서 몇 번' 생각하고 다시 현재를 살아내는 것 정도일지도 모르겠다. 그럼에도 어쩌면 거기서부터 나름의 답을 찾을 수도 있지 않을까 싶다. '살아내는 것', 일단 살아내는 것 말이다. 생을 견디든 즐기든 살아내는 근력을 키워내는 것이 중요하다. 거기서부터 작고 큰 스스로의 소중한 가치들을 만들어 내는 것이다. 그 존재 자체에 큰 의미가 있는 건 아닐까?

딱 5분, 잠들기 전 5분, 고요한 밤에 진지모드 장착하고 '오늘'을 생각해 본다면 말이다. 그렇다면 살아내는 시간에, 늦기 전에 전해야 한다. 밑도 끝도 없겠지만 그럼에도 나는 말하며 살고 싶다. 표현하며 생을 지내고 싶다. '사랑한다는 말을 해야 해요'라고 말이다. 이왕이면 되도록 있는 힘껏, 더 늦기 전에 말이다.

늦다고 생각하는 순간이 이른 거라고? 아니 어쩌면 늦다고 생각하는 순간이 진짜 늦었을지도 모른다. 바로 '죽음'이라는 게 불현듯 내 곁에 와 있을 때, 더군다나 시간이 얼마 남지 않았을 때라는 게 소름 끼치게 전해지는 상황을 이렇게 직접 겪게 된다면 말이다. 직장암에 걸린 와이프를 둔 상사의 지인이라는 분은, 얼마나 아내에게 사랑한다는 말을 해오셨을까. 아마 사업하느라, 진 빚을 갚느라, 바깥에서 소위 '남자들의 영업'에 시간과 에너지를 쏟아내느라, 표현은커녕 그 마음을 전할 생각조차 하지 못했으리라고 감히 상상해 본다. 아마 '그'의 배터리는 집에 오면 늘상 방전되어 있었을 것이다. 슬픈 현실이지만 너와 다르지 않은 나의 현실이기도 하다. 그러니 그의 오열이 사뭇 이해도 되었다. 진심으로 후회하고 있을 테니까. 막연한 불안감과 자기와 결혼해서 웃게 해주지는 못할망정 눈에서 눈물 쏙 빼면서 뼈저린 아픔을 경험하게 해줬다는 자괴감과 자책감이 그를 울게 만들었을 테니까 말이다. 그 이야기를 전해준 상사분께 나는 넌지시 감히도 한마디 해 버렸다.

"어쨌든 책임님은 타인일 뿐이니까요. 냉정하지만 모든 인내와 아픔은 그분과 가족들이 겪으실 거예요. 그저 곁에서 지켜보며 한 번씩 힘들 때 위로해 주는 수밖에, 타인인 우리가 할 수 있는 일은 아무것도 없죠."

"나도 무서워졌지. 그 얘기했더니 우리 마누라가 자기도 그런 증세라고 막 툴툴 거리더라고."

"아내 분께 이제부터라도 잘해주시면 되죠. 늦지 않으셨잖아요. 고백을 하세요."

"뭔 놈의 고백이여. 근데 생각해 보면 내가 예전에 정말 못할 짓 많이 해 부렸지 나도⋯."

"전라도 남자의 그 알량한 자존심과 부끄러움 따위 개나 줘 버리세요."

지금도 으르렁거리며 이혼 이야기를 서슴없이 하며 지내는 부부라고 거침없이 말씀하시는 그 상사 분께 말했다. 물론 돌을 맞진 않았다. 대신 자기보다 10살이나 어린 유부녀가 눈 똥그랗게 뜨고 거침없이 그런 말을 하니 그저 재미있었는지 가볍고도 쓴 미소를 지었을 뿐이다.

사랑한다는 말을 되도록 하면서 살아가는 삶이 덜 후회되지 않을까. 또한 이왕이면 있는 힘껏 줄기차게 에너지가 닿을 때까지 말이다. 나의 기쁨의 대상이 다행히도 '지금 사랑하는 사람'이라면 그 자체야말로 퍼펙트하지 않을까. 때론 사랑하는 그 대상이 기쁨의 대상이 되지 않는 순간들이 상황에 따라 종종 찾아오기도 하지만 말이다. 나의 기쁨의 대상이 되는 사람이 만약 지금 곁에 존재한다면 작고 큰 마음들이 전해지고 또 받아들여지는 순간, 기적은 일어날 수 있다. 귀에 들리는 모든 '사랑'의 메시지는 큰 힘이 있고 그것이 기적을 만들 수 있다고 믿는다. 오늘 나의 귀에 들리는 크고 작은 내면의 고백들도 내겐 모두 기적이다. 그리고 사랑은 선순환되어 말도 안 되는 사건과 이벤트로 작동할 수도 있다고 본다. 결국 그 '사랑'은 나에게 있어서 합리적인 가치가 될 수 있다. 나의 삶을 지탱해 주는 유일하고도 진리일 수밖에 없는 신앙 같은 내면의 가치 말이다.

개자식과 쌍년은 처음부터 없다. 세상의 불특정 다수인 그와 그녀가 사랑을 했다고 치자. 어느 순간 함께 살다 보니 어느새 서로가 서로에게 개자식과 쌍년이 되어 버렸다. 사실 개자식과 쌍년은 그냥 만들어지는 게 아닌데 말이다. '사랑'의 부재가 아니라 삶을 함께 살다가 그 '고통'이 소통 없이 쌓이고 쌓이다 보니 만들어지게 된 또 다른 내면일 수 있다. 내가 누군가의 '그대'일 수 있을 때, 그리고 나의 '그대'들이 현존할 때, 늦기 전에 진심을 다해 서로가 서로에게 오늘의 기쁨의 대상이 되어 주면 참 좋겠다. 피로 섞여 있는 겉모습 가족이든, 그렇지 않아도 진심을 알아주고 서로의 삶을 응원해주는 내면의 가족이든, 내 사람들인 그 '가족'들에게, 사랑하는 나의 그와 그녀에게 오늘 '사랑'을 전해 보는 건 어떨까. 이왕이면 지금 생각났을 때 말이다. 용기가 없다면? 마음에서 좀 끄집어 내 주었으면 좋겠다.

늦기 전에. 더 늦기 전에.

추석 연휴를 하루 앞둔 날은 다른 날보다 조금 더 분주하고 정신없는 날을 보냈었다. 생각해 보니 평소엔 회사 일하고 저녁이 되면 쌍둥이를 돌보느라 미처 하지 못했던 밀린 집안일의 거사를 해냈기 때문이었다. 주방 수납장 속 그릇들과 냉장고 정리, 그리고 아기들의 이유식 반찬과 멸치, 소고기 육수 등 우리집 남자 셋을 위한 종류별 음식 장만으로 오전은 그야말로 초토화 상태였다. 그럼에도 오늘은 반드시 '요리'에 꽂혀야 했다. 주말이면 전업주부놀이를 하는 나의 숙명이다. 그러고도 싶었기에 나는 기꺼이 움직이기 시작했다.

꽂히면 집중하는 성격상 몰입을 꽤 잘하는 편이다. 가령 스스로 꽂힌 글쓰기 혹은 꽂힌 사람, 꽂힌 꿈 같은 것들에 말이다. 그 꽂힘의 대상을 향한 나의 움직임은 좋게 비유하자면 나이에 비한 어린아이의 순수함과 솔직함이고, 나쁘게 말하자면 쓸모

없는 집중과 남들이 보기엔 이상한 헛짓거리일 수 있다. 대상을 향해 거침없이 도발적이고 돌직구인 무대뽀 용기가 어디서 훅 하고 나타나 어느새 나를 움직이기에 가능하다.

　한번 뿜어져 나온 물은 수도꼭지를 잠그기 전까지 계속 흘러내린다. 내게 꽂힌 건 일단 마음을 닫지 않으면 쉽게 멈추지 않는다. 다행히도 살아온 삶을 잠시 되돌아보았을 때 실패도 성공도 모두 이런 '꽂힘'을 향한 마음의 직진 본능 덕분에 모두 경험할 수 있었다. 그런 나의 오늘의 '꽂힘'은 오전부터 시작된 가족들을 향한 반찬 만들기와 집안 청소였다. 새벽 5시부터 오전 9시까지 하루 24시간 중 1/4을 차지하는 나의 오전 시간은 감자조림과 메추리알 장조림으로 시작되었다. 엄지손톱 정도의 크기가 되는 작은 메추리알의 달걀노른자가 행여 껍질과 함께 까지지 않을까 나름 초긴장 상태에서 한 땀 한 땀 정성스레 까고 있자니 어딘지 모를 희열이 느껴졌다. 아기용 짜지 않은 애간장과 조청으로 맛을 낸 나만의 비법 양념장을 넣고, 새벽 댓바람부터 정성스레 끓여둔 멸치 육수 국물과 함께 보글보글 끓여지고 있는 메추리알을 휘휘 저으며 나도 모르게 어느새 블루투스로 틀어놓은 볼빨간 사춘기의 노래를 따라 부르고 있었다.

"인기 많고 잘생긴 넌, 내게만 쌀쌀하게 굴더라."

새삼스러운 나의 모습을 재발견하니, 평소 같으면 피곤한 새벽 기상에 퉁퉁 부은 볼로 아기들 뒤치다꺼리 하느라 노래 부를 새도 없었을 텐데 뭔가 신기했다. 열일 해 주신 키친께도 감사할 수 있었던 건 다름 아닌 내 '일'에 몰입했기 때문일지 모르겠다. 가족들을 위한 요리도 어찌 보면 내가 가진 또 하나의 '본업'이다. 그리고 그 일을 스스로의 의지로 인해 몰입해서 움직이는 순간, 몸이 피곤하거나 힘든 감정을 느끼기보단 오히려 희열이나 기쁨 같은 것이 뒤따라오는 걸 느낀다. 그럼에도 사실 오늘 오전은 다른 날보다 더 초집중을 한 탓일까. 오후엔 금세 피로함이 찾아왔다. 그러나 역마살과 1일 1외출을 하지 않으면 22개월 남자 쌍둥이들에게서 뿜어져 나오는 에너지를 도저히 감당해 낼 자신이 집에선 없기 때문에 오늘도 여전히 아기들을 데리고 도시락을 싸서 공원으로 소풍을 나갔다. 잔디밭에서 신나게 놀고 치다꺼리하고 먹고 그렇게 돌아와서 씻기고 놀리고 재우고 드디어 아기들이 잠에 드는 순간, 나의 진짜 저녁이 찾아왔다. 이런 일상의 저녁은 파김치가 되어 바로 아기들과 잠들기 마련인데, 왜인지 모르게 잠에 쉽게 들 수 없는 밤이 되어 버린 지 꽤 오래다. 특히 요즘 들어 노벨 문학상 수상작가인 '가즈오 이시구로'의 《남아있는 나날》 중에 나오는 좋은 문구를 발견해냈다는 터무니없는 사적인 이유를 보태 본다.

"즐기며 살아야 합니다. 저녁은 하루 중에 가장 좋은 때요. 당신은 하루의 일을 끝냈어요. 이제는 나리를 쭉 뻗고 즐길 수 있어요. 내 생각은 그래요. 아니, 누구를 붙잡고 물어봐도 그렇게 말할 거요. 하루 중 가장 좋은 때는 저녁이라고."

- 가즈오 이시구로, 《남아있는 나날》 중에서

쌍둥이를 출산하고 워킹맘이 되어 살아가는 새로운 나의 삶에서 요즘 가장 좋고 기다려지는 시간은 단언하건대 바로 '저녁'이다. 남아있는 나날의 저 문구가 상당히 공감 갔던 이유는 바로 내 이야기 같아서였다. 내 생각을 누군가 대신 말해주는 것 같은 감정이 드는 문장이다. 아기를 재우고 온전히 혼자 집중해서 무언가에 꽂힌 것을 행할 수 있는 유일한 몇 시간이 바로 내겐 저녁 혹은 잠들지 못하는 날의 새벽이다. 그 시간의 글쓰기는 최고의 집중이며 그 시간의 폰질은 단연코 꿀맛이다. '누구를 붙잡고 물어봐도' 나 또한 가장 기다려지고 설레고 가장 좋은 때가 역시 저녁이다.

그러면서도 이상하게 고맙지만 숙연해진다. 저녁이 가장 좋은 때라는 이 표현에 공감하는 나의 현실이 요즘 들어선 더욱 고맙고도 이상하게 고개 숙여지는 게 사실이다. 왜냐면, 누군가에게 저녁은 또 다른 일을 해야 하는 시작일 수도 있기 때문이다. 가령 우리 아버지는 주야간을 뛰실 때가 많은 일용직 근로자이기 때문에 시간의 개념이 없다. 그래서 저녁이 고단할 때가 많다. 또한 누군가에게 저녁은 그냥 오전과 오후 같은 무의미한 시간일 수 있다. 취업 준비생이나 수험생, 빚이 있는 사업자, 사랑의 실연으로 잠 못 드는 연인들, 집안을 먹여 살려야 하는 집안의 가장들, 돈 벌어야 먹고 사는 사람들, 학대 받고 고통 받는 이들 등등…(생각이 잠시 너무 멀리 나가려다 다시 돌아온다).

마음의 불안과 고민 때문에 잠 못 드는 저녁은 불편하다. 내일에 대한 부푼 마음이 들지 않는 무미건조한 저녁이면 새로운 무엇을 기다린다는 생각을 하기 쉽지 않다. 잿빛 같은 느낌에 하루의 일은 여전히 끝나지 않은 것만 같고 다리를 쭉 뻗고 즐길 여유가 남아 있지 않다면 저녁이 좋을 리 만무하다.

그랬으면 좋겠다. 어떤 상황에 처해졌건 최소한, 잠들기 전 저녁 시간의 단 몇 분만이라도 오늘의 어떤 '내 일'을 끝냈다는 것에 스스로 대견하고 기특하다고 칭찬해 주면서 살았으면 좋겠다. 그렇게 살 수 있는 괜찮은 세상이라고 생각되면 얼마나 좋을까. 진부한 말이지만 위대한 진리도 되는 사실은 바로 '내가 나를 사랑하지 않으면, 그 누구를 사랑할 수도 그리고 누군가로부터 사랑 받을 수도 없다'는 것이다. 남아있는 나날의 저녁들, 내게 저녁은 설레고 두근거리고 기대되는 시간이지만, 누군가는 그렇지 못하다면 나는 그와 그녀에게 감히 이렇게 말하고 싶다.

"해가 저물고 있는 석양이 너무 아름다워서, 가끔은 눈물 날때가 있어요. 지나가는 게 아쉬워서. 하루의 '일'이 어쨌든 끝난 저녁이잖아요. 어제와 똑같았거나 달라진 것 하나 없는 비슷한 쳇바퀴에, 설레지 않고 무미건조해도 일단 우리의 저녁에는 '쉼'이 있었으면 좋겠어요. 쉼표를 찍어야 다시 새로운 음표를 그려낼 용기도, 믿음도, 새로운 마음도 생길 테니까요. 지금부터라도 우리들의 '저녁'을 지켜내 봐요."

내겐 '쉼'이 있는 저녁이 설레는 기다림이다. 다른 워킹맘, 워킹파파들이 그러하듯, 나 또한 가까스로 만들어 낸 귀중한 저녁, 인연들과의 기억하고 싶은 추억들을 만드는 저녁은 그 자체로 선물이다. 일상을 지내다 갑자기 팟- 하고 떠오른 글감을 마음에 담아 두었다가 엉덩이를 붙이고 써 내려가는 저녁이나 새벽의 글쓰기도 여간 설레면서 뿌듯하지 않을 수 없다. 하루 중 가장 좋은 저녁, 그런 저녁 시간의 소중한 기억들은 현재 우리 삶의 원동력이자, 엔진이 되어 줄 수 있다.

오늘 저녁, 당신이 지금 한껏 즐기고 또 푹 쉬고 있는 시간이기를 바란다. 이왕이면 보고 싶은 그 사람이, 사랑하는 이가 곁에 있기를. 그렇다면 그 저녁 시간은 사랑으로 충만한 의미 깊은 시간일 테니까.

PART 4.

기다림의 오늘

32

미친년이 잘산다

"누가 정상이고 누가 비정상이지?"

가끔 생각해 보곤 한다. '정상과 비정상의 중간이 있을까?'라는 생각. 중간이 있기는 한 걸까. 때에 따라서 정상인 것 같다가 돌연 비정상적인 생각을 할 때가 종종 있는 나로선 그 경계를 가늠하기가 쉽지 않다. 가령 지극히 정상으로 보이는 자세로 허리를 곧게 편 채 책상에서 노트북을 열고 키보드를 두드리다가도, 어느새 흘러나오는 음악의 가사 덕분에 갑자기 노래를 따라 미친년처럼 중얼거리다가 갑자기 돌연 눈에 눈물이 고이기도 하니까. 누가 봐도 정상과 비정상 사이를 오락가락하는 불안정한 모습으로 보일지 모른다. 그러나 나는 지극히 정상이다. 아니 그렇게 일단 믿는다. 심장이 안정적으로 뛰고 있었고 들숨과 날숨도 큰 파장 없이 잘 쉬고 있으며, 여전히 내가 해야 할 객관적이고 주관적인 모든 일들을 묵묵히 해내고 있으니까.

정상과 비정상을 정의한다는 것도 이상해 보인다. 겉으로 보기엔 정상으로 보이는 사람도 사실 그 속에 들어있는 은밀하고 어두운 내면은 눈에 절대 보이지 않는 법이다. 일부러 의도적으로 드러내지 않고서는 더더욱 알 수 없다. 정상인지 비정상인지 구분해 내기는 쉽지 않다. 아니 구분해 내는 게 우스워도 보인다.

사실 이미 비정상적인 것들이 정상인 것 같은 세상인 것 같다. 우리는 그런 세상에 적응해 내기 위해 그저 마음에 정상과 비정상을 동시에 담고 살아가는, 그냥 약한 단 한 사람에 불과할지 모를 일이다. 그러니 누가 정상이고 누가 비정상인지, 단편적인 보이는 것으로 타인을 쉽게 평가하는 것이 좀 아쉽다. 어떤 사람들은 정해진 시간에 일하고 월급 받고 항상 똑같은 잡담을 나누고 그 생활에 만족한다. 인간은 학습된 반복에 익숙함을 느끼고 적응을 하다 보면 그것에 빠져서 자각하기 전까지는 쉽게 변하려 들지 않으니까. 정상의 삶이라고 느끼면 그 정상에 익숙해지는 것이다. 그리고 그 생활이 수년 아니 수십 년간 똑같이 반복된다면? 가끔 이런 엉뚱한 생각을 할 때면 문득 숨이 막힌다. 그래서 종종 익숙함에서 나오려고 꿈틀댄다. 내게 생소하고 신선한 말을 자꾸 걸어 댄다. 이런 성격도 좀 피곤하다.

거울 속의 내가 내게 묻곤 한다. 잠시 숨을 멈추고 귀를 기울인다. 그러나 거울 속의 나도 대답을 알지는 못한다. 다만 손이 써 내려간 오늘의 문장을 한동안 거울을 보며 생각해냈다. 그러다 어느 순간, 내면 깊은 곳에서 강한 파도가 솟구쳐 올라 곧장 심장으로 흘러드는 느낌이 들었다. 용기, 결단, 안도감, 뿌듯함의 파도가 몰아치는 가운데 나는 드디어 결정을 내린다. 그리고 움직인다. 누구나 자신의 결정에 책임을 지며 살아야 한다. 그리고 나는 이제 막 그런 삶에 재미를 붙였다. 나를 막을 사람은 아무도 없다. 사실 정말 아무도 없다. 삶을 살아가면서 나 대신 선택을 해 줄 사람은 아무도 없다. 그러니 어른이란 어쩌면 내가 한 그 선택에 무거운 책임도 함께 따라온다는 걸 아는 사람일 테다. 알고 움직이려는 사람일 테고 말이다. 물론 책임이라는 단어를 가끔은 홀가분하게 벗어 던지고 싶어서 우울함에 빠질 때가 있다. 그래, 사실 가끔 여전히 우울하지만 그건 그냥 생각일 뿐이고 실제로는 전혀 우울하지 않은 것 같기도 하다. 이렇게 조금씩 낫고 있는 걸까. 조금씩이라도.

사실은 정상에서 때론 건강하게 벗어나 보고 싶다가도 여전히 자기검열에 빠지면 벗어나고 싶지 않아서 발버둥 치는 나를 발견한다. 그럼에도 마음엔 살아 숨 쉰다. 스파크가 활활 불타오르는 게 매일 지속되지 않겠지만, 타올라 반짝이는 그 순간이 오래 지속되길 바란다. 때론 미친년인 채 세상을 살아가 보고 싶다고 중얼거리며 말이다. 겉으로는 정상으로 보이나 마음엔 따뜻하고 때론 뜨거운 설렘과 몰입과 영감을 해 낼 수 있는 반 미친 상태의 공중에 부유하는 듯한 느낌을 듬뿍 담아내어 몰입할 줄 아는 미친년.

미친 사람들이 잘산다. 확실히 그런 것 같다. 자신에게 오롯이 솔직한 미친 사람들은 그래서 더 행복할 거다. 그렇게 믿어본다. 삶이란 둘 중 하나일지 모르겠다. 극단적이긴 하나, 때론 미친년으로 신나는 모험을 하거나, 때론 정상으로 사회가 규정한 틀에서 편안하게 살거나, 아니면 이도 저도 아닌 아무것도 아니거나 모두 다 뭐가 좋고 나쁜 건 없을 테다. 다만 지금 내 삶을 내가 선택할 수 있다면 나는 여전히 신나는 모험을 선택할 것 같다. 아직은 어리석은 삶이라 그런가 보다.

울고 있는 내 모습이 여전히 궁상맞게 느껴져 옷소매로 눈물을 쓱 닦곤 한다. 울지 말라는 사람이 있다면 "누가 그렇게 자기 자신에게 엄격하라고 가르치던가요?"라고 반박도 해 본다. 자기 목소리가 여전히 상냥하면서도 굳건히 살아있는 미친년이 더 돼 보고 싶은 겨울의 끝자락이다. 삶에 궁극적 플러스가 될 수 있다면, 미친 선택도 정상이 되는 오늘을 바란다.

33

공들인다는 것

　정성껏 인내하는 시간의 마법, 그것이 공을 들인다는 것일 테다. 좋아하는 동사 중에 '공들이다'라는 말을 마음에 품고 산다. 일을 이루는 데 정성과 노력을 많이 들인다는 말, 어감도 뜻도 이유 없이 그냥 좋다. 따뜻한 감정이 싹튼다.

　차갑고 삭막하고 팍팍한 현실 속 사건 사고들은 여전히 어제, 오늘 그리고 내일조차 즐비하게 우리를 기다린다. 언제 터질지 모르는 활화산 같은 감정싸움들도 여전히 사람이 있는 커뮤니티 곳곳에서 펼쳐진다. 그래서일까. 그런 우리들의 오늘일지언정 각자의 '공들임'이 있다면 꽤 견딜 수 있다. 공들인다는 건 정성껏 열망하는 무언가를 향한 기다림으로 무장한 인고의 시간이다. 내가 요즘 공들이는 세 가지가 있다. 여전히 남아 있는 생이 많다고 생각돼도, 사실 오늘밖엔 없다는 절실함으로 살게 된 서른넷의 내가 요즘 부쩍 더 공들이는 세 가지는 단순하고 뚜렷하다. 바로 아이, 글, 마음 챙김이다.

아이

아이를 하원시키다 오늘은 눈물을 왈칵 쏟아냈다. 여전히 마음을 단디 먹지 못하는 초보 워킹맘이라는 핑계를 댄다. 혹은 꽤 쌀쌀해지는 오후 6시 15분, 늘 유모차를 끄는 그 길을 혼자 땀 뻘뻘 흘리며 걸어오다가 쳐다본 하늘 위로 그리운 비행기가 날아가고 있기 때문이라는 핑계를. 아니 이도 저도 아니라면 차라리 '저무는 하늘 속 누군가의 속눈썹 같은 초승달이 마치 내가 절대 가지지 못하는 엽서 같아서'라는 핑계를 대며 흘린 눈물의 원인을 생각해 보았다. 아이를 꽤 일찍 하원 시키러 달려갔다가 어린이집의 퇴근 대기 통합반 아이들이 모여 있는 곳을 몰래 지켜본 나는 왠지 서글퍼졌다. 아이들은 잘 놀고 있었다. 그러나 약간의 무방비 상태로, 그리고 제일 늦게 남아 둘이서 놀고 있었다. 갑자기 심장이 쿵쾅질 해 댔다. 아이들을 늦게 데리러 간 나를 자책했다. 워킹맘의 24시간이 긴장할 수밖에 없는 건 이런 일상의 경험들을 축적하며 체득한 감각 때문일지 모르겠다.

글

정성껏 공들이는 나만의 시간엔 늘 사랑에 빠져버린다. 아이들을 재우고 나면 그제야 엄마를 벗어 버리고 글을 쓰는 사람이 된다. 요즘은 하루 중 제일 기다리는 시간이 되었다. 그러나 오늘은 퇴근 후 하원길이 눈물바다였기에 글을 쓰는 시간이 꽤 고됐다. 감정은 여전히 가라앉지 않고, 차분함보다는 그저 들쭉날쭉한 감각이 여전히 살아있음을 느껴서 그런가 보다. 시간이 지나면 늙고 낡아지는 이야기지만, 그것들도 전부 '나의 이야기'다. 차곡차곡 이렇게 다시 써 내려가 보고 있다. 그럼에도 멈출 수 없는 건 '정성'을 쏟고 싶기 때문이다. 절실하게 그리우면 나의 '정성 들임'은 진해질 수밖에 없다.

글을 쓰다 보니, 새로운 세계가 열림을 맛보는 요즘이다. 말이 거창하나 나름의 글쓰기 덕분에 지난 시간들을 다시 돌이키며 퇴고를 하다 보니, 어느새 내게 또 다른 인연이 찾아 들어옴을 경험하게 되기도 한다. 두 번째 책 이야기를 곧 할 수 있게 될 것만 같은 설렘을 기다리며, 그리고 지금 원고를 교정하는 이 설렘이 현실임에 벅차 오름을 느끼며. 나는 오늘도 쓰기를 반복한다. 고맙고 소중한, 다시 새롭게 써 나갈 수 있는 내 삶의

'쉼' 같은 공들임. 그래서 나는 글쓰기를 멈출 수 없다. 그래서 여전히 공들이고 싶은 나만의 연인이다.

마음 챙김

긴 터널을 지나가는 듯한 우울증에 시달리던 때가 있었다. 그럼에도 살아야 했던 내가 선택했고, 나를 또 찾아와 준 기적 같은 책과 이론은 다름 아닌 '명상'이었다. 닥치는 대로 읽어 내렸고, 또 여러 형태로 실천을 해 보기도 했지만, 읽기와 쓰기만큼 내게 잘 맞는 일상 명상도 없는 듯하다. 명상의 이론에서 Mindfulness(마음 챙김)를 알게 된 건 차드 멍 탄의 책과 고엔카의 위빳사나 명상 덕분이었다고 감히 말해본다. 문제의 원인과 객관적인 제3의 시각에서 나와 내 삶을 바라보는 걸 연습하는 조용한 시간들을 가지려 공들인 명상의 시간들 덕분에, 지금의 쓰고 읽는 삶을 유지하는 내가 있을지도 모르겠다.

하나만 쳐다보면 잘 모르지만, 전체를 바라봤을 때 그 부재를 아는 느낌이랄까. 각자의 공들임, 그 정성 어린 시간들을 사랑한다. 사랑하는 사람의 공들임이 나의 것과 흡사할 땐 왠지 모르게 기쁘다. 같은 길을 함께 걸어가는 동지애가 느껴져서 일지 모르겠다. 나의 그가 육아라는 그 정성 어린 인고의 시간에 함께 공을 들여 주어 새삼 고마움을 느끼는 오늘이다. 반대로 나의 그는 여전히 뜨뜻미지근한 인정 아닌 배려를 해 줄 뿐, 그 어떤 뜨거운 응원도 해 주진 않고 있지만 바라지도 않는다. 다만 그럼에도 나의 글쓰기라는 간절한 뜨거운 정성 들임을 스스로는 포기하고 싶지 않다. 마음챙김은 글쓰기를 통해 자연스럽게 나를 되돌아보게 만드는 침묵의 시간이 주어질 때 자연스럽게 따라오는 이젠 하나의 단단한 나만의 근육이 되어 내 삶을 지탱해 주고 있다.

인내란 '좋은 일이 있을 때까지 참고 기다리는 것'이라는 마법의 주문을 여전히 마음에서 기억하고 있다. 그리고 공들임에 인고를 겪은 시간의 마법이 존재한다면 난 여전히 기다린다. 그 마법이 눈앞에 기적처럼 펼쳐지는 오늘이 분명 현실 세계에도 있을 거라고, 현실은 다큐가 아닌 때론 믿지 못할 문학작품이 될 수도 있다고 말이다. 그러니 좀 더 정성껏, 꾸준히, 아파도 견뎌내 보는 거다. 흐르다 보면 그 마법은 곧 현실이 될지도 모르니까.

오늘의 공들임은 치열한 다큐멘터리였어도 결국 아름다운 내 삶의 문학작품이 될 어느 날을 상상한다. 당신의 공들임도 부디 그러하기를 그리고 그 공들임과 정성의 대상이 항상 우리를 향하기를 바란다. 간절한 공들임 앞에 언제나 정면으로 바라보는 이들은 다름 아닌 '나'이며 '우리'일 테니까.

오직 두 사람만 아는 기억이 있다. 두 사람만 알고 있는 이야기의 무게 중심은 두 사람만이 평행하게 유지할 수 있다. 그런데 만약 한 사람이 기억을 잃고 한 사람만 그 기억을 생각해 낸다면, 기억하는 한 사람과 기억하지 못하는 한 사람의 마음은 어떨까. 문득 그런 생각이 깊어지는 밤이 되어 버렸다. 내가 두 사람 중 한 사람이 되어 버린 밤 때문이었다.

사실 기억에 대해서 깊이 생각해 본 적은 없다. 그러나 요즘 들어 잦은 건망증이 시간이 갈수록 진해지고 있는 덕분에 이상하게 불안감을 느낀다. 불안이 강해지면 공포로 변한다지만 아직 그 정도 수준은 아니다. 다만 요새 가끔 희미하게 소름이 끼칠 때가 있다. 단 몇 분 전에 말했던 한마디를 기억하지 못해서 다시 물어보는 일들이 발생할 때마다 옆에서 한소리씩 듣곤 한다.

"정신을 딴 데 쏟고 다니니까 그렇지."

처음엔 대수롭지 않게 넘겼다. 그러나 어제만 해도 시어머니께서 만들어 주신 집된장 통이 냉장고에 있다고 생각했던 나는 일주일이 지나서 없어진 걸 깨닫고 오밤중임에도 어머니께 전화를 걸었다. 혹시 하는 마음 때문이었다.

"어머니 혹시 이번에 올라오셨을 때 된장 만들어 주시지 않으셨어요?"

"응? 된장 필요하니? 나 가져간 적 없는데?"

"아… 네. 가져오신 줄 알았어요…. 오밤중에 죄송해요, 어머니."

"그래, 다음에 갈 때 가져가마."

옆에서 대화를 듣고 있던 친정엄마가 대뜸 버럭 하며 건넨 한마디가 이상하게 마음을 파고들었다.

"너 내가 치매 걸린 줄 알았지? 내가 미쳤다고 된장 들은 통도 구분 못해? 네가 잘못 기억한 거잖아. 너 정말 병원 좀 가봐. 애 엄마가 정신을 딴 데다 두고 다니니까 그렇지."

"미안… 미안해. 분명 있었는데… 된장 담긴 통, 진짜 여기서 봤었는데…."

아무 생각 없이 텀블러에 담긴 물을 먹다가 그만 입을 데일 뻔했다. 분명 차가운 물을 떠 왔다고 생각했는데 뜨거운 물이었다. 치약을 손에 들고 치약이 어디 있는지 한참 두리번거리다가 왼손에 들린 치약을 보고 괜히 쓴웃음을 지었다. 쌍둥이들의 등원 준비에 분주하게 도시락을 준비하고 청소기를 돌리려고 작은 방에 들어가던 중에 뭘 가지러 갔었는지 잠시 고민하다가 '아, 청소기' 하고 청소기를 꺼내 가지고 온 적도 있다. 가계부를 정리하려고 노트북 속 엑셀 파일을 연다는 것이, 나도 모르게 원고가 들어가 있는 워드 파일을 열고 어느새 글을 읽고 있다가 한참이 지나서 이상한 허전함을 느껴 그제야 가계부 생각에 다시 엑셀 파일을 연 적도 있다. 점심 약속이 있었지만 있다는 걸 인지하지 못한 채 톡으로 독촉 메시지가 오기 전까지 아무렇지 않게 일을 하고 있었다.

이런 날들의 연속은 요 몇 달간 꽤 자연스러운 일상이었다. 큰 불편함은 없었다. 다만 이런 건망증들 덕분에 몸이 좀 더 부지런해졌고, 생각은 의외로 단순해졌다는 것 정도랄까. 어떤 장면이 들어가 있었는지 알아내지 못할 때, 답답함은 순간이지만 뭐 괜찮다. 새로 채워 나가면 그만이다.

최근에 한 건강검진에서 큰 이상은 없었다. 뇌에도 심장에도 뚜렷할 만한 문제는 아직 보이지 않았다. 의사는 분명 그렇다고 했다. 물론 정밀 검사를 해 보지 않았기에 의학적으로 발견된 증상은 아직까지 없다고 믿고 있다. 그러나 사실 이상하게 병원에 가기가 싫어지기도 했다. 가서 무슨 소리라도 듣게 되면 정말 못 견딜 것 같았다. 가뜩이나 상상을 현실로 끌어 오는 걸 즐기곤 하는데 되도록 비극의 상상 따위는 하고 싶지 않았다. 겨우 삶이 재미있어지기 시작했기 때문이다. 아직 나의 지금 이 나쁜 기운의 상상은 반드시 소설에 그쳐야 한다. 그럴 것이고 그래야만 한다.

최근에 떨어진 단편소설 공모전의 여주인공을 단기 기억상실증으로 설정했었다. 그 캐릭터에 너무 몰두한 탓일 것이다. 여주와 나를 일심동체 시킨 탓에 심하게 몰입해서 그랬던 거라고 생각한다. 아직 너무나도 서툰 초보 작가인 나는 허구의 캐릭터와 현실의 나를 구분하지 못하고 잠시 헤맸었던 탓이라고 애써 위안을 삼았다. 입선이라도 했으면 덜 억울할 텐데 사실 좀 억울하다. 그래서 슬픔도 밀려왔다. 어제 된장 통 사건이 있고 나서는 더더욱 그랬다. 그러나 울진 않았다. 대수롭지 않게 넘겨 버렸다. 울면 정말 내가 그 여주인공이 될 것만 같아서 나는 끝까지 눈물샘의 한 끝이 터져 나오는 것을 애써 막고 있었다. 더군다나 친정 엄마 앞에서 울어 버릴 수는 없는 노릇이었다. 만약 울었다간 무슨 일이라도 있는 거 아니냐며 엄청난 걱정과 동시에 퍼부어대는 1절부터 4절까지의 잔소리를 감당해 낼 수도 없었기 때문이다. 대신 잠든 아이들을 보며 단숨에 마음을 가라앉혔다. 잠에 푹 빠신 아기들의 사랑스러운 얼굴은 언제나 내겐 특효약이자 만능 처방전이다.

일상의 사소한 기억들의 사라짐이 조금씩 쌓일수록 요즘은 불안을 자주 느끼곤 한다. 그렇지만 그 불안 덕에 동시에 무기도 단단해졌다. 메모하는 힘이 더 길러졌고 반대로 소소한 것들을 기억해 내기도 한다. 더불어 일상에서 잃어버려도 괜찮을 법한 작은 기억은 자주 잃어버리게 되었다. 반대로 잃고 싶지 않았던 소중한 시간들은 신기하게도 절대 잃어버리지 않는다. 그러니 고마운 다행이다.

너무 기억해서 때로 탈 일 뿐인 과거의 기억이 이상하게도 여전히 고스란히 마음에 살아 있다. 마음속에 영사기가 하나 있다. 지칠 때 꺼내어 볼 수 있는 기억은 그렇게 다시 현실에서 재생된다. 그 힘으로 살아가고 있는 것 같다. 요즘은 더 그렇다. 다이어리에 오늘의 문장들을 적어 내며 하루를 시작했다. 그러곤 노란색 포스트 잇 한 장을 떼 내어 1번부터 3번까지 번호를 적으며

'오늘의 to do list'를 간단한 단어들로 나만이 알아볼 수 있는 암호처럼 적어 노트북 위에 붙였다. 이렇게 작업을 해내고 나서야 비로소 하루 시작의 마음을 가볍게 할 수 있게 되어 버렸다.

2018년의 다이어리는 특별히 2개를 장만했다. 한 권은 생일 선물로 미리 받은 기념 삼아 필사와 상상 노트로, 한 권은 매일, 매주, 올해의 에피소드로 가득 채워질 일기장으로 삼으려 한다. 두 개의 다이어리와 함께 흘러내려갈 2018년이 기대되면서 사실은 붙잡고 싶어지는 마음이 강한 요즘이다. 올해, 일상 속에서 잦게 사라지는 사소한 기억들도 좀 붙잡고 살아야 될 것 같다. 그리고 그 사라지는 기억들 속에서도 내가 나를 지켜내는 유일한 방법은 그냥 쓰는 일, 그리고 최대한 기억해 내는 일, 문득 사라진 기억에 깜짝깜짝 놀라는 마음에 쉽게 흔들리지 않는 일 그리고 정말 기억하고 싶은 시간들은 마음에 담아 두어 힘들 때 꺼내어 보며 웃는 일 단지 그뿐일 테니까.

기억이 사라졌다고 생각하는 건, 아직 기억이 살아있다는 반증이다. 그러니 나는 아직 괜찮다. 해묵은 과거의 추억들은 사실 현재의 기억들 덕분에 존재하는 것일 테니, 현재의 기억들이 좀 더 기뻤으면 좋겠다. 꺼내보는 추억들이 아프지 않게….

35

훔쳐보고 싶었나 봐

외상으로 인한 수술을 하고 나면 칼자국이라는 게 생긴다. 메스를 뚫고 갈라진 살에선 선명한 피가 흐를지언정 치료를 위한 아픔은 시간이 지나면 아문다. 자국은 남아도 아무는 건 시간이 해결해 준다. 그러나 마음의 문제는 역시 다른 차원의 것인 듯싶다. 아니 분명하다. 분명히 다른 문제다. 아니 어쩌면 문제가 아닐 수 있지만 그것이 삶에서 '플러스'가 아닌 '마이너스'라면 분명 문제다.

우울증이라는 진단명을, 정식으로 의학적인 판단을 받진 않았지만 스스로 자기분열을 동반해 오는 우울증의 증상이었음을 나는 분명 느끼고 있었다. 거울을 보면 알 수 있었다. 그 시기를 겪어 내며 나는 마음의 감기인 그것을 받아들였다. 환청이 들렸고 숨도 가끔 쉬어지지 않았고 정신을 차릴 수가 없다가 어느새 울고 있는 나를 발견해서 가끔 소스라치게 놀랄 때도 있었다.

마치 내가 사는 이 세계가 정말 트루먼 쇼에 나오는 하나의 연극무대이고 나는 잠시 맡고 싶지 않은 역할극에 빠져 있다고 생각되는 시간들이었다. 그 시간은 어찌 어찌해서 꾸역꾸역 지나간 듯싶다. 절망적인 시간들만 있었던 건 아니다. 감사하게도 그 시간들 덕분에 사람이 어디까지 바닥을 치다가 다시 올라갈 수 있는지, 마음을 어떻게 객관화하고 조절해 내면 또 다른 나의 새로운 세상이 열리는지 미련 맞지만 스스로 희생(?)해서 회복탄력성이라는 것에 대해 연습을 해 낸 듯도 싶다. 잠시 지나간다고 믿었고, 다행히도 지나갔다. 그러나 반대로 지키는 건 시간이 한없이 걸려도, 고꾸라지는 건 의외로 쉽다는 걸 알게 되었다. 붙잡았던 끈을 놓았을 때, 그 한순간 이었다. 아무에게도 드러내지 않은 은밀하게 나만 아는 감정선을 부여잡고 사는 듯한 느낌이 들곤 했다. 아슬아슬하게 지상 1,000m에 올라가 외줄 타기를 하는 듯한 시간들이었고, 다행히 그 시간이 지나갔다고 생각했는데 그 아슬아슬함과 어딘지 모르게 희미하게 슬픈 기운이 요즘 들어 다시 부쩍 나를 가끔 찾아온다. 그럴 때 반대로 나와 비슷한 위치의 그러나 더 '좋아 보이는' 삶을 찾아서 이상하게 훔쳐보고 싶어진다. 그러면 나도 좋아질 것만 같아서, 약간의 용기 혹은 삐뚤어진 대리 만족 혹은 그렇게 보고 있다가 어느새 내 삶도 좀 괜찮아질 것도 같아서(관음증은 아닌데 뭐랄까 가끔 '궁금'해지는 순간이 정말 찾아온다).

바라봤는데 다행히도 보고 싶었던 것이 보이면, 이상하게 기분이 좋아진다. 덩달아 에너지를 얻는 기분이랄까. 일하다가 내키지 않은 순간이 다가와도 그냥 웃고 넘긴다. 아이들이 아프다고 어린이집에서 전화가 왔어도 바로 당장 달려가지 못해 양가 어머님들께 전화를 돌리면서 마음은 이미 초연해진다. 빌어먹을 성격 탓에 청소는 그림같이 해 내야 직성이 풀리는지라 집안일을 깔끔히 해 놓고 매일 아침 출근을 병행한다. 내일 죽을지도 모른다는 생각이 이상하게 선명해졌던 때, 글을 쓰기로 결심하고 다시 쓰는 삶을 이어가고 있는 요즘, 너무나도 감사한 책 작업을 다시 시작할 수 있게 되었는데, 반대로 쓰면서 온갖 감정과 감각의 예민한 날이 나를 찾아오는지라 필력과 동시에 이상하리만치 내가 내가 아닌 듯한 착각에 빠져들곤 한다. 그럴 땐 더욱 손가락 끝에 뇌와 감정이 달려있는 것 같은 느낌에 의존하며 쓴다. 마치 다른 사람의 시간인 것처럼 나는 내 삶을 훔쳐보고 있는 것 같다.

사실 나는 훔쳐보고 싶었는지도 모르겠다. 내가 나를 가장 사랑하며 또 가장 동시에 힘들어했을 때, 나는 줄기차게 '나'라는 사람의 시간을 훔쳐보듯 그렇게 여러 형태로 적어 내려갔던 것 같다. 내 사람들을 향한 편지로, 나를 향한 일기로 그렇게 시간들을 채워 나갔고, 그 덕에 내가 있었고, 반면에 알 수 없이 용기 있던 에너지를 다시 얻고 싶어서 나는 타임리프로 그 시간의 나를 다시 훔쳐내고 있었나 보다.

그때가 가장 사랑한 순간이었을지 모르겠다. 나와 내 주변의 모든 것들이 아팠지만 그래서 더 사랑하려고 했던 나였다. 사랑에 빠져서 헤어 나오지 못했던 그 시간들은 더더욱. 나는 '내 사람'들의 시간은 어떻게 흘러가는지가 매번 궁금했었고 지금도 가끔, 아니 종종 궁금해진다(무엇보다 대체 불가능한 귀한 글감들도 된다는 건 핑계가 아니라 진짜다. 소설의 반 이상은 그렇게 플롯과 캐릭터와 세계가 구축이 된다).

바보 같지만 그것이 사랑을 하는 사람에 대한 예의라고 생각했다. 사랑에 빠지면 그 사람의 일상이, 지금이, 어제가, 그리고 내일이 어떻게 흘러가는지, 그 일상에 나라는 존재가 살아있기는 한 건지, 그 모든 것들이 궁금해야 했다. 내가 바라보는 그와 그녀의 흘러가는 '지금 그 장면'에 내가 존재하는지가 항상 궁금했고 또 내가 거기 있었으면 좋겠다고 바랐다.

오늘 같은 대단한 한파에 손과 발이 더욱 춥다는 핑계로 우울한 감정이 올라오면서 문득 사람이 그립고, 예전에 스치고 지나갔던 수많은 에피소드의 인연들과 그들의 삶이 오늘은 잘 지내는지 훔쳐보고 싶어졌다. 그러나 훔쳐볼 수가 없다. 시간도 없고, 하물며 시간이 주어졌어도 그렇지 못하는 순간이 있기 마련이다. 이미 지나갔고 내 곁엔 남아있지 않으며, 어쩌면 훔쳐보고 싶어도 감히 볼 수 없는 곳에 자리하기도 한다. 그걸 바로 '추억'이라고 하는지도 모르겠다. 그래서 훔쳐보고 싶을 때 그와 비슷한 추억을 마음에서 잠시 꺼내어 본다. 삶에 '마이너스'보다 '플러스'가 되어 주는 추억이 많으면 참 좋겠지만 사실은 만만치가 않은 게 또 삶인지라 때로 그 마이너스 덕분에 겨울이 좀 추워질 때도 있다. 가뜩이나 추웠던 겨울의 추억은 이렇게 엄청 추운 날이면 또 나를 찾아온다. 빌어먹을 그것은 잠들어 있다가 다시 마음속에서 스멀스멀 기어오른다.

"네가 아직 고생을 덜 해 봤구나. 좀 더 굴러봐야 정신 차리지. 그래야 쓸데없는 생각 안 하지. 어서 들어가."

맞는 말이다. 쓸 데가 없다. 이런 감정들의 오묘한 조합으로 인한 우울감은 정말 쓸 데가 없다는 걸 모르지 않는다. 감정에는 결론은 없고 정답이 있을 리도 만무하다. 나의 가족이 이 시간 문득 내가 시시콜콜하게 내비쳤던 우울감 섞인 문장을 보고 해준 이 말이, 내게 해주는 이 웃음기 섞인 농담이 오히려 "힘내"라는 의미 없는 말보다 훨씬 더 와 닿는다. 뭔가 좀 이상하고 일도 잡히지 않고 지루해져 버리려고 마음먹다가도 여전히 소란스러운 마음 탓에 이상하게 지루해지지도 않는다.

누군가 나를 어둠의 빛처럼 바라봐 준다는 건 참 근사한 일이다. 물론 바라봐 준다는 것이 따뜻하지도 않은 게 냉혹한 현실의 단편이 될 수 있을지언정 말이다. 오늘부터 단 이틀, 잠시 네 식구가 각자 뿔뿔이 흩어져서 지낼 수밖에 없게 되었다. 상상 속에나 바랐었던 내게 주어진 이 자유(?)로운 시간이 이상하게 자유롭지 않다. 나를 붙잡고 있는 이 정체 모를 우울한 마음에서 자유롭지 않아서일까. 사실 뭘 할지 모르겠다. 아무것도 하지 않아도 좋지만 사실 뭔가를 하길 바란다는 걸 안다. 읽든 쓰든 만나든 말하든. 뭔가를 해야 직성이 풀릴 나라는 걸 안다. 그러다 보니 더 생각했나 보다. 나와 같은 이들은 무엇을 하며 시간을 보내고 삶을 흘러가고 있는지를 헛되게도 상상해 보다가, 투명망토를 걸쳐서 옆에 다가가 훔쳐보지 못할 바에야 차라리 생각을 하지 말자고 결심해 버렸다.

"Be free."

지인이 건넨 이 말에 문득 정신이 번쩍 차려졌다. 그러곤 읽다 만 책에 대한 미안한 예의를 차리려 하다가 그것마저도 하지 않기로 결심했다. 왠지 책을 읽고 또 사색에 잠기다 생각의 문에 갇혀서 자유롭지 못한 내가 될 것만 같아서.

빈틈없이 살아왔던 내가 빈틈이 생기길 바라는 걸까. '빈틈 좀 있었으면 좋겠어'라고 사실 말하고 싶었는지도 모르겠다. 남들은 그 빈틈을 얼마나 메우고 싶거나 혹은 빈틈을 만들어 내며 살아가는 걸까. 부재중 통화의 그 혹은 그녀는 도대체 어떤 시간을 어떻게 흘러가고 있기에 전화를 받지 못했던 걸까 아니 받지 않았던 걸까? 내게 걸려오는 전화를 일부러 컬러링 음악을 들을 여유를 가지시라고 받지 않고 울리는 전화벨을 바라보고 있는 내 진심이 무안해질 정도로 바로 끊어져 버린 전화를 보고 나는 왜 전화를 걸지 않았을까? 단지 연결이 아니라 훔쳐만 보고 싶은 지독한 악취미의 소유자인 걸까, 나는 그런 걸까?

스스로 생겨지는 의문과 호기심, 상상이 좀 더 자극되는 겨울 밤 난 내게 중얼거려 보았다.

"이제는 기억도 희미해진 시간들을 다시 꺼내서, 그 시간과 닮은 사람을 찾게 되어 잘 지내는지 훔쳐보고 싶었던 걸까?"

그렇다고 해도 나쁘지 않았으면 한다. 누군가를 지켜보는 것도, 지켜봐 주는 것도 그게 따뜻하고 좋았으면 좋겠다.

36

상상이 현실이 되던 날

재개봉하기를 바랐던 영화를 드디어 봤다. '라라랜드'였다. "충분히 볼 수도 있지 않아?"라고 누군가 말했었지만, 내겐 그 '충분'의 여유가 없었다. 갓 태어난 아이를 두고 발걸음을 떨어뜨릴 수 없는 착한 엄마 신드롬에 한동안 빠졌던 나였으니 인정한다. 여전히 그 캐릭터가 나를 붙잡는 순간이 있다(이건 본능이겠지).

"다녀와. 내가 아이들 보고 있을게."

난 그럴 수 없었다. 이제 우리 사이엔 언제나 '들'이 존재하니. 1이라는 단수가 아닌 2라는 복수의 '들' 말이다. 슬픈 기분이 드는 건 그 때문이었을까. 어리석은 변명에 불과한 그 말은 여전히 가슴에서 지워낼 수 없었다. 그 '들' 때문이라는 변명은 도대체 언제 떨쳐낼 수 있을지 모르겠다만, 혼자서는 쉽게 감내할 수 없는 시간이 분명 존재한다는 걸 모르지 않았다. 가령 혼자서 2인의 연속되는 똥 기저귀를 갈아치우며 동시에 우는 아이를 앞뒤로 들쳐 메고 흔들어 재워야 겨우 1시간 잘까 말까 한 시간들 말이다. 그러니 보고 싶었던 영화를 놓치는 건 너무나 당연했고 기억에서 지워졌다. 자연스러운 일이었다. 그러고는 '나중에 꼭 봐야지' 하고 몰래 일기장에 적었다. 당시 내겐 버킷리스트나 마찬가지였다. 내가 아닌 삶으로 다시 태어나서 살아가지만 마치 죽어가는 듯한 삭막한 시간에서 유일한 일은 상상하는 일뿐이었다. 그리고 남몰래 적었다. 하나둘… 그렇게 차곡차곡. 누구에겐 아주 당연하고 자연스러운 것들이, 누구에겐 부정되는 것일 수 있다. 내가 스스로에게 내린 부정이었음을 안다. 나는 '엄마의 도리'라는 단어 속에서 벗어나지 못했다. 다만 할 수 있는 건 오직, 언젠가 기회가 온다면 하고 싶은 것들을 적어 내리며 그 장면을 상상하는 것, 단지 그뿐이었다.

"이 장면은 언젠가 현실로 그려 낼 거야. 꼭… 그땐 이 옷을 입어야겠다."

정확히 1년 후, 나는 상상을 현실로 이루어냈다. 1년 전 다시는 내게 어울리지 않을 것 같은 청바지와 백팩을 메고 다시 재개봉한 '라라랜드'를 보게 될 줄이야. 언제나 삶은 예측하지 못해서 아슬아슬하고 위험하다. 그래서 마음먹기에 따라서, 움직이기에 따라서 두근거리고 설렐 수도 있는 걸까?

　라라랜드의 이야기는 워낙 유명세를 타고 있었으니 대충 알고 있었다. 몇 번의 검색질과 몇 개의 이미지들은 이미 머리와 가슴에 들어 있었다. 다만 일부러 너무 알려고 하지 않았다. 너무 많이 알아버리면 막상 실체를 봤을 때 실망이라는 감정이 더 해질까 봐 기대하고 바랐고 그래서 설레고 두근거렸다. 새로운 것과 하지 않은 것에 대한 막연한 동경이 때로는 나를 살아내게 만들어 주는 유일한 것들임을 잘 알고 있었던 걸지 모르겠다. 알고 싶지만 일부러 알려 하지 않는 건 항상 그 때문이다. 엔딩 크레디트를 보며 '대충 알기'를 잘했다는 생각이 들었다. 옆에선 훌쩍이기도 했지만, 이상하게 나는 눈물이 나지 않았다. 이런 류의 이야기가 좀 익숙해서였을까. 아니면 '보라색감이 참 예뻐서, 대사를 주고받는 캐릭터들을 보며 '꿈'을 다시 생각해 볼 수 있어서' 이런 몇 가지의 이유들 때문이었을까. 영화를 다 보고 나서 지하철 한 정거장을 그냥 걷기로 했다. 걷고 싶었다. 집으로 가는 버스 정류장이 조금 떨어진 곳이기도 했던 터라 지하철을 타고 버스를 갈아타면 정류장에 다다르는 건 금방이겠지만, 그냥 이상하게 걷고 싶었던 건 그 때문일지도 모른다.

한파였고 칼바람이 부는 8시의 밤길이었다. 귀에는 음악이 흘렀고, 등엔 메고 싶었던 백팩을 메고 있었고, 좋아하는 그녀가 선물해 준 목도리가 내 목을 따뜻하게 해 주었고, 무엇보다 타임특가로 2,900원이라는 가격이 무색할 만큼 역할을 충실하게 다 해 준 빨간 장갑이 나와 함께였다. 그러니 나는 혼자 걷는 밤이 아쉽지 않았다.

아니, 거짓말이다. 사실 아쉬웠다, 참 많이도. 그래서 내내 휴대폰을 쳐다봤었다. 전화를 걸어도 받지 못하는, 인도에서 한국으로 돌아오는 귀국행 비행기 안에 있을 그는 오늘의 통화자로서는 일단 아웃이다. 대신 오늘 나의 '라라랜드'와의 시간을 예찬해 준 한 사람에게 전화를 무작정 걸다가 나도 모르게 바로 끊어버렸다. 부재중 통화가 남은 것을 뒤늦게 알아도 전화를 하지 않을 것이라는 나만의 막무가내 예측과 더불어, 설령 전화를 한다 해도 내 휴대폰 속 컬러링 음악을 들려주고 싶었다. 예찬해 준 것에 대한 보답으로 내가 줄 수 있는 유일한 건 음악을 들려주는 것이다. 나만 알 법한 어이없는 '이유'라는 장치를 만들어 내곤 나는 금세 전화를 끊고 다시 길을 걸었다. 전화를 할 수 있는 세계에 살아 있다는 것만 해도 참 감사하고 다행이다. 살아 있으면 결국 괜찮다. 그렇게 걸으며 내내 중얼거렸다. 라라랜드 탓을 돌린다. 그 대사는 어느새 마음에 카피되었다.

"(잘 컸네. 혼자서 영화도 볼 줄 알고…) 꿈을 꾸는 그대를 위하여, 상처 입은 가슴을 위하여…"

여주인공인 미아와 남자 주인공인 세바스찬은 말했다. "흘러가 보자"라고. 달랐던 두 삶이 우연히 만났고, 사랑했지만 결국 다른 방향으로 흐른다. 영화의 마지막을 달려가는 장면엔 평행선처럼 헤어져서 다시 마주할 것 같지 않던 삶을 산 5년 후의 두 사람이 결국 미치광이의 꿈을 이루어 내어 둘이 꿈꿨었던 한 장소에서 만난다. 그렇게 다른 남자의 아내가 되어 버린 미아와 그녀의 꿈을 유일하게 지지해 준 남자였던 세바스찬은 다시 만났다. 경쾌하고 오색 알록달록한 색깔의 경쾌함이 주는 재미가 있다고는 하나 나는 반대로 영화가 내게 건네는 무언의 메시지 탓에 이상하게 내내 마음이 저려 왔다. 만나야 할 사람이 결국에 만났는데 남은 시간을 함께할 수 없는 채 그렇게 흘러가 보고 있는 두 사람이 좀 아프게 느껴졌다.

사람은 누구나 역할극을 한다. 지금 사는 이 세계는 거대한 무대에 불과할 수 있다. 죽음이라는 엔딩 크레디트를 향해 달려가는 거대한 무대 말이다. 그리고 시간에 따라 주어지는 삶의 시기에 따라 역은 바뀌고 주어진 배역에 사람들은 충실하려 노력한다. 그 충실함을 위해 때때로 자기검열을 하며 자신의 욕망과 마음을 억지로 추슬러낸다. 스스로 만들어 낸 역을 참 멋지게 해내고 싶다 보니 의도하지 않은 역할에 마주하게 되면 잠시 머뭇거리다가 깨지고 부딪히고 결국 무대에서 아웃되고 말 것 같은 아슬아슬한 경험들을 해내기도 한다. 20대 후반과 30대 들어섬에 결혼과 출산이라는 이벤트가 내 무대의 결말이 아닐 텐데 나는 마치 결말인 것 마냥 살아온 탓에 역할의 아픔과 후유증이 꽤 오래 마음에 남았다.

스스로 잔인해져 갔고, 스스로 생채기를 냈고, 스스로 하고 싶은 말과 행동을 억지로 숨기며 살았다. 겉보기엔 거침없었을지 모르겠지만 나는 그와 그를 둘러싼 환경을 대함에 모든 걸 검열해 나가며 그렇게 아슬아슬한 시간을 혼자 견뎌냈다. 그러다 보니 가끔은 남의 연극 혹은 영화를 감상하는 기분에 사로잡힌다. 내 삶이라는 1인극의 단 한 사람이라기보다는, 그저 여러 사람들 속에 보이지 않는 관객의 느낌에 잠깐씩 사로잡힌다. 그렇지만 다시 되돌아온다. 사실 그 관객이 무대 위에 올라가 단 한 사람이 되어 우뚝 서게 된다.

미아와 세바스찬은 알고 있었으나 동시에 외면하고 싶었는지도 모르겠다. 가장 사랑하는 마음과 동시에 가장 비겁했고 두려웠던 마음이 있었을 테니. 함께하면 더 이상 미치광이 같아서 도저히 이룰 수 없는 꿈은 그대로 이룰 수 없을 것 같다는 설정 장치로 마음에 녹아들었을 테고. 그렇게 또 다른 역할극을 해나가며 흘러가 보다가 둘은 결국 꿈을 이뤄냈다. 그런데 그 이룬 꿈이 그렇게 썩 반갑지만은 않은 것은 역시 평행선처럼 서로 각자 다시 흘러가 보게 된, 고작 상상 속에서나 그 둘은 함께였기 때문이다.

그래도 괜찮다. 상상이라도 그렇게 연결되어 있다면 그 둘의 흘러감이 그렇게 많이 불행하지도 않을 것이다. 한 정거장을 걸어가는 내내 나는 몇 사람을 생각해냈다. 결혼을 상상했지만 결국 해내지 못했던 한 사람과 비행기에서 내려서 당장 나와 우리 집에 달려올 것을 아는 보고 싶은 나의 한 사람, 더불어 나의 라라랜드와 유일하게 나의 글쓰기를 조용히 예찬해 주고 있을 것만 같은 그와 그녀를 생각하며 걸었다. 마음에서 이미 알고 있던 그 대사를 믿고 나는 오늘도 그냥 흘러가 본다.

혼자가 된 지 3일째인 오늘 아침 7시에 이 글을 쓰고 있다 보니 어느새 8시가 훌쩍 지나갔다. 그 시간을 알게 해 준 건 다름 아닌 예상치 못하게 받아버린 '캐모마일' 티 한잔이다. 여러 역할극을 꽤 잘 이루어 내고 있는, 아니 사실 단 하나의 정말 원하는 역할극을 이제 겨우 찾아서 조금씩 느리지만 해 나가고 있는 나의 오늘 이 흐름이 아쉽지 않고 기대가 되는 건 그 때문일 터다.

37

좋아하는 노래가 뭐예요?

휴대폰의 배터리가 깜빡거리는 것이 어째 불안했다. 기어코 빨간색 불이 깜빡이다가 배터리가 나가버렸다. 듣고 있던 블루투스 이어폰으로 흘러나오는 음악도 정지된 채 이어폰이 내게 말을 걸었다.

"연결이 끊어졌습니다. 배터리가 부족합니다."

탄식이 나왔다. 이제 단 몇 초면 좋아하는 음악의 트랙이 바뀌는 순간이었고, 이상하게 억지로 그 음악을 듣기 위해 계속 다른 트랙의 음악들을 마치 대기 순서인 마냥 기다리고 또 기다렸다. 이제 얼마 남지 않았는데 배터리가 다 돼서 들을 수 없게 되어 버린 순간 탁 하고 내려앉는 느낌은 기어코 나를 사로잡았다.

언제나 그렇다. 단 몇 분 아니 단 몇 초 만에도 상황은 변할 수 있다. 살아있는 이 세계가 새삼스러운 이유 중 하나는 바로 이런 것들 때문인지도 모르겠다. 갑자기 쓰러져서 숨이 멎을 수도 있다. 지하철 안에서 버스 안에서 도서관에서 사무실에서 온라인 세상 속에서, 타인과 타인의 접촉으로 인연이 만들어질 수도 혹은 악연이 만들어질 수도 있다. 아무 일 없이 흘러가는 것 같으면서도 뜻밖의 사건을 겪게 되면 그걸 인지하는 그 시간의 전과 후로 시간은 다시 갈린다. 시간이라는 게 그렇다. 모든 사람에게 주어지는 공평함이라 해도 그것은 순식간에 바뀌기도 한다. 파괴되었다가 다시 재생되기도 하고, 흘러가다가 또 멈추기도 한다. 그래, 시간은 때론 누군가에게 거꾸로 흘러가기도 할 수 있겠다. 흘러가고 있지만 사실 흐름을 감지할 수 없을 만큼의 미동과 감각이 사라지는 순간, 그 사람의 시간은 계속 재생되지 못한 채 어느 트랙에서 멈추어져 있다. 마치 이어폰에 흘러나오는 음악이 갑자기 배터리의 소진으로 인해 잠시 멈추면서 꺼지는 것처럼.

배터리를 충전시키면서 휴대폰을 다시 켰다. Off를 해 놓지 않았던 터라 블루투스 이어폰은 다시 내게 말을 걸었다.

"연결을 다시 시도합니다."

음악이 다시 흘러나왔다. 듣고 싶었던 음악은 1분의 기다림

끝에 다시 귀에 흘러 들어왔다. 나는 안도의 한숨을 내쉬었다. 그리고 휴대폰을 쳐다보며 나도 모르게 늘 하는 버릇을 어느새 재생시켜내고 있었다. 노트북의 키보드 위에 잠시 정지된 채 올라가 있는 두 손에서 왼쪽 손을 잠시 떼 꽤 길어진 어깨 위에 닿은 갈색 머리카락을 비비 꼬았다. 그러곤 이어폰에 손을 갖다 대고 중얼거리면서 잠시 매만졌다. 이어폰에서 흘러나오는 음악과 키보드 위에 올려진 손가락이 치는 타자 소리 그 둘은 이미 내 세계관에서 사랑에 빠졌다.

"그래야지… 다시 들으면 되지."

요즘 나를 기쁘게 만들어 주는 것 중 커다란 한 가지가 바로 '음악'이다. 엉뚱하게도 그 기쁨의 이유가 사람이 아닌 게 가끔은 얼마나 다행인지 모른다. 아니 사실 좀 부럽기도 하다. 보이지 않는 무언의 것들이 간혹 부러워질 때가 있다. 이어폰과 같은 기계들은 시간이 지나면 고장이 나겠지만 다시 부품을 새로 갈고 고치면 그만일 테다. 그러나 사람은 시간이 흐를수록, 나이를 먹을수록 신체의 여러 곳들이 고장 나기 시작하고 결국 부품을 갈아 끼우더라도 생채기는 남는다.

세계를 살아가다가 뜻밖의 사건들을 만나면서 마음이 파괴되면 고칠 부품을 찾는 것도 쉽지 않은 게 사람이다. 그러다 어쩌다 만난 행운처럼 갈아 끼울 부품을 찾아서 또 끼워 넣어도 자국이라는 게 생긴다. 신체도 마음도 어쩌면 재생시켜 버리지 못하는 상황이 더 순식간에 자주 혹은 불시에 찾아오는 건 기계가 아닌 바로 사람일지 모른다. 그래서 세상에서 가장 나약한 존재는 다름 아닌 여전히 살아서 세계를 인내하고 견뎌내며 우주의 모래알만도 못한 존재였다가도 우주보다 더 커다란 존재일 수 있는 것이 사람이라고….

다시 이어폰 사이로 흘러나오는 노래를 들으며 문득 내게 처음으로 이어폰을 선물해 준 사람이 생각이 났다. 글을 쓸 때 항상 음악을 들었던 나로서는 이어폰과 음악 없이 살 수 없는 때가 있었다. 잘 때도 이어폰을 끼고 잘 지경이었으니까. 아침에 일어나면 어느새 재생 트랙이 멈춰있는 이어폰을 발견하는 건 늘 있는 일이었다. 내게 음악이란 그 정도였다. 그리고 이어폰이란 내게 그런 존재였다.

싸구려 이어폰을 끼고 있어도 음악만 잘 나오면 좋았던 나에게 처음으로 이어폰에도 브랜드가 있다는 걸 알려준 사람이 있다. 그는 어른이었다. 나와는 섞이지 못할 것 같은 어른. 누구에게나 친절하고 인기도 많았을 법한 그에게 받은 검은색 뱅 앤 올룹슨은 사실 내가 주인이 아닌 것만 같았다. 그래서였을까. 당시에 선물을 받고도 선뜻 쓰지 못한 채 서랍 속에 포장박스도 뜯어보지 않고 그대로 모셔 두었었다. 돈도 써본 사람이 잘 쓰고 여행도 많이 다녀본 사람이 잘 다닌다고, 당시 내겐 매일 장거리 출퇴근길에 동고동락한 만 원도 되지 않는 이어폰이 더 익숙했다. 그 선물의 주인은 내가 아닌 것 같았다. 마치 내가 아니어야 될 것 같은 선물이었다. 다만 덕분에 사람에게 다가가는 데에 대한 예의와 정성 그리고 상대를 꿰뚫어 보는 무언의 능력이 얼마나 우리가 사는 세계에서 타인을 대하는 데 기적 같은 일이며 대단하게 작용할 수 있는 것인지를 알게 되었다.

고가의 것을 받고도 그냥 지나칠 수 없어서, 이상하게 마음이 불편하면서도 싫지 않았던 나는 작은 보답을 했다. 작은 손 편지와 CD였다. 서로가 예의상 건넨 선물에 지나지 않았을지 모르겠다. 마치 누가 차 한잔 사주면 나도 한잔 사주는 딱 그 정도의 예의처럼. 다만 일을 하다가 책을 읽다가 혹은 혼자 있을 때 그의 귀에 내가 듣는 음악이 단 한 번이라도 흘러나가 준다면 왠지 기쁠 것 같았다. 그땐 그랬다. 그리고 내가 놓쳤던 실수

하나는, 그가 어떤 음악을 정말 즐겨 듣고 좋아하는지 물어보려 하지 않았던 것, 그것뿐이었다.

"좋아하는 노래가 뭐예요?"

그리운 친구를 최근에 만났다. 워낙 바쁘다 보니 애써야 만나게 되는 탓에 만났을 때 으레껏 무언가를 쥐어 주게 되었다. 그날도 크리스마스 선물을 건넸다. 곰돌이 모양의 작은 블루투스 스피커였다. 그러곤 요즘 어떤 노래 듣냐고 물어봤다. 어느새 먼저 물어보는 내가 되고 말았다. 연결이란 순식간에 찾아오기 마련이기에 누군가 먼저 물어봐 주지 않는다면 이제는 내 쪽에서 먼저 목소리를 건네는 편이 되고 말았다. 그때 미처 건네지 못했던 한마디이다. 내내 마음에 아쉬움으로 남았던 그 한마디를 이제는 주저하지 않고 건네보고 있다.

궁금한 마음보다는 그저 나의 좋아하는 목록만을 마구잡이로 들려주고 싶었던 바보였다. 남 생각하기 전에 내 생각 먼저 하고 사람을 대하는 예의와 정성이 부족했다는 걸 뒤늦게 깨닫고는 후회했다. 그래서 더 늦기 전에 한없이 기다리기만 해선 안 된다는 것을 이젠 알게 되었다. 물을 수 있을 때 안녕이라는 안부를 건네고 싶다는 마음도 함께. 요즘은 그래서 자주 묻곤 한다. 가족에게도, 친구에게도, 아이들에게도 그리고 사랑하는 그에게도. 별것 아닌 사소한 것들이어도 안부를 묻는 이유는 그 때문이다.

어느새 재생 목록이 끝나간다. 다음엔 어떤 음악을 들을까 고민하다가 몇 년 전에 들있던 음악을 선택했다. 'Always Be Mine'

여전한 감동이 귀에 흘러 넘치기 시작한다. 일부러 음악을 듣지 않는다고 했던 그가 지금은 음악을 듣는 삶을 살아주기를 감히 바란다. 그리고 언젠가 음악을 듣는다면 그 순간 부디 기쁘기를, 덜 아프고 덜 불행하기를. 내가 지금 할 수 있는 유일한 응원은 그것뿐이다.

38

상식에 대한 집착

새벽에 잠이 오지 않아서 SNS를 훑어보고 있던 중 어느 시인의 글 한 편을 읽었다. 먼 타국에 있는 것 같은, 실재하는 그의 장소가 어딘지는 모르고 다만 유추할 뿐인 채 글을 읽다가 어느새 빠져 들었다. 이유를 생각해 보니 거침없이 발설해 내는 그의 자유로운 문장, 세상에 정해놓은 소위 '잘 사는 삶'에 대한 일침 때문이었다. 이미 그는 상식과는 전혀 다른 문맥을 걸어가는 삶을 택했고 그것에 대한 동경과 마음의 동요 때문이었을지 모르겠다. 순간 '좋아요'를 눌러 버리고 댓글을 달고 싶었다.

남이라는 타인으로부터 의심을, 걱정을, 미움을 받지 않고 따돌림을 당하지 않기 위해 애쓰는 내가 있었다. 소위 '미움 받을 용기'라는 타이틀이 그토록 많은 열광과 환호를 받은 이유도 어쩌면 나와 같은 사람들이 많아서였는지 모를 일이다. 어떤 것을 믿어야 하고 어떤 식으로 행동해야 한다는 관념들, 세상 속에서 너무 다치지 않게 살아 내려면 그 정도의 관념은 존재하고 또 그것을 지켜내야 하는 게 삶일지 모른다. 상식이라는 거대한 틀이 때론 지친다. 피곤하다. 남들의 세상에 남들의 경험이 만들어 놓은 판단에서 생각한다는 게 요즘은 이상하게 불편해진다. 물론 내 것이 아닌 남의 것의 상식들, 그 안에서 적절히 섞여야 한다. 그래야 덜 다칠 수 있다는 걸 알면서도 불편한 건 어쩔 수 없어진다.

"보통 그러니까 그래야 되잖아."

"그 보통이 누구에게 보통이죠? 그래야만 된다는 건 또 누구의 기준인가요?"

보통을 불편해하는 이 목소리는 다수에게는 개소리나 헛소리에 프로 반항러, 프로 불편러로 낙인찍히기 쉽다. 웃으며 말하는 얼굴에 침은 뱉지 않았지만, 아마 나와 말을 섞어본 이들 중 누군가는 내가 '보통'은 아닌 자기만의 세상에 빠진 사람처럼 느낄지도 모른다. 세상이 아무리 보편에서 벗어나고 다양성을 존중한다 한들 여전히 다수가 지배하는 세상이다. 그 다수들이 살아가는 사회적 관습에 반항하는 '나'와 같은 캐릭터는 이상하게 설정 값이 잘못된 소위 아싸(아웃사이더)의 시선을 받기도 쉽다. 다수가 당연한 그만한 근거를 가지고 있음에 틀림없다고 치부해버리는 통에, 아싸들은 각자들이 가진 개인의 소중한 내적 인식에 부딪힌다.

스스로 물음표를 품으려 하는 자들의 의지는 개인의 강한 의지가 여전히 살아 숨 쉬지 않으면 곧잘 꺾인다. 수동태다. 꺾이게 된다. 돈과 권력이라는 영향력으로 꺾일 수 있다. 그 두 가지는 그 자체로 상식과 관념을 세우는 데 필요한 미덕일지도 모를지언정, 인문과 철학을 일상에 피력하는 누군가에게는 필요충분조건이 아닌 듯도 싶다. 최소한 시를 쓰고 여전히 이곳저곳을 부유하며 자신의 삶의 가치관에 대해 써 내려가는 그의 행보에, 수천 명이 '라이킷'을 눌러주는 것을 보면 말이다.

사회와 동떨어져 살아가는 듯 보이는 그의 시 속에서 삶의 또 다른 면들을 보게 된다. 그는 세상의 상식들 속에 케케묵은 다른 어두운 면들을 조용히 비판하며 자신의 가치와 삶의 철학을 주장해 낸다. 그 문맥들에 나는 열광했고 이 같은 우리는 호응했다. 다만 아주 조용히, 여전히 현실이라는 수면 위로 올라오진 못한다.

그의 시와 삶의 단편들을 적어 놓은 문장들을 읽다 보면, 인생에 대해 이렇다 저렇다 거리낌 없이 발설하는 사람들이 가진 윤리적 관념이란 대개 당연한 것으로 여겨지는 상식의 되풀이에서 완전히 벗어난다. 발설하는 사람들은 스스로를 파괴시킨다. 그 파괴는 사회와 상식에 대한 파괴다. 껍데기를 벗어내고 새로운 살갗에 찬바람을 쏘이는 아픔을 감내한 채, 벗어내고 또 벗겨내 간다. 발설하는 사람들의 목소리는 사회에서는 개가 풀 뜯어먹는 소리, 풀이 개를 뜯어먹는 헛소리로 받아들일지 모르겠다.

최소한 상식에 대한 집착에선 벗어난 삶을 살고 있을 것임은 분명할지도 모른다. 자신만의 세상에서 스스로만의 예술을 조화시켜 나가며 그렇게 유니크하게 그로테스크한 시간에 에너지를 쏟는 이들은 소위 일반적이지는 않은 게 현실이다. 사실 요즘 나는 이 일반적인 것에 이상하게 거부감이 들고 반항을 하기 시작했다. 어쩌면 글을 다시 쓰고 세상을 좀 더 입체적인 시선으로 관찰해 나가며, 나와 너의 이야기에 좀 더 귀 기울이고 싶은 이유는 나 또한 상식이라는 틀 안에서 사람들을 바라보고 싶지 않아서다.

스스로 정해 놓은 '그래야만 하는' 일상 바깥의 영역 안엔 나를 내맡기고 싶을 때가 여전히 살아 숨 쉰다. '꿈'이라는 단어로 포장해 놓진 않았지만, 사실 이루지 못할 '꿈'과 같은 느낌일지도 모른다. 때론 매일 벌어지는 일상 속 타협과 줄다리기가 요구되는 삶의 평정심은 때때로 그 고귀해 빠진 평정심 따위 개나 줘 버리고, 마음에만 맡긴 채 시간을 흘려보내고 싶다는 욕망에 가끔 사로잡힌다. 다행히도 그 마음을 글로 발설해 낼 수 있는 요즘에 감사하면서 내가 그동안 얼마나 상식적인 삶을 살아오며 내면은 외로웠는지를 느낄 수 있다. 글을 쓰다 보면 두서없는 단락들 속에 비친 나만이 알 수 있는 진심을 알게 될 때가 있다. 비상식적이어도 내게는 상식인 것들 말이다.

오늘도 잠깐, 상식 속의 삶을 부유하며 상상 외의 장면을 꿈꿨다. 근사한 장면은 결국 펼쳐질 거라고. 비상식적인 상상조차 어느새 상식이 되어 세상을 작고 크게 변화시킬 거라는 믿음과 함께.

얼마 전의 대화였다.

"가고 싶은 데 있어?"

"생각 속의 집. 거기 가보고 싶어졌어. 그러니까 가게 된다는 거지. 이미 한 번 다녀온 거 같아. 상상했거든."

"가면 되지. 여전해 하여튼."

"여전한가? 하여튼, 가면 되지. 그래, 가야지. 언젠가는…."

하루, 그 하루의 기적이 있을까 싶었다. 뭐에 홀린 듯 나는 마음에서 연출된 상상 속 장면을 그려보았다. 12월의 마지막 주, 약 10일가량의 남은 연차를 소진하기 위해 사용한 장시간의 휴일에 대해 동료들과 서로 이야기하고 있었다. 그리고 내게 돌아가며 비슷한 질문이 주어졌을 때, 갈 계획 없고 아직 가지 못하지만 어느새 생각 속의 집에 있는 나를 입으로 내뱉어 버렸다가 아차 싶었다. 다행히도 상대가 나를 잘 파악하고 있었던 듯

피식 하고 웃어 주었다. 다행이었다.

마음이 그렇게 입으로 종종 잘 새어 나오게 된다. 요즘은 그래서 좀 위험하다 싶다. 귀가 아닌 입은 여전히 이야기를 토로해 내려 하니, 더욱 새어 나오는 마음을 그렇게 발설해 내선 곤란한 게 현실이다. 마음의 감정들이 쉽게 기복이를 타게 되는 요즘 내게는 더더욱 그 감정들을 모조리 현실로 내뱉는다면 아마 미쳐버릴지도 모를 일이다.

도망치고 싶었다. 여전히 그 생각은 한 번도 멈춘 적이 없었다. 사람이라면 누구나 살다 보면 피하고 싶고 도망치고 싶은 순간이 있는 것처럼 나도 그랬다. 그렇게 살아왔다. 그러나 그건 비단 나뿐은 아닐 테다.

엄마도 연년생인 나와 남동생의 천 기저귀를 추운 겨울 온기가 다 빠져서 식은 물에 손을 담가가면서도 그랬을 터다. 지게차 운전을 하다가 큰 사고를 내 목돈이 나가버리는 바람에 괜한 돈 걱정으로 잠 못 이뤘던 아빠도 그랬을 거다. 고 3이라는 그 고단한 시기에 죽어나가는 환자들을 하루 이틀 걸러 바라봐야 했던 병원에서 약물 치료를 병행하며 수능 공부를 해야 했던 남동생도 분명 그랬을 거다. 그럴 때마다 우리 네 식구는 단

한마디도 서로에게 도망치고 싶다고 입 밖으로 함부로 말하지 않았다. 서로가 지키는 금기어였다. 도미노처럼 무너지면 안 되니까. 겉으론 낡아 빠져 보이는 현실이어도, 그걸 같이 바라봐 주고 위로해 주는 이들이 있으면 또 괜찮아진다. 대신 각자 스스로 '마음 다 잡고 갈 데까지 가보자'라고 다짐했을지 모른다.

물론 그중에서 내가 제일 여린 케이스(?)에 속한 걸지도 모르겠다. 나약하고 미련해 빠진 나는 자기 연민에 빠져서 네 식구 중 유일하게 '힘들어' 소리를 토해내는 캐릭터에 속했다. 난 그게 솔직하다고 믿었고 그렇게 살고 싶었다. 솔직하게 무엇을 더 하지도 빼지도 않았고 그걸 누가 좀 알아주었으면 좋겠다고 늘 생각했다. 그 '누가' 바로 나의 가족이기를 진심으로 바랐다.

다행히도 우리는 바퀴벌레 가족은 아닌 축에 속했다. 물론 아버지가 술에 취해서 귀가하실 땐 조용히 방문으로 들어가 버리는 나와 남동생의 시간들도 있었지만, 그 시간이 심하지는 않았다. 엄마도 아빠도 남동생도 서로가 정말 큰 사건 사고들이 있었을 땐 묵묵히 곁에 함께해 주었다. 비빌 구석은 역시 죽으나 사나 '가족'밖엔 없었던 걸까. 그들은 다운되었던 나의 기분을 좋게 만들어 주었다. 타인들이 공격해 왔던 아픈 것들을 들추어 내가며 서로 쌍욕을 해 주면서 그 '나쁜 놈, 나쁜 년'들을 같이 혼내 주었으니까. 기분이 이상하게 좋아졌던 건 바로 그런 '귀와 입'들이 함께 있었기 때문일지도 모른다.

사람이 사람을 기분 좋게 하는 데에는 꽤 많은 내공이 필요하다. 내 앞에 마주하는 그 사람을 대함에 있어 그의 입장이 진짜 되어 보고 그녀의 생각에 온전히 귀를 기울이고 눈을 마주한다는 것이 쉽지 않다. 어렵다. 아니 사실 그러고 싶지 않은, 타인과 섞이고 싶지 않은 피곤한 순간이 사실상 우리 삶의 일상다반사일지 모른다. 그도 그녀도 내가 아닌 타인이고 남들의 삶이니까, 타인의 마음과 생각을 꿰뚫어 보는 건 불가능할 뿐더러 '나'에겐 그럴 자격도 그럴 필요도 없을 테니까. 그래도 쓸쓸해질 때, 터무니없이 눈물이 솟구치는 순간 우리는 원한다. 그 타인들을, 나의 편들을.

들어준다는 건 곁에 있다는 것이다. 곁에 누가 있었으면 좋겠다고 늘 생각하는 여전히 여린 존재다. 내가 약해지는 순간을 잘 알아서 그럴 때는 더더욱 그런 마음이 든다. 마음에 있는 이야기를 토해내어 진짜 대화를 나눈다는 건 어쩌면 입술과 입술 사이로 흘러나오는 말의 주고받음이 아니라 바로 서로의 이야기를 들어주는 귀와 듣고자 하는 귀의 만남일지도 모르겠다. 그리고 지금 이 순간, 내게도 필요한 것은 단 하나다. 잘 몰라주는 그가 내심 서운하다. 나도 여전히 부족하다는 걸 안다. 열려 있는 쪽은 귀가 아니라 입이 더 많은 부분을 차지하곤 하는 나는, 언젠가부터 말수를 조금씩 줄이는 연습을 하고 있다. 누군가 조언을 구해오는 순간이 있을 땐 더더욱 말을 아끼고 침묵하려 한다. 그러나 결국엔 실패다. 대화를 듣고 있다가 어느새 섞게 되고 만다. 코드가 맞는 상대를 발견하게 되면 어쩔 수 없이 이야기를 쏟아낸다. 몇 십 년간 축적된 나라는 이 캐릭터 세팅은 쉽게 조정되지 못하나 보다. 다행인 건 듣는 상대방도 어느새 기분 좋게 내 이야기를 들어준다는 것이다. 그러니 참 다행이다.

마음이 어느새 입술로 새어 나오고 마는 나로서는 다행이 아닐 수 없다. 어느새 서로의 입과 귀가 뒤바뀌어 둘 사이의 이야기가 섞일 때 넌지시 귀를 빌려주고 또 바라봐 준다는 것이 얼마나 크고 작은 위로들이 되는지 안다. 그러나 반대로 또 깨닫기도 한다. 그건 어디까지나 위로에 그칠 뿐, 더 견디고 인내해서 다시 앞으로 나아가고 시간을 잘 흘러가는 힘은 결국 '나'에게서 나온다는 것을 알게 됐다. 그 어떤 위로로 잠시 약해진 감정에 공감 받고 힘을 얻는다 해도 현실이 달라지진 않는다는 것을 말이다. 그래서 사람의 삶은 쓸쓸할 수밖에 없지만 또 그 지독하고 지긋한 외로움과 고독 또한 인내하며 그렇게 살아가야 한다는 걸 이제 조금씩 더 알 법도 싶다.

아이를 키우다 오른쪽 손목이 너덜너덜해도 집안일과 일은 여전히 반복되며 해야 한다. 주말이 남들에게 휴가이며 타인들에겐 여행이나 내게는 근무의 연장선에 그친다. 여행다운 여행을 해 본 적이 언제였는지 모르겠다. 오늘처럼 공모전에 떨어지고 또 기대하던 무언가에 미끄러져 내리고, 또 기다렸던 사람은 만날 수가 없고 또 만나고 싶은 사람도 곁에 없는 이런 시간에는 그 어떤 공감과 위로가 있어도 우울감은 쉽게 없어지지 않는다. 그럴 때는 늘 혼자 있는 것을 선택해 본다. 사무실에서 노트북을 가지고 나와서 마지막 남은 연차를 다 쓰고 흘러나올 것 같은 눈물을 겨우 참은 채 올해의 마지막 근무일과 내 책상에 슬픈 인사를 건네고 자리를 박차고 나온다. 그리고 아주 시끌벅적한 카페에서 웃고 떠드는 사람들 속에 조용히 이어폰으로 음악을 들으며 글을 휘갈겨대고 있다.

어딘가로 떠난다는 것, 아니 그 어디론가 도망치고 싶다는 건, 낯섦을 향한 설렘과 동시에 두려움을 온몸으로 체감해 낸다는 것일지도 모르겠다. 지금의 슬픔 따위는 왠지 모르게 사그라들 것 같은 그 나약한 생각, 아직 그것 안에 사로 잡혀 있어서일까.

단 하루, 나만의 기적 같은 '저스트 원데이'가 다가왔으면 좋겠다. 그래서 기다리고 또 기다려 본다. 묵묵히 오늘 이 시간에 손가락을 움직이며 기다리다 보면 더 아름답게 꽃필 하루가 올 거라고 생각한다. 어쩌면 살아 있는 이 시간이 기적일지 모르지만, 그럼에도 좀 더 바라는 욕심쟁이인 나는 어쩔 수가 없다며 중얼거렸다. 아직 괜찮다고, 잘 컸고 이제는 아기들과 함께 다른 삶을 다시 잘 커나가고 있으며 정말 올해는 새로운 것들에 몸과 마음을 다 펼쳐 놓은 한 해라고 말이다. 그러니 여전히 잘 해내고 있고 잘되고 있다고….

생각은 모든 것에 선행한다

언제나 변함없이 늘 마음에 담아둔 문장이 있다.

"생각은 모든 것에 선행한다."

2017년의 작은 다이어리 맨 앞 페이지에 이 문장을 적었던 날, 나는 하염없이 눈물을 쏟아냈었다. 그게 벌써 일 년이 다 돼간다. 선행하는 생각이 정말 후졌던 때가 있었다. 재작년 이맘때는 내가 생각해도 사실 나는 못나고 모난 생각들만 줄곧 하고 살았던 모지리였다. 그야말로 후지게 살았다. 이것저것 핑계도참 많이 댔다. 가장 미안한 핑계는 단연코 '육아'였다. 좀 냉정하게 말하자면 내게 육아란 결혼해서 출산하고 아이를 낳은 이후부터 내 모든 24시간이 자발적 복종의 노예로 사는 삶의 시작이나 마찬가지였다. 아이를 낳는다는 것은 내게 다분히 아쉬울게 상당히 많아졌다는 것에 불과했다. 아이가 그저 사랑스러우니 잘 키울 거라고, 물고 빨고 할 거라고, 쌍둥이니까 기쁨도 행복도 두 배일 거라는 식의 위로 혹은 지나가는 사람들의 이야기들은 내게는 전부 개소리나 다름없었다. 그만큼 극한이었다.

딱 내 예측대로였다. 병원에서 제왕절개 수술을 하자마자 아이를 1분 간격으로 낳고 회음부는 아물지 않은 채 마취에서 깨어남과 동시에 이상하게 찌릿거리는 통증을 견디며 며칠 동안 소변줄을 꽂은 채 내 몸 하나 제대로 건사하지 못하는 신세로 병원에서 보냈다. 그러면서도 소위 '애미다움'을 발휘하기 위해 3일 차가 되던 날엔 퉁퉁 부은 코끼리 다리를 이끌고 신생아실로 내려가 아기들에게 초유를 먹인다고 나오지도 않는 젖을 억지로 아기들에게 먹이러 들락날락거렸다. 그 시기의 내 생각은 사실 모든 행동의 선행이 나오려야 나올 수 없는 극한으로 치달아가고 있었다. 그러니 상황이 좋아질 리 만무했다.

신생아 1년의 육아 생활은 더더욱이고 친정 엄마와의 육아 고군분투기는 더더더더더욱이었다. 말해서 뭐하랴 싶을 정도로, 세상의 어떤 워딩과 텍스트가 그 시간들을 제대로 표현해 낼 수 있을까 싶다. 그저 마음에 담아 둔 채 시간이 지나면 '추억'이라는 이름으로 겉 포장될 테다만, 사실 지금도 문득 그때를 생각하면 다시는 돌아가고 싶지가 않다. 딱 그 정도였다. 그때의 내 모든 생각은 바닥이었고 바닥의 생각을 늘 하고 있는 후진 시간들 속의 내 행동은 그야말로 더 거지 같았다.

그래도 다행인 건, 수첩에 한 문장 적어 내렸던 게 바로 우연히 이 문장이었다는 사실이다. 생각은 모든 것에 선행한다는 진리를 나는 어렴풋이 기억하고 있었나 보다. 어느새 혼자 문장을 적어 내리고 중얼거리듯 내게 말을 하고 있었다. 거울 속의 나는 어느새 울고 있었고, 친정 엄마가 무슨 일이냐고 둘째 이유식 먹이다가 고래고래 소리를 지르셨던 기억이 난다. 그러다가 그녀도 같이 울어 버렸던 그 기억…. 얼음장 같은 시간들이었는데, 생각해 보면 그 시간들 덕분에 더 단단해진 것 같기도 하다. 더 멋진 결정체는 항상 그렇게 탄생되는 듯하다.

어느새 그게 일 년 전의 일들이 되어 버렸다. 그리고 올해, 나는 정말 반대라면 정반대의 삶을 다시 살아내고 있다. 내가 생각해도 신기할 정도다. 누군가에게는 별 대수롭지 않은 것들이 내게는 정말 큰 것들을 이룬 것 마냥 벅차오르는 느낌이다. 이룬 것들이 뭐가 있을까 싶어서 잠시 생각해 보니, 정말 신기한 건 이 모든 것들이 사실 상상과 생각, 무의식적이든 의식적이든 생각으로 인해 선행된 행동들의 결과물이나 다름없었다는 사실이다.

글을 쓰고 싶다는 생각 덕분에 브런치에 글을 연재할 기회를 얻었다. 부족한 문장들이 그렇게 차곡차곡 쌓아져 가고 있었다. 가장 자유로운 글들을 나만의 문장으로 좋아하는 시간에 좋아하는 공간에서 한껏 펼쳐낼 수 있는 기적이 참 소중했다. 글을 쓰는 시간들이 이상하게도 간절했던 나머지, 쓰다가 어느새 감정에 북받쳐서 울기도 했고 여전히 감정 조절 나사가 가끔 없어지곤 하는 틈이 있지만, 그 틈새조차 나는 사랑하게 되어 버렸는지 모르겠다. 그러다 보니 이렇게 출간 기회도 주어졌고, 워드 160매의 글자 포인트 10으로 꽉 찬 스토리들이 담긴 초고를 다듬어 보기도 하고, 단편 소설 3편을 써내기도 했다. 다시 공모전을 준비했고 여전히 줄줄이 낙방이었지만 써낼 용기가 살아있다는 걸 알게 되었다.

읽는 끈질김도 생겼다. 읽고 싶다는 생각이 만들어 낸 마음이고 습관이 되었다. 복직하고 바로 회사 안팎으로 독서 모임을 시작했다. 그 덕에 생긴 소중한 인연이 많다. 지금도 오고 가는 한 독서 모임 톡방에서의 이야기들은 나로 하여금 여러 영감과 자극이 되어 주곤 한다. 언젠가 오프라인 모임으로 만나게 될 그분들은 아실까? 내가 얼마나 그와 그녀들과 연결되고 싶어 하는지를 말이다. 내년 어느 날 우리들의 만남이 기대된다.

좋은 생각을 더 하게 되고, 나쁜 생각을 덜 하게 된, 나의 세계관은 오늘도 자라나고 있다. 차가운 생각을 하고 있을 때 나의 모든 행동은 닫혀 있고 차가울 수밖에 없다. 반대로 따뜻하고 사랑 가득한 설렘 뿜뿜인 생각을 터무니없이 하고 있을 때, 나의 모든 행동과 움직임은 이상하게 열려있고 그 덕분에 연결된 기적들이 얼마나 많은지 모른다. 그렇게 '생각은 모든 것에 선행된다'는 이 믿음 충만한 문구는, 2017년의 내 다이어리 속에 적어 내렸던 나의 소원들을 하나둘 작고 크게 이루게 해 주고 있다. 작은 선한 생각이 나비효과가 되어 커다란 움직임에 선행하는 불꽃이 된다. 그렇게 선순환이 시작된다. 생각은 언제나 모든 것에 선행하니까.

2018년의 다이어리에는 올해보다 좀 더 욕심 충만한 것들을 적어 보았다. 나의 이 생각과 바라는 상상의 장면도 천천히 365일 흘러가면서 어느새 내 곁에 배달되어 다가와 주리라는 믿음을 갖고 말이다.

책 출간과 함께 생각했던 출판 펀딩이 선순환되어 좀 더 통큰 기부를 모두와 함께할 수 있기를 바란다. 사각지대에 놓여 있는 내가 본 그 아이들에게 살아 있는 이 시간 동안 내가 해낼 수 있는 사랑을 좀 더 듬뿍 나누어 보고 싶다. 좀 더 다양한 책을 통해서 여러 새로운 세계들을 직간접적으로 체험하며 변화하고 또 성장하기를, 내년에도 읽고 쓰는 좋은 시간과 공간, 만나고 싶은 인연들과 함께하기를, 사랑하는 내 사람들이 건강한 시간들을 잘 보내시기를, 그리고 그들에게 많은 사랑을 주고 또 얻기를 바라본다.

무엇보다 내 사랑 에너지의 과반수를 쏟고 있는 우리 집 남자 1호, 2호, 3호가 무탈하게 큰 일 없이 건강하게 내 곁에 함께하기를, 그리고 그 세 명과 기쁘고 벅찬 순간에 내 심신이 함께할 수 있기를 진심으로 바란다. 여전히 실수투성이고 외로움에 가끔 눈물 흘리는 나약해 빠진 내가 있을지라도 이 생각이 굳건한 이상 우리는 결국 기쁜 365일의 연속을 함께 맞이할 수 있을 것이다.

믿고 또 믿어 보는 오늘, 그런 의미에서 수취인 불명이 될지도 모르는 편지를 한 통을 쓸 생각이다. 마음이 담긴 편지를 읽어 내려갔을 때, 가슴에 찾아오기 시작한 그의 만성질환적 통증도, 나의 나약한 외로움도 누군가의 서글퍼지려 하는 마음도 조금은 사그라들기를 바라고 또 바라면서….

지나가는 사람이 쳐다보든 말든 눈물 콧물 쏟아내며 울음을 터뜨리는 사람이었다. 우울과 외로움에 잠식될 것 같아서 늘 두려웠던 것도 같다. 경계를 넘나드는 순간의 감정을 다잡기 위해 읽고 쓰며 애써보기도 한다. 언제나 나의 최선은 딱 이 정도였고 여전히 자신할 순 없다. 최선을 최대로 내면에서 끌어 올리고 있는지는 늘 알 수 없다. 다만 더 이상 스스로 모른체 하지 않기로 했다. 지금의 나를 가장 잘 알고 이해하고 믿어줄 수 있는 유일한 사람은 그토록 기대고 싶었던 그도, 그녀도, 그들도 아닌, '나' 라는 걸 알게 됐으니. 더 이상 모른 척할 순 없다. 이젠 그러고 싶지 않다.

초고를 써 내려가기 시작한 작년 여름부터, 여전히 몸을 웅크리게 만드는 추위 속에서 봄을 기다리며 에필로그를 쓰고 있는 지금 이 시간까지. 흘러가다 만났던 소중한 이름들과 그 시간 속 우리의 장면들을 다시 꺼내보는 시간을 가졌다. 그 덕분에 어제보단 조금 더 괜찮은 사람이 된 것 같은 지기 어린 느낌이 종종 찾아온다. 그래도 감사한다. 나와 당신의 '오늘'이 모아져 지금에 이르렀다는 사실은 쓰는 내내 차오르는 고마움과 서글픈 아쉬움, 그리고 뭉클한 그리움으로 다가왔으니까.

오늘이라는 시간이 가급적 정성스럽길 바랐던 것 같다. 공들이고 정성들이다 보면 바라고 그리는 마음속 장면들이 언젠가 단단한 현실로 결국엔 펼쳐질 것만 같아서. 어쩌면 유일하게 한결 같았던 건 이런 마음이었을지 모르겠다. 살을 맞대고 함께 부대끼며 사는 가까운 나의 사람들조차 이런 나를 이해하지 못한 채 서로가 멀리 떨어져 나가는 것 마냥 생채기를 주고 받았었다. 그럼에도 불구하고 여전히 붙잡고 사는 것 같다. 한결 같았던 단 하나뿐인 이 마음을. 나에게만큼은 포기하고 싶지 않았던 걸까. 누구에게도 말할 수 없어서 겨우 눈물 참다 마음에 골이 생겨 무너져갈 때 언제나 내 손을 잡아 줬던 건 다름 아닌 나의 오른손과 왼손임을 이제는 잘 안다. 그 덕에 두 번째 에필로그를 쓰는 감사한 기적을 맛보며 여전히 생겨먹은 이대로 흘러가보고 있다.

'나'라는 완성된 그림을 아직 보지 못한 채 시간 속에 흩어진 나만 가질 수 있는 퍼즐 조각들을 찾아가 보는 요즘이다. 그것도 꽤 절실하게. 이 뭉클한 간절함은 어제의 편안했던 나의 일상이 사실 누군가의 불편한 오늘일 수 있는, 그렇지만 모두 다 태어나 주어진 소중한 하루치들의 삶이라는 걸 뒤늦게 깨달았기 때문일지도 모르겠다. 그래서 이젠 볼륨을 높여 의미 있는 목소리를 조금 더 내 보고 싶어진다. 그 소리가 '나'뿐 아니라 '너'를 위하고도 싶다는, 여전히 뭣도 모르고 이기적이며 한편으론 나약하고 보잘것없는 어린 생각만이 앞서서 그럴지도 모르겠지만.

시간을 흐르다 미움 받고 상처 입었던 날, 주저 앉아 울먹이고 깊은 탄식을 내뱉었던 날, 기쁘고 설레다가도 그립고 우울했던 날, 힘 없이 걷다가 눈 앞에 마주한 모퉁이를 돌면 비로소 '나'를 알아주는 '너'의 기다림이 있었음 좋겠다고 늘 생각했었다. 날 미워하거나 버려두지 않도록. 널 외롭게 하거나 더 이상

다치게 하지도 않도록. 자신을 알아주는 존재를 만난다는 건 정말 커다란 행운일 테니까. 그건 팍팍하고 아슬아슬한 세계에서도 우리를 살아가게 하는 또 다른 이유가 될 수도 있을 테니 말이다. 알아주는 대상은 나 자신일 수도 친구일 수도 가족일 수도 회사일 수도 꿈일 수도 혹은 태어나 자란 국가나 소속된 시대, 아니면 흘러가다 드디어 만난 운명의 책 한 권이 될 수도 있겠다. 뭐가 됐든 당신과 나의 이 하루 속에서 그런 존재를 만났으면 좋겠다. 단 한 번이라도.

일을 하며 돈을 벌고 사람을 만나 이야기를 듣고 읽고 쓰며 말하고 움직이는 나의 모든 이 꿈틀거림은 사실 시시하고 하찮을 수 있다는 걸 안다. 세상에 보이지 않지만 구역질 나는 사각지대의 진실들을 단숨에 바꾸지 못할 것도 너무나 잘 안다. 넉살 좋음을 가장한 채 타인을 대하는 무례하고 냉혹한 시선과 애매한 희롱으로 상냥한 듯 잔인한 폭력을 휘두르는 사람들을 절대 쉽게 바꿀 수 없다는 것도 잘 안다. 그러니 더욱 멈추지 않아볼 작정이다. 지금의 모든 것들을. 죽기 전에 내가 할 수 있는 최대에서 최선을 해 볼 뿐이다. 이젠 더 이상 잃을 게 아무것도 없으니까. 이 무언의 절실한 생을 대하는 마음으로 흐르고 있을 뿐이니까.

　방임 받고 학대 당하며 여전히 오늘이 아프고 다쳐질 아이들을 안다. 참혹하고 냉정한 현실에서 목구멍까지 차오르는 뜨거운 눈물을 삼키면서도 생의 구질구질한 집착에 접착제처럼 붙어서 살아가는 사람들이 있다는 것도 알게 되었다. 특히 여자라는 젠더로 태어나 본인이 선택하지 못하는 성별로 태어난 게 죄라면 그 사실 하나만으로도 길을 걷다 죽임을 당하고 혼자 살다 강간을 당하기도 하며 사랑으로 포장된 테두리 안에서 송두리째 삶을 매맞고 살아가는 존재들을 모르지 않게 되었다. 선택을 빙자한 침묵을 강요받으며 여전히 우리들은 같은 듯 다른 시간을 흘러가는 것만 같다. 보이지 않는 절반이 어떻게 살아가는지 무심한 채 흘러간다는 걸 어느 날 이렇게 깨닫게 되었다. 나도 아팠던 날, 목놓아 혼자 웅크린 채 길바닥에서 울고 불고 생지랄 부렸던 날 뒤늦게나마 알게 되었다. 그래서다. 경제활동을 하며 자산을 모으고 글을 쓰고 책을 만들며 나만의 집필 노동을 꾸역꾸역 해 나가는 이유는. 모순적이나 쓰면서 살려면 안정적인 경제상태와 글쓰기를 위한 시간이 필요하니 그것을 위해 10년이 넘도록 일터를 떠나지 않는 것도 다 이런저런 나를 향한 핑계일지도 모른다. 다만 이렇게 살기로 결심한 것 같다. 어디서 나오는 사명감인지 모르겠지만 죽기 전에 내가 할 수 있는 건 나의 아이들이 살아갈 시대가 지금보다 조금 더, 아주 조금이라도 내가 할 수 있는 최선을 통해 다음 세대의 세계가 어둠보단 좀 더 밝고 아름답기를 바라는 마음이 뚜렷해져서 그런가 보다.

저자 인세의 80%는 내가 알게 된, 아프게 오늘을 흘러가고 있을 여리고 귀한 아이들과 여성들께 기부되며 나머지 20%는 다음 글과 책을 위한 선순환 도구로 사용된다. 언제나 그랬지만 첫 번째에 이어 두 번째 에필로그엔 이 이야기를 노골적으로 잠깐 드러내기로 작정했다. 이 마음이 들켰을 때 당신과 좀 더 진하게 가까운 선함으로 연결될 것만 같아서. 그렇게 성큼 다가와줄 것 같은 당신의 세계에 지금 이 생생한 마음이 좀 더 닿기를 바라서다. 원고의 에필로그를 마치며 가늘게 숨을 내뱉은 이 순간도 오늘 하루치의 정성이 부디 마음에 깊고 얕은 울림으로 다가가기를. 우리 사이에 아무런 미련이 남지 않게 이 책 한 권의 만남으로 되도록 조금 더 당신 마음에 오래 남는 목소리이길 바란다.

더하기 Thanks to

글을 쓰며 참 많이도 떠올렸던 이름들을 이 자리를 빌려 오래
기억하고 싶습니다. 말할 필요도 없이 존재 자체가 사랑인 훈민
정음. 늘 감사하고 미안한 아이들의 또 다른 엄마들인 친정과
시댁 두 어머니들, 그리고 평일 낮의 엄마들인 통통쑥쑥 튼튼힘
찬반의 선생님들께도 말할 수 없는 감사를 드립니다. 원우 엄마
라는 역할 이전에 자신의 이름 그대로 차분히 잘 흘러가고 있
을 아름답고 현명한 윤지현. 만나지 못했어도 편지로 연결된 오
래 고마운 인연인 릴리 크리스틴, 하루 15분 독서모임과 100일
글쓰기 및 에세이 모임으로 연결된 국경과 나이, 성별을 초월한
소중하고 고마운 분들. 초라한 글을 미리 알아봐 주시고 여러
먹을거리들로 선 투자를 선행하신다는 더 좋아져 버린 소중한
마음의 벗. 매서운 추위로 가득했던 그 시절 미국에서의 시간이
가장 따뜻한 시간이었다고 여전히 말할 수 있게 만들어준 나의
그 사람. 그를 비롯하여 오늘을 있는 힘껏 정성스럽게 흐르는,
여태껏 연결된 모든 당신들께 고맙습니다.

– 3월, 당신과 나의 찬란한 봄을 기다리며